漫時光

浮圖緣

中

尤四姐 著

高寶書版集團

第三十七章　意先融　005
第三十八章　甚況味　015
第三十九章　壓重門　025
第 四 十 章　一枕春　035
第四十一章　千嬌面　045
第四十二章　不留行　053
第四十三章　自悲涼　065
第四十四章　近孤山　075
第四十五章　微雲度　083
第四十六章　帝王洲　091
第四十七章　卻無情　103
第四十八章　點絳唇　113

目錄
CONTENTS

第四十九章　雙雁兒　121
第五十章　攬青冥　131
第五十一章　醉翁意　141
第五十二章　相憐計　151
第五十三章　過危樓　161
第五十四章　凝淚眼　171
第五十五章　兩牽縈　181
第五十六章　佛狸愁　191
第五十七章　解沉浮　201
第五十八章　兩生花　211
第五十九章　良宵永　221
第六十章　不成歸　231

第六十一章　與君謀　241
第六十二章　盡離觴　251
第六十三章　夢隨風　261
第六十四章　高低冥迷　271
第六十五章　盡成舊感　281
第六十六章　花自飄零　291
第六十七章　芳草迷途　301
第六十八章　無言自愁　311
第六十九章　梅蕊重重　321
第七十章　帝裡秋晚　331
第七十一章　晚來堪畫　341

第三十七章　意先融

南下南下，過了聊城上徐州，一路行來順風順水。

五六月裡正是一年中最熱鬧的季節，曲岸垂楊，榴花照眼。推窗朝外看，兩岸景致杳杳，隱約看見翠綠裡夾帶幾簇嫣紅，一波一波，水浪一樣向前綿延伸展。

所有一切都有條不紊，肖鐸途經各州縣，雖是說不願意驚官動府，然而寶船動靜太大，只要一靠碼頭就有官員謁見拜會。他這人怕麻煩，要緊的應酬滿臉堆笑生受了，可是幾趟下來也乏累。後來船就很少停靠了，或者夜泊，需要填補的用度番子們大半夜進城挨家挨戶敲鋪門，那幫人名聲不好又窮凶極惡，所經之處鬧得人心惶惶。

音樓倒是過起了大家閨秀的日子，輕易不走動，在艙裡繡花做鞋打發時間。就是害了病，每每坐在梳妝檯前擦口脂都走神。那夜就像一個夢，留在記憶裡，夠她回味一輩子。

彤雲似乎覺察到了什麼，畢竟是貼身伺候的人，主子有點動靜，做奴才的蒙在鼓裡，很覺對不起她每月領取的俸祿，於是挨在邊上敲缸沿，「曹春盎這人賊兮兮的，每回見了我就擠眉弄眼，不知道在打什麼鬼主意。」

「他不是還小嗎，這麼點大的孩子就打算找對食？」音樓說完了回頭想想，她就長了一根筋，除了這個想不到別的了。

彤雲裝模作樣長吁短嘆：「這世道人心不古啊！乾爹還沒動靜呢，乾兒子倒想走在前邊。主子，您說肖掌印多古怪呀，司禮監就他沒往府裡塞人了，他整天和東廠那些番子混在一處，別不是好男色吧！」

音樓不大高興，他要是好男色，那她成什麼了？她盤弄著衣帶小心翼翼辯解，「那些陰陽人是什麼樣？走起路來扭得比我還厲害！廠臣有嗎？他身條筆直，走道兒威風八面，高興了還邁方步……」

彤雲嗤了聲，「他也就邁給您看吧，奴婢可沒見著。不過我看見他揭杯蓋……」她在她面前示範，把無名指和小指高高翹起來，「這樣式的！您見過骨子裡爺們的會這手勢？」

音樓啞口無言，半天才道：「那又怎麼的？誰沒個小習慣？妳夜裡還磨牙呢！」

彤雲老臉一紅，「扯到我的短處上來，有意思嗎？我背地裡和您嚼嚼舌頭，您就這麼維護他？主子，我問您，您和肖掌印，是不是『那個』了？」

音樓唬一跳，「哪個了？我們清清白白什麼都沒幹。」

彤雲嘖嘖一長串，「瞧您這急赤白臉的樣，愈發坐實了！」言罷幽幽一嘆，靠過來和她咬耳朵，「敢做就敢認，這半個月在船上，我看得真真的，肖掌印待您可不一樣。我琢磨著和對榮安皇后肯定不同，肖掌印好像有點喜歡您，您自己沒發現？」

音樓被她觸到心事，發了一會兒怔。彤雲打量她半天，料著她又要打哈哈推諉了，誰知竟沒有。姑娘家有了心愛的人，心頭那份竊喜怎麼按捺得住？她也壓抑得夠久了，自己能憋出內傷來，於是拉著彤雲問：「要是喜歡上太監，這人還有救嗎？」

彤雲悲天憫人地看著她，「沒救了。宮女和太監結對食是走投無路，但凡腦子靈便的，誰在那棵樹上吊死！主子，其實我早瞧出來了，虧您把這個祕密守到現在，我真佩服您的定力！」

她愣著兩眼難以置信，「我就這麼藏不住事？」

彤雲心說三兩句話就把您勾承認了，您能有什麼城府！怕她掛不住，轉頭又安慰她，「我和您親近，這種事瞞不住身邊人。那我問您，您打算怎麼辦呢？和肖掌印捅破窗戶紙沒？」

「捅破了大夥都不自在，我不敢。」她可憐地看著她，「彤雲，我往後可怎麼辦呢？」

這是個難題啊！彤雲撫著下巴說：「您要三思，他可是個太監，您知道巧婦難為無米之炊嗎？您還年輕，千萬別幹讓自己後悔的事。」

音樓覺得愛情並不建立在那事之上，「他就是個殘廢，我也還是喜歡他。」

局中人，腦子發熱不顧一切，哪裡想得到以後！彤雲勸過也就盡心了，看她一臉堅定，知道這回撈不出來了。再想想隔壁那位，除了挨過一刀，哪樣不賽過那些泥豬癩狗？其實她覺得她主子挺有眼光，不過怕攛掇了她，沒敢說出口。

「這種事，一個巴掌拍不響。」她坐在胡榻上說，「您有兩條道，不過得先知道肖掌印他對您有沒有意思。您要是剃頭挑子一頭熱，我勸您別吭聲。那位和旁人不一樣，他是屬蓮蓬的，心眼子多。要是知道您愛慕他，那您可放了軟當了，將來擎等著接榮安皇后的班吧！

可要是能找出那麼點憑證來證明他愛您，那您膽兒就大啦，告訴他您也喜歡他，讓他想轍去吧！橫豎咱們不能先開口，沒的掉了價，倒貼不值錢。」

音樓覷著眼問她：「就這麼直隆通告訴他？」

彤雲點頭說：「是啊，要不您打算藏著掖著，進宮抱憾終身去？」

音樓很為難，「皇上那看著呢！」

「您想不出辦法來，不表示人家也束手無策。要是他真愛您，讓他帶您私奔眼都不帶眨的，全看他能不能放下現在的權勢。」彤雲說著笑起來，「噯，太監和太妃私奔，八百年沒聽說過，有點意思！不過您走得捎帶上我，我不能回家，叫錦衣衛拿住可沒活路了。」

也只限於閨房裡的笑談罷了，私奔牽連太廣，普天之下莫非王土，能逃到哪裡去呢！

不過彤雲說應該告訴他，她斟酌了好久，心思果然有些活絡了。似乎的確應該告訴他，不管他有沒有能力改變她進宮的命運，讓他知道她的心意和他一樣，有了寄託，將來活著就不那麼寂寞了。

可惜類似於那天晚上的機會再也沒出現過，他開始和司禮監的人議事，討論怎麼改農為桑、怎麼提高蠶繭的產量、怎麼和外邦人抬價談買賣。從淮安到鎮江，他都沒有再踏進她的艙門。

時間長了，漸漸心灰意冷。一件事在腦子裡琢磨太久，突然之間就覺得沒有意義了。她在考慮怎麼走進去的時候，也許他早就乏了，已經決定走出來了。

運河到餘杭已至源頭，寶船靠岸不在平常碼頭，造船局有專門承建的船塢，兩岸泊滿了福船和連環舟。州縣的官員早在寶船進浙江轄下就得到了消息，廠公出行可是大佛駕臨，不單是欽差大臣，簡直頂半個皇帝。這麼要緊的人萬萬不敢怠慢，船塢裡清了場子，船工和大匠都轟出去了，戍軍把整個船廠包圍起來，為的是烘托鄭重其事的氣氛。

音樓跟在肖鐸身後下船，在水上漂泊太久，踏上泥地竟覺得腳下虛浮，踉蹌著略崴了下，被他一手攙住了。眾目睽睽之下不便多言，他收回手，臉上表情冷漠。音樓愣了愣，心頭有些生涼，這陣子走得太近了，忘了他以往的那股驕矜貴氣。其實這才是眾人眼裡的東廠提督，一身錦衣華服，同眾人抱拳寒暄也有股不怒自威的氣勢，和她映射中的廠臣相去甚遠了。

一個穿大紅貯絲羅紗，配錦雞補子的官吏上前拱手行禮，笑道：「廠公替皇上辦差，風雨兼程實在辛苦。卑職等得了消息日盼夜盼，終於把您老人家盼來了！大家湊分子備好了宴席給您接風洗塵，公務暫且擱置，廠公好生歇息，等養足了精神，卑職們再一一向您稟報。」

官場上說話字斟句酌，蘇杭魚米之鄉，官員們個個富得流油，擺上一個接風宴還要湊份子表清廉，在肖鐸聽來委實可笑。他輕輕一哂，擺手道：「劉中丞客氣了，咱家身負皇命，怎麼敢提辛苦二字。大夥日子都艱難，像您這樣的巡撫，又兼著都察院副都御史的頭銜，堂堂的從二品，旁人看來都覺光鮮，可上年連宗祠塌了都沒錢修繕，其中的艱難，咱們自己知道罷了。咱家今兒初來就叫諸位破費，這怎麼好意思呢！」

眾人面面相覷，東廠提督畢竟不是白當的，一個州府還設布政、按察二司，上下官員人數少說也有七八十。他眼波一掃，這個監史那個知州，有誰不在他掌握之中？劉懋那廝為什麼肯出錢，不是沒有，是和他堂兄鬧家務，有意出難題。這種雞零狗碎的小事拎出來，為的就是敲山震虎。

這裡的官吏，有一大半是外放的，沒有進京面過聖，更沒有見過這位赫赫有名的掌印。看他長得年輕俊美，敬畏之餘又存幾分試探，沒想到他來這麼一手，立刻把眾人打退了半里地，愈發小心奉承起來。

劉懋體胖，一頭冷汗淋漓而下，忙抽出汗巾來，邊擦邊道：「家務事體，叫廠公見笑了，慚愧慚愧……卑職們備好了官轎，請廠公移駕，廠公請！」

甬道盡頭停了幾頂朱紅大轎，轎頂飛角描金，並不是一般官員的配備。肖鐸看了一眼，還算滿意。東廠護衛見他默認了方過去，把抬轎的衙役都替換了，上百大紅織金妝花飛魚服的扈從環衛著，光看這副排場就震懾人心。

肖鐸前面走著，音樓默默尾隨。他回頭看了一眼，天青的紙傘下是一張甜美的笑臉。他雖不說話，視線卻須臾不離她左右。她從下船起就兩眼放光，故土真有這麼叫她迷戀？他沉吟了下問她：「妳是隨我住官署，還是先回家裡去？」

音樓的家在吳山腳下，離這裡不算太遠，大約七八里地。問她，她自然是歸心似箭，可又怕給他添麻煩，咕噥了下道：「你眼下忙，等忙過了再說吧！」

一旁的按察使看他們說話的調很家常，大鄴宦官娶妻也是稀鬆平常，便不疑有他，笑道：「官署太簡陋了些，卑職們在西湖邊上覓了處宅子，據說是當初神宗皇帝遊幸江南時建造的，依山傍水，景致也好，廠公和夫人住那裡正相宜。旅途勞頓，夫人先歇一歇，回頭要上哪裡，吩咐下來我讓下頭軍門開道，護送夫人前去。」

音樓被他夫人長夫人短叫得很難堪，又不好說什麼。看肖鐸，他倒坦然得很，並沒有要否認的意思，她也只得認下了。

「就依魏監史的意思辦吧！」他淡聲道，「上宅子裡認個門，來去也方便。明兒讓二檔頭送妳回去，在家住兩天就成了，出了門的閨女久留了不香甜。我一得空就去接妳，妳要是住得不舒心，自己想回來也不難。」

他操心得太多，難免有點婆婆媽媽。表面上不苟言笑，可話裡全然不是那麼回事。音樓應了聲好，「你只管忙你的去吧，我回自己的家，哪有那麼多忌諱！」

他聽了扯著嘴角一哼，「但願一切都如意，不過倘或要我出面，妳也別客氣。知會一聲，我即刻就到。」

第三十八章　甚況味

女人上酒肆不方便，那些官員溜鬚拍馬，另給她訂了個包廂，酒水一應和他們那頭一樣，請夫人單獨享用。

音樓受得也安然，像彤雲說的，帳還是記在肖某人頭上，像在泰陵裡要吃要喝一樣，橫豎有他在前面擋著，她只管敞開肚子就行了。音樓小半輩子孤孤淒淒一個人，如今有他撐腰，心裡很感踏實。主僕倆關了門大快朵頤，好好受用了一回，酒足飯飽，臨入夜送進了西湖畔的宅子裡。

那地方有個好聽的名字，叫鹿鳴蒹葭，是一處典型的江南庭院。有水的地方靈氣也足，踮足眺望，寺院佛塔掩映在山水間，一切熟悉而親切。運河、西湖還有吳山，原本在一條斜線上，既到了西湖，離家也就不遠了。算算腳程，要是坐轎走上三刻鐘，大約能到南宋御街。肖鐸這回的應酬不同於以往，整晚都沒回來。音樓站在簷下嘀咕：「他又不喝花酒，難不成在外頭打了一夜馬吊？」

彤雲正替她收拾東西，抽空道：「誰說太監不能喝花酒？您上八大衚衕裡瞧瞧去，到處都是喬裝改扮的內侍。點不了姑娘點小倌嘛，我告訴您，越是自個兒欠缺的東西越是稀罕！我以前和人瞎聊時聽說的，御馬監有位監官隔三差五上勾欄院，一個堂子裡的小倌都叫他玩遍了。後來沒人敢接他的買賣，說他手黑，往死裡整治人。怎麼整治法呢，我給您學學……」她把腰上條子扯起來，往上彈指，就跟彈琵琶似的，邊彈邊笑，「您瞅瞅，這不是活要了人命了嘛！」

音樓明白過來，捂著嘴笑不可遏，「這個缺大德的，難怪花錢也沒人搭理他。把人吃飯傢伙彈壞了，人家不恨出他滿身窟窿來才怪！」

「可不只這些。」彤雲說這個最來勁，左右看了沒人，壓著聲道，「他兜裡還揣根擀麵杖，您當他一晚上花幾十兩銀子光活動手指頭？錯了，他連人的屁股都不放過……」實在是穢聞，說不出口，後半截只能忍住，讓她自個琢磨去了。

音樓聽得害怕，「太監這麼作踐人，李美人過的就是這樣的日子吧！」她有種兔死狐悲的感慨，突然又惶駭起來，肖鐸面上看起來挺好，背著人又是怎麼樣的呢？太監或多或少總有些怪癖，他這種身分，就是弄死個人也不會走漏風聲吧！

彤雲就是個惟恐天下不亂的主，還在邊上添柴火，「太監的事，三天三夜都講不完。老話說吃哪補哪，有的太監想回春，牛鞭驢鞭壓根不入他們的眼。您知道嗎，他們吃人鞭！像東廠那種地方，還有刑部、都察院，十七八歲的人犯了事要上菜市口，砍了頭不叫家裡人收屍，太監們早就張羅了。挑要緊的東西挖下來，洗洗涮涮，扔到爐子上加冬蟲夏草燉鍋子，據說大補。」

音樓白了臉，「妳能不能揀點好話說？非叫我把隔夜飯吐出來？」

「別呀！」彤雲笑道，「我是胡謅，您別信我。得了我不吭聲了，趕緊準備好，咱們家去吧！」

大門上早就停了轎，東廠的人也換了便袍，都在外面等著呢！音樓把腦子裡那些亂七八糟的全打掃出去，撐起紙扇整了整馬面裙，搖搖曳曳出了二門。

二檔頭叫容奇，挺斯文的名字，但是長相不斯文。水裡來火裡去的人，臉上刀疤就是他戎馬生涯的見證。這種悍然的面貌往邊上一站能辟邪，平常板著臉目露凶光倒罷了，遇著逢迎的時候也要笑。這一笑可遭了災了，橫肉絲兒像雨前的雲頭那樣堆疊起來，一重接一重，看得人七葷八素。

他彎了腰，殷勤地打簾請她上轎，「督主早前吩咐過，小人們只送娘娘到巷口，怕太張揚，叫左鄰右舍看著不好。」說著遞個竹管做的哨子過來，「娘娘遇著事不必驚懼，咱們奉命護娘娘周全，並不會走遠。您要傳人就吹這個，哨聲一響，刀山火海小人們轉眼就到。」

東廠內部似乎是沒有祕密的，她的身分檔頭們都知道，加之這趟南下經皇帝首肯，所以人後稱呼上並不避諱。音樓道了謝，剛坐進轎子裡就看見曹春盎抱著拂塵從岸邊上跑過來，邊跑邊招呼，一頭叫留步，一頭催促後面提盒的夥計快跟上。

到了近前滿臉堆笑打躬作揖，「督主公務上忙，今兒在繡坊約見外邦人談訂單上的事，您走他不能相送，打發奴婢來瞧瞧。您回去不能空著兩手，督主早命人備好了盒子，禮上不能短，沒的叫人說咱們不周全。」

彤雲聽得直咋舌，果然太監出身的就是揪細，還管著回門送禮，這份上心的勁，要是沒點想頭，能那麼事無巨細？她上去接盒，悄聲問曹春盎，「督主這買賣要談多久？」

曹春盎不大點人，派頭倒是很足，昂著腦袋說：「這我可答不上來，得瞧洋人爽不爽利。遇上爽快人，半天就下單簽契約了；遇上斤斤計較的，三五天不在話下。」轉回身對音樓笑道，「督主說了，請娘娘回去給老太傅帶個好，督主得了閒再上門拜會。」

音樓點頭應了，放下了轎簾。四個番子抬杆上肩，練武的人腳程快，沒消多久就到了南宋御街。停轎得挑僻靜的地方，音樓下了轎，容奇囑咐幾句就帶人離開了。

又站在老家的路上，熟悉的市口熟悉的巷子，是她魂牽夢縈的地方。幽幽的石板長街，每一步都滿載回憶。音樓興匆匆帶彤雲上臺階，指著那彎彎曲曲的小徑道：「江南的青石路和北京的衚衕不一樣，江南的更婉約細緻些。我最喜歡下雨天，雨水一沖，石板路上能倒映出人影來。」縱了幾步到門樓下，再朝前一比劃，不遠處有對石獅的宅子就是她的家。

她幾乎沒有再想別的，很快邁進了高高的門檻。門上管家迎上來，仔細看來兩眼，訝然叫了聲：「二姑娘。」

「林叔，」她笑起來，「我回來了！家裡人呢？老爺呢？」

林管家這才回過了神，忙命人接她帶回來的食盒，吩咐小廝進去通傳，自己堆著笑過來行了一禮，「我還當眼花了，以為哪家娘子走錯了門，萬萬沒想到是您！」邊說邊往屋裡引，

「二姑娘一路上辛苦了，這是從京城回來？」說著回頭朝門上看，「您不是進宮做娘娘了嗎，怎麼帶著個丫頭就回來了？」

音樓被他問得不知怎麼回話才好，彷彿應該衣錦還鄉的，單她和彤雲兩個人有點像逃難，難免叫他瞧不上。

下人綿裡藏針她倒不甚介意，要緊的是她爹，她隨口敷衍著：「皇上都龍御歸天了，哪裡還有娘娘可做！」

林管家「哦」了聲，不說話了。對掖著袖子踱出門，站在廊下吩咐人搬院裡的盆栽，把她們乾晾在堂屋裡，連個上茶的人都沒有。彤雲看了她主子一眼，她眼觀鼻鼻觀心坐著，遭慣了冷遇的人，似乎對一切逆來順受。自己是個暴脾氣，這麼無禮的態度比京裡放閻王債的還要討厭，她低頭道：「您瞧見了嗎？一個做奴才的就這麼對主子？步太傅真好規矩，官不做了，連下人都調理不好，長了這麼對勢利眼！」

她讓她別說話，因為隔窗看見父親來了。

步馭魯是讀書人出身，舉手投足自有股文人的傲氣。穿一身月白直裰，頭上戴四方平定巾，容長臉兒，長相倒很文質，但是眉毛疏淡，顯得不夠沉穩，這種面相的人，性情十有八九飄忽不定。

音樓是剪不斷的骨肉親情，見了父親早就熱淚盈眶了，跪在步太傅跟前只管磕頭，「女兒離家三月，日夜惦念父親，今兒看見父親身子骨健朗，心裡才算安穩了。」

她伏在地上看不到她父親的神情，良久才聽見他長嘆了一聲，「我原指望妳光耀門楣，沒想到是這樣結局。妳是怎麼回來的？到底宮裡封了才人，有正正經經的詔書，論理不該發回鄉裡……莫不是逃宮？這可是株連滿門的罪過，要果真如此，什麼都別說了，跟我上縣衙領罪去吧！」

音樓一時沒轉過彎來，她本以為父女重逢，總有一番感人肺腑的話要說。父親心疼女兒的境遇，至少問問是怎麼逃脫了殉葬，又是怎麼長途跋涉回到杭州的，沒想到兜頭一盆冷水澆上來，怕她連累家裡，要把她送進縣衙撇清關係。

她有些傷心，但還是強打起了精神，不過也不是一根腸子通到底了，懂得保留三分，也探探父親的口風，只道：「當今聖上聖明，念在您教過他課業的份上赦免了我。這趟朝廷裡有人南下辦差，就發恩旨准我回來了。」

發恩旨，這是什麼樣的恩旨？步太傅滿心鬱結，唯難表述。今上的確曾在他門下，不過這位天子為王時並不受重視，他也沒怎麼看顧過他。就是因為交集得不多，所以名頭上施恩，暗地裡斷送步家的前程吧！女兒嫁出去了，哪裡還有接回來的道理？這麼黑不提白不提的，就算休還娘家了嗎？這倒好，擱在家裡是個寶貝，受過晉封的，簡直是個燙手的山芋，扔也不是，留也不是。

他煩悶地踱步旋磨，隔了陣子才想到叫她起來。回身看了這個女兒一眼，她垂首立在那裡，倒像沒受什麼苦，氣色很不錯。他厭棄地調開視線，這丫頭打小就是這樣，什麼事都不從心上過。別人眼裡天塌下來了，她卻還能吃得下睡得著，這麼沒心沒肺，實在叫人恨得牙根癢癢。這會兒沒事人一樣的回來，回來幹什麼？好吃好喝地供著，讓人背後戳脊梁骨，說步家女兒幹了兩個月的才人，又叫宮裡打了回票？

「朝天女好歹還有個說法，妳這樣的算什麼？沒叫出家也沒叫守陵，倒也奇了。」他煩悶地擺了擺手，「罷了，兄弟們也不稀圖收妳蔭及，外頭待不下去，除了回我這當爹的家門，也沒別的辦法，誰叫我養了妳！原來那個院子也別住了，我叫人騰出後面的屋子來，妳帶著妳的人過去。沒事也不要亂走動，免得落了人眼。」

音樓簡直驚呆了，父親以前雖然倨傲，有些話說起來不中聽，可那是他的性格，他們做兒女的沒有挑父母錯處的道理。現在她九死一生回來了，聽他語氣毫無舐犢之情，字裡行間還頗有責怪她沒有蹈義，替家裡兄弟掙功名的意思。她只覺渾身發涼，六月的天氣，額頭上一片白茫茫，手心裡捏了滿把的冷汗。為什麼會這樣呢？她不是他親生的？怎麼能盼著她去死呢！連原先的屋子也不讓她住了，讓她去住後院，她成了他的恥辱，羞於讓她見人。

她吞聲飲泣，這是什麼道理？該進宮的不是音閣嗎？她替了她，現在還落一身埋怨，她的怨氣和誰發洩？

彤雲看不過眼了上去攙她，「主子別哭，什麼了不得的大事，值當您掉眼淚？咱們不是沒處去，還是吹了哨子叫他們來接，早早離了這裡乾淨！」

步太傅一肚子埋怨的當口，聽見下人敢唱反調，這一發火還了得？炸著嗓子呼喝：「哪裡來了賤婢，到我這裡逞起威風來！叫他們來接？他們是誰？別不是哪裡下三濫的混帳行子，帶壞了我步家的女兒！」

音樓哭得倒不過氣來，彤雲卻不是善茬，既然有肖鐸撐腰，這世上還有不敢幹的事？正打算反唇相譏，門外有腳步聲急急趕來，抬眼一看是個穿喜相逢比甲的婦人，戴狄髻插簪花，看見音樓一口一個我的兒，悲聲嗚咽起來。

第三十九章　壓重門

音樓的母親早年亡故，看這婦人的穿著打扮，應當就是步馭魯的正頭夫人曹氏。

曹夫人做戲是把好手，把音樓抱在懷裡看，從頭到腳每根頭髮絲都摸遍了，哭天抹淚道：「我苦命的兒，在外頭經歷那許多，我瞧著人都消瘦了。如今回來了，在家總歸千日好，到我跟前我也盡得了心了。妳垂髫之年沒了親媽，養在我身邊十來年，一對姐妹花兒，在我眼裡是一樣的疼。妳進京，這幾個月來我哪一日不在牽腸掛肚？總和妳父親說起妳，夜裡哭得了不得，睜著眼睛整晚睡不安穩。前陣子說先帝駕崩，我也托了妳舅舅進京打聽，唯恐妳要殉葬，我對不起妳過了世的姨娘。今天妳囫圇個兒到了家，我心裡真是歡喜，即刻死了也瞑目了。」

她洋洋灑灑長篇大論，連步太傅都有些鬧不明白了，扯了她的衣袖道：「發什麼昏？嫌家裡不如意的事還不夠多嗎？既然回來了，推是推不掉的，正好妳在，把後面院子收拾出來安置她。從宮裡趕出來的，還有什麼臉面立足？將來傳出去也不是個好名聲。我看暫時留在府裡，等過幾天叫老三送她回盱眙老家去，眼不見為淨也就是了！」

曹夫人一聽就惱了，狠狠瞪著他道：「你就是這麼當爹的？虎口裡逃生的孩子，到了你身邊還要往外推，我瞧你是豬油蒙了心！誰說宮裡出來的就沒臉見人？咱們是得了恩旨的，是幾輩子的造化！倘或沒有品級倒罷了，她是才人，吃著朝廷俸祿，哪一點叫你沒臉？回頭許人，女婿好壞要咱們挑撿，門第不夠的還瞧不上眼呢！」說完了轉過身來安撫音樓，「走了那麼遠的路，風塵僕僕的，想必也乏了。我叫人伺候妳進去換身衣裳，梳洗梳洗，過會子娘有話和妳說。」

音樓的心早就冷了，她回來只望著父親，眼下是這樣的情形，還有什麼可說的？曹夫人的手段她也見識過，當初騙她頂替音閣就是這模樣，如果不是有事相求，斷不會這麼和顏悅色。

到底還能要什麼花樣呢？她還有什麼利用的價值？她把眼淚擦乾，木著臉道：「我是水路回來的，並不十分辛苦。梳洗就不必了，您有話只管說吧，咱們自己人，哪裡用得著拐彎抹角的。」

曹夫人聽了微一頓，便不再客氣了，讓她在帽椅裡坐下，自己隔著香几坐在另一邊，探過手來緊緊攥住她，長嘆一聲道：「我的兒，妳想過往後怎麼料理？我是說當初進宮……」她看了彤雲一眼，外人在場，似乎不太好直言。

音樓知道她要提冒名的事，彤雲心裡門兒清，也用不著避諱什麼，便道：「這丫頭從我進宮就跟著我，母親有話但說無妨。」

曹夫人又看彤雲一眼，這才道：「妳能回來是天大的喜事，也湊巧得很，明天是妳姨娘的忌日，咱們進廟裡籌神還願，再請道士打幾天平安醮。只是……我現在憂心的是另一宗。人人都知道步家大姑娘進了宮，音閣這幾個月來大門不出二門不邁，原想進了王府就是了，可如今妳回來，再叫她去南苑，萬一有點疏漏，兩下裡夾攻，問起罪來誰也擔待不起。我的意思是，實在不成就換回來吧！橫豎南苑王府只問了生辰八字，還沒有見過人，妳去了，那頭也不知道其中底細。」

簡直是聞所未聞，一而再再而三，虧這女人有臉說出來！彤雲真替她主子不值，日思夜想著要回來，誰知到了家面對的是這樣冷血無情的父母。

她有些擔心她，低頭看她，果然她手指緊握成拳，擱在膝頭微微顫抖著，半晌才道：「母親的意思是我還得頂替音閣，嫁進南苑王府做妾？」真是一把好算盤！嫌做庶福晉位分低，臨時又反悔了，寧願頂著才人的頭銜等好女婿上門？她氣得心肺都疼了，轉過頭看她父親，「爹的意思呢？應該換回來？」

步太傅起先弄不清曹氏的用意，後來漸漸聽明白了，再三斟酌，發現這個提議真不錯。和南苑王府結親本來是好事，可惜庶女的名分拿出去終不響亮，最後連個側妃都撈不到。音閣是他的掌上明珠，生來受不得半點委屈，到那裡怎麼和人低聲下氣？倒是音樓，麵人一樣的性情，遇到多少不公都能活下去。橫豎她是不在乎的，三句好話一說就沒了主張，叫她去她樂顛顛的也就去了。

步太傅繞室慢慢地踱步，「妳母親為妳著想，妳該好好謝謝她才是。譬如妳這樣的境況，能進南苑王府做侍妾也是好的。路要靠自己一步一步走，武則天當初不也是個小才人！只要留住了王爺的心，日後升上一等也不是不能夠。」

天底下稀奇的事多了，但像這麼無恥的長輩真是叫人開了眼。原來一再讓她給音閣做替死鬼都是為她好，她不但不能怨恨，還應該感激他們。

音樓哭過了，心也變得冷硬了。她天天惦記的家，不把她拆吃殆盡誓不甘休。她的母親是通房出身，活著的時候不得父親寵愛，連帶著她這個女兒也不受待見。既然這樣，她還有什麼可留戀？她心裡攢著一把火，索性放任它燒起來，把妖魔鬼怪都燒得片甲不留！

「二老替我操持這多，我要是不領命，也太不識抬舉了。」她端坐著，抿嘴一笑，「那就這麼辦吧！我去南苑王府，替爹攀上一門姻親，將來哥哥們仕途也能更順暢些。」

彤雲嚇了一跳，沒想到她會破罐子破摔。她身上有太妃的頭銜，皇上又一門心思要接進宮去的，要是無緣無故被嫁進了南苑王府，上頭怪罪下來，步太傅滿門都是死罪。

解恨是解恨了，可也把自己給毀了，何苦呢！

步太傅和曹夫人卻都滿意了，要不是王府上一位老太妃剛薨，音閣只怕早就送進去了。萬幸得很，音樓這時候回來，是音閣的造化。

親人之間也不是無條件愛和抬舉的，這句話在步家得到了充分的驗證。音樓一點頭，步太傅的態度立刻有了大轉變，那張棺材板一樣的臉上有了笑模樣，連連誇讚她懂分寸、福氣好。

福氣到底好不好，哪個心裡不知道？音樓正要敷衍，忽然聽見外面腳步聲大作，是官靴踩在石板路上的聲響。抬頭一看，正門上來了一幫穿公服的東廠番子，領頭的人不等招呼已經到了廊下，撐著傘帶著笑，一個流轉的眼波拋來，秋水盈盈，當真是風華絕代。

「看來咱家來得正是時候。」邊上人接過他的傘，上前解開領上金鈕，把冰蠶絲的披風取了下來。他斜眼看步馭魯，「一別多年，太傅可還認得咱家？」

是肖鐸來了！音樓剛才無依無靠，只有自己挺起了身腰咬牙扛著。可是他一現身，她霎時像魚膘上扎了個針眼，什麼勇氣膽色都沒了。滿肚子唯剩委屈辛酸，哭喪著臉，扭過頭去拿肩頭擦眼淚。

她的每一個小動作都落在他眼裡，他臉上笑意不減，眉宇間卻已然有了肅殺之氣。早就知道是這樣的結局，她不聽人勸，非要碰了南牆才知道傷心。這下子好了，人家又要打她主意，步馭魯生這個女兒就是用來填窟窿的。

做爹的不心疼，有他來心疼。原和洋人談交易，左思右想不放心，唯恐她吃了虧，急巴巴趕過來，還真撞個正著！

步太傅朝中為官十幾年，提起東廠就頭皮發麻。心頭惶恐起來，也不知是哪裡欠妥，引得這些朝廷鷹犬登門上戶來。肖鐸這人他也打過幾回交道，當年他辭官的時候他已經接任東廠提督了，年輕輕的後生，甫上臺就弄出一片腥風血雨，現在提起來還有餘寒。

他如今沒有官銜傍身，忙攜了曹氏斂神參拜，「不知廠公駕臨，有失遠迎了。」肖鐸抬了抬手，慢悠悠道：「太傅不必多禮，您老人家雖辭官歸故里，畢竟還有生員的功名，咱家可受不起您的大禮。」

步太傅戰戰兢兢自謙一番請他上座，又讓嚇傻的家人上茶，站在一旁察言觀色，只不敢造次。

欺軟怕硬的人最叫他瞧不上，對閨女呼呼喝喝一副天王老子做派，看見他倒沒鋼火了。他乜斜音樓一眼，他今兒來就是給她出氣的，非得叫步馭魯吃足暗虧不可！打定了主意，接下來就好辦了。他和煦地笑了笑，「太傅大人請坐，這麼拘著，叫咱家也不自在起來。算算時候，太傅辭官有五六年了，這一向可好啊？」

他在那裡閒話家常，別人看來卻是討命的符咒。步太傅應個是，「托聖上和廠公的福，家道還算過得去。倒是廠公突然駕臨寒舍，步某來不及籌備，怠慢之處，請廠公恕罪。」

他「嗯」了聲，「娘娘沒有告訴您，她和咱家一路同行？這回咱家是奉了皇命到江浙一帶辦差，原以為手上的事夠操心的了，沒想到今兒湊巧了，遇上了太傅大人開的這麼大個玩笑。」

步太傅悚然一驚，腮幫子上的肉連跳了好幾下，打拱作揖道：「廠公言重了，某在鄉間一直安分守己，何來玩笑一說呢！一定是廠公聽信了什麼謠言，對步某有些誤會了。」

他摘下腕上珠串慢慢盤弄，眼角眉梢都是笑意，「太傅大約忘了我東廠是幹什麼營生的了。東廠之職，訪謀逆妖言大奸惡等，上至王公大臣一言一行，下至黎民百姓柴米油鹽，沒有一樣能逃得過東廠耳目。向來只有我東廠想不想查，沒有查不查得到的說法。太傅大人今兒把話說滿了，恐怕不太好吧！太傅要是個聰明人，就不該在咱家面前耍心眼！咱家問你，當初太傅應府衙點卯，稱進宮待選的是正頭嫡女，可今兒嘴裡洩了底，分明是以庶充嫡瞞騙朝廷。」說到這裡面色驟變，突然拍案而起，轟地一聲響，驚壞了在場的所有人，「這樣的罪責，太傅作何解釋？」

他這一番驚天動地的動靜，立刻引來了十幾個彪形大漢，步太傅一看架勢，嚇得三魂七魄俱飛到了九霄雲外。既然已經被發現了，再多狡辯也無濟於事。東廠番子是一群殺人不眨眼的惡鬼，你嘴越硬，落到他們手裡日子越不好過。他顫抖著，帶著曹氏一同跪了下來，「事出有因，步某一時糊塗才犯下滔天大罪，廠公積德行善之人，且看在步某一片拳拳愛女之心的份上，網開一面繞我性命吧！」

肖鐸冷冷一笑：「拳拳愛女之心？娘娘不是太傅的親生骨肉？周全了一個，叫另一個冒著殺頭之罪李代桃僵，太傅這樣做，實在偏心得厲害啊！」

似乎觸到了一點痛肋，步馭魯的臉色十分尷尬，但只是轉眼，立刻又言之鑿鑿道：「廠公有所不知，只因為大的那個自小有不足之症，逢到變天就咳嗽氣喘難以自抑，這樣的身子骨，怎麼進京侍奉先皇呢！步某也是利慾薰心了，祈盼女孩有出息，悄悄讓兩個女兒對調了一回。如今知罪了，請廠公網開一面，步某願進獻身家，以答謝廠公活命恩典。」

步馭魯這老狐狸，避重就輕很有一手，到現在還在為自己開脫。肖鐸看了音樓一眼，她轉過臉去，想必也在對她父親的滿口仁義感到不屑。看清了好，看清了就把肩上的擔子放下了。他站起來，居高臨下俯視匍匐在地的兩個人。願意花錢消災，倒也是個妙方。不過仨瓜倆棗想打發他簡直是異想天開，音樓不能白擔這些風險，所有的錢用來給她添妝，叫她以後在宮裡的日子過得富足，也是他步馭魯對閨女的補償。

「如此就看太傅大人的誠意了。」他抬手一揮，把東廠的人都叫退了，自己親自上去攙扶，又換了一副慈眉善目的模樣，「太傅的難處咱家知道，十個指頭還有長短呢，一碗水端不平的父母多了，不過像太傅這樣甘冒天下之大不韙的卻沒有幾個。太傅和咱家也曾同朝為官，相逼得太急，顯得咱家不仗義。可是太傅當替幾位公子想想，一位推官、一位都指揮經歷、還有一位宣撫司僉事，都是才冒頭的六七品小吏，鋪好了路，他日前途不可限量矣。」

這麼一說，不單是花錢買平安，更是花錢捐官做了。步太傅又懼又喜，點頭哈腰道：「有廠公這句話，就是給步某吃了定心丸了。只是在下辭官多年，日子勉強過得，廠公看……多少相宜？」

肖鐸嗤地一笑：「太傅明白人，官場上行走這些年，怎麼還來問咱家？」橫豎不會是一筆小數目，不掏光他的家底，對不起音樓受的這些委屈。不過步太傅要拿她送進南苑王府，這倒是個有意思的主意。他趄身坐回帽椅裡，數著佛珠道，「先頭太傅說要和南苑結親，咱家想著，既然事已至此，各歸各位也是正理。咱家和娘娘有過同船的交情，趁著還在餘杭，把親事辦了，咱家也好送娘娘一程，太傅以為如何？」

第四十章　一枕春

步家人肯定求之不得，音樓卻大感意外。她本來也是一時憤懣才答應的，後來轉念一想又後悔了。皇帝之所以答應讓她南下，就是因為有肖鐸隨侍左右。要是莫名其妙嫁進了南苑，肖鐸護衛失職，那她的意氣用事就給他捅了大婁子。步家一腦門子官司是惹下了，他的眼藥她也給他上足了，他心裡八成要怨她辦事不經腦子。

她以為他會想法子轉圜的，沒想到他居然應承了。她又是哀怨又是難過，他一定生氣了，再也不願意和她夾纏了。她沒了父母庇佑，現在又得罪了他，這下子真的陷入山窮水盡的境地了。

還要送她出閣？她稀罕他送？她頹然站起來，對步太傅行了一禮道：「女兒乏累了，先回房歸置東西。父親和廠臣敘話，我就不相陪了。」

步太傅才要點頭，肖鐸卻懶懶出了聲：「娘娘留步，臣和太傅大人的話也敘完了，這就要回行轅去。娘娘還是跟臣走吧，等到了出閣的日子再回步府也一樣。」

他這麼安排叫步太傅不解，到了家的女兒做什麼還要被帶走？他遲疑地拱了拱手，「小女雖離家三月餘，府裡一應的吃穿用度還是現成的。廠公行轅好是好，畢竟不如家裡方便。這一路已經勞煩廠公了，再多叨擾怎麼好意思呢！」

「太傅難道怕咱家吃了令愛不成？」他笑起來，眼中流光溢彩，「讓娘娘跟臣去，自有臣的道理。」

什麼道理含糊其辭，誰能追著問呢！他既然堅持，步太傅也沒辦法，只得頷首應准。

他站起來，優雅地一抖曳撒，吩咐雲尉道：「你帶幾個人，等太傅大人籌備好了再回鹿鳴蒹葭。我出來半日也倦了，得回去歇一陣兒。」對步太傅抱了抱拳，「如此咱家就先告辭了，久不在外辦差，稍一行動就累得慌，失禮失禮。太傅大人和那頭議準了日子派人通知咱家，屆時咱家要來討杯喜酒喝的。」

這麼尊大佛，簡直比小鬼難纏得多。他算計你，你連怨言都不能有。步太傅心裡苦成了黃連，臉上還要堆著笑，弓腰塌背把人送了出去。人一走，夫妻倆對視一眼，嘴角扭曲著，礙於邊上幾位千戶等著運錢又不能合計，唯有長嘆——這是把刀架在脖子上要錢啊，留下的還不是一兩個人，得多少才能叫他們滿載而歸？肖鐸果然手黑，太監都是沒人性的，骨頭裡也要炸出二兩油來。怎麼辦呢，地契房契趕緊的變賣折現吧，興許還能解一解燃眉之急。

那頭音樓出了步府，連頭都沒回一下，直接鑽進了轎子裡。她心裡難過，看天都矮下來了，活著不知道還有什麼意義，倒不如當初死了乾淨。死了去找她親娘，強似現在這樣無依無靠。

她是滿腦子亂麻，扯也扯不清。想起父親的殘忍，想起自己苦苦掙扎的感情，似乎什麼都安慰不了她了。

江南的六月已經很熱，竹編的小轎有風吹進來，依舊悶熱難耐。轎外是輕快的腳步聲，皂靴的粉底擦在青石板上，乾脆俐落。一路林蔭，窗外有啾啾的雀鳴，她卻提不起精神來，背上出了一層汗，心裡沉甸甸的。她轉過身，頭抵著圍子悶聲抽泣，漸漸恍惚起來，也不知道以後的路該怎麼走，反正在父親的眼裡她不如音閣，在肖鐸的眼裡呢？或許也已經什麼都不是了吧！

來時比去時還快得多，轉眼就到了湖畔的宅子。轎子落了地，不是彤雲來打簾，一隻白靜的手伸過來一撩，他的臉就在眼前。

她耷拉著眼皮下了轎，猛一抬頭有些暈眩，他來攙她，被她避開了，最後挽著彤雲的胳膊進了門檻。

他有些喪氣，什麼都難不倒他，唯有她的一舉一動牽扯他的心肝。他跟在她身後，輕輕噯了聲，她沒有理他，這叫他心裡不大痛快。他樣樣為她著想，她還不肯領情，女人怎麼這麼難伺候！

她進了臥房，叫彤雲打水淨臉，他站在門前看她忙來忙去，有點無從下手。總算再也無事可做了，她不得不轉過身來，面無表情道：「廠臣不是累了嗎？還不回去休息？」

他窒了下，探究地打量她的臉，「妳還好嗎？心裡難過就同我說……」

她轉過去拔簪子，想把狄髻拆下來，可來回好幾次也沒能成，恨得把簪子摜在地上一通跺，咬牙切齒地說了串江浙方言，不知說什麼，他一個字都沒聽懂。彤雲看她氣急敗壞的樣子想去幫著拆頭，被他一個眼神制止了。他讓她退下，自己親自上手，把她扶進了圈椅裡。

「我來得雖晚了些，不是照樣替妳出氣了！」他弓馬不敢說嫻熟，頭面上的東西還有些瞭解。替她卸下銀篦子，把那頂黑紗尖棕帽取下來，垂眼觀察她臉色，低聲道，「妳父親這樣待妳，妳看清了吧？以後別指著家裡了，保全自己才是最實際的。沒想到兜兜轉轉，咱們是一樣的命運，所以同病相憐，往後我更要護著妳了。」

這下觸到了她的傷心處，他是父母雙亡，可她分明有父親也賽過沒有。她捧住臉，聲音在掌心裡翻滾，哽咽道：「怪我沒有先見之明，其實不該回來，回來遇上這種事又傷心……真瞧我好欺負的，一再叫我替嫁，我就是音閣的傀儡嗎？活著就是為了成全她？」

「所以妳不願意嫁進南苑，是不是？」他把手壓在她肩頭，「那為什麼要答應妳爹？」

她沉默了下才道：「因為我恨，我就是個麵人也有三分脾氣。小時候拿我當豬養，吃音閣吃剩的、穿音閣穿剩的，都罷了，為什麼替了一次不夠，還要再替第二次？難道我不是人生父母養的？不喜歡我娘卻要給她開臉，病了死了都不管，隨意一口棺材就打發了……我每年都翻黃曆，到了我娘的生死忌都盼著，可惜府裡從來沒有操辦過一回。後來我大了，懂事後攢了體己才托人出去買香燭紙錢……我聽說死了的人全靠陽世裡捎東西過去，他們在下面才好打點。肯花錢的少受苦，不肯花錢的就吊起來打……」她說到這裡才哭出來，嗚咽道，「我的親生母親，不知道在底下吃了多少皮肉苦了。沒有錢買命，連胎都投不了。」

一個年輕姑娘，也像老輩裡人一樣滿嘴神鬼，換做平時他大概會借機調侃她，可現在唯覺她可憐。她的肩膀在他手下微微顫抖，他憐憫地看著她，她哭得淒惻異常，連殉葬時候也沒見她這樣難過。他一直覺得自己不幸，然而她比他不幸十倍，至少他父母在世時全心全意護著他們兄弟。她呢？在她父親手下沒有過上幾天滋潤日子。她該有多強大的心才不至於長成陰暗狹隘的女人，也算得上是個神奇的存在了。

可是他心頭鈍痛，慢慢擴大，把整個人籠罩起來。他轉到她面前，讓她靠在他胸前，嘆息著在她背上輕拍，「哭什麼？嗯？因為恨他們，所以折磨自己？他們讓妳不好過，十倍百倍地奉還就是了。妳沒有能力不要緊，還有我。妳常說妳的命是我救的，那我索性幫人幫到底，不會白看著妳被他們欺負。以前妳是孤身一人，以後有我站在妳身後，妳什麼都不用怕。我對付不得別人，還對付不得他們了？只要妳答應，即刻讓他們身首異處都不在話下。」

謝謝他借了塊地方讓她停靠，她痛快哭一陣，心頭鬱結也緩解了些。只是鬆開時覺得不好意思，把他胸口的行蟒都哭濕了。天青的素緞底子沾上水顏色就變深，她尷尬地用帕子拭了兩下，他抬手在她腕上一壓，似乎並不十分介意。

他等她的答覆，她也認真考慮了，到底沒有答應，「弒父屠家，我成什麼了？如果是不相干的人，宰了也就宰了，可那是我爹……」

倒也是，能殺了親爹的一般都不是正常人。他琢磨會兒，換了個思路，「那也成，就像東廠一種叫錫蛇的刑罰，錫管盤在身上往裡面注滾水，隔山打牛一樣能叫人痛不欲生。」他又笑了笑，「雲千戶運帶回來的東西我分文不取，妳自己收起來好好保管。女孩家留錢傍身很有必要，妳和音閣不同，她的妝奩不用自己操心，妳卻樣樣都要靠自己。」

話雖如此，真要下手難免有顧慮。她躑躅道：「我這也算串通外人圖謀家產吧？」

「錢都歸妳，罵名我來揹，反正我的名聲早就壞透了，再多一條罪也無妨。」他轉過身，閒適坐在羅漢榻上，調整了幾回都不太稱意，人也漸漸滑下去，枕著隱囊囔道，「借娘娘的地頭，容我躺會兒。昨兒一夜魚龍舞，真把人累得半死。」

音樓瞧了他一眼，「你就不知道推辭嗎？」

他「唔」了聲，閉上眼睛道：「難得高興！妳猜我昨兒去了哪一家？」見她搖頭，揚眉道，「我去了酩酊樓，還點了連城公子的名牌。」

音樓想起彤雲的話來，怯怯問他，「見了之後呢？你都幹什麼了？」

他把手端端正正扣在肚子上，嘴角含著笑，洋洋得意，「沒幹什麼，就是讓他在簾子外彈了一夜的琴。不發話不許停，估摸著今兒是沒法接客了，腿也粗了手也腫了，看他還怎麼賣弄！」

音樓很難理解他的所作所為，人家又沒得罪他，為什麼要下死勁難為人呢！大概還是源於自卑，太監看見齊全人，心裡難免不平衡。正正經經的人都被他稱作臭人，那酒坊小倌更不必說了。臭人一樣不缺，自己香噴噴卻少了一塊，所以他尋人家晦氣，別人難受他就高興。音樓不好說什麼，委婉道：「其實你可以讓他唱個小曲，連城公子的嗓子好，能反串。」

他立刻滿臉不屑，「唱曲？這主意倒不賴，那下回就讓他唱一夜。」

她被他回了個倒噎氣，「不唱曲，行令也成啊！」

「行令？把這樣的人叫到跟前來，大眼對小眼地坐著？」他鄙夷地一撇嘴，「他也配！」

他桀驁的毛病發作起來誰也不能奈何他，橫豎愛怎麼整治人隨他高興吧，她越是幫襯著那位公子，他越是有意尋釁。莫非是嫉妒？她悄悄地想，因為她提過人家幾次，他心裡就不痛快了？這是滿腹苦澀裡突然飄來的一股甜，音樓心下一慌，怕他瞧出來，忙起身把檻窗推開一道縫，想了想回頭問他，「你做什麼不讓我住在家裡？你說自有道理，是什麼道理？」

他說：「沒什麼道理，就是不讓妳留在那王八窩裡，回頭趁我不備真把妳送走了，那還得了！」

她聽了又是一喜，這麼說來他都盤算好了吧！她立在榻尾試探道：「那你是真的打算送我一程？」

他睜眼瞅她，然後又把眼皮闔上了，喃喃道：「一個太妃，送到南苑王府做妾，妳當我傻嗎？妳受那些罪，最後得益的是誰？那位步家大小姐不露面，天時地利都占足了。她要是有擔當，也不會任由他們算計妳。妳爹不是偏疼她嗎，我就要讓她顏面掃地，替妳出這口惡氣……一窩除了妳都不是好東西，等著我一個一個收拾乾淨，妳要是不解氣，抬起腳就能把他們踩進泥裡去。」

音樓先前難過壞了，如今光聽他開導也解了一半的氣。見他睡眼惺忪，全沒了在步府上的狡詐奸猾，知道他是真的倦了，便道：「我一時腦子發熱才答應嫁到南苑王府去的，現在想想，這麼幹連累的人實在太多了，到底也有些後悔。妻子我是捅下了，接下來怎麼辦，恐怕得看你的了……罷了你睡會兒，我出去走走，有什麼話咱們回頭再說也不遲。」

她到梳妝檯前隨手挽個流雲髻，從粉彩匣子裡挑了把明月扇，打算帶著彤雲到西湖邊上散散。才走了幾步發現裙帶被勾住了，回頭一看，宮條一端繞在了他手指頭上，他倚枕輕笑，「闖了禍一氣兒扔給我，我是娘娘什麼人呢，這麼不見外的！」邊說邊把那條子往回收，曼聲道，「娘娘這回算是後顧無憂了……午後寂寞，甜甜打個盹兒，豈不比在毒日頭下顛躓的好！」

第四十一章　千嬌面

咦咦咦，這是做什麼呢！

音樓扭捏著攥緊了裙帶，「我沒有……沒有午睡的習慣，喜歡大夏天在日頭底下跑……你別拽住我，回頭再讓彤雲和小春子撞見！」

他拉扯得愈發凶了，笑道：「我又沒對妳做什麼，撞見了又怎麼樣？小春子是我乾兒子，萬事不打緊的。彤雲是妳的人，靠得住就留著，靠不住割了舌頭扔進西湖裡就是了，怕什麼？」

他一副欺男霸女的倡狂模樣，上回那種輕輕的吻回味起來叫她沉醉，現在這樣胡攪蠻纏卻令她羞憤。她倔著脖子死撐，恫嚇道：「你別鬧，裙子拽掉了好看嗎？再鬧我可發火了！我發起火來六親不認，回頭可別嚇著你。」

他嗤地笑起來，「嚇著我？妳但凡有那能耐，也不至於叫步家欺負得這麼慘了。今兒是我來得早，再晚怎麼樣呢？說不定被他們送進柴房，收拾收拾就抬到金陵去了，還能在這裡和我耍嘴皮子？」

究竟怎麼回事他自己知道，她在他眼窩子裡戳著，他覺得一天都不能等似的。進步家大門的時候看見她哭就知道不妙，她孤零零坐在那裡，他不方便多問，也不方便安慰她，心裡就算燎脫了皮也不能擱在面子上。回來了再想補償補償，又怕她知道了反感……他這樣百轉千迴的心思真是天可憐見，再忍耐，忍耐到什麼時候？她在他面前，僅僅幾句話、幾個眼神，哪裡夠得上填補他的相思！如今是午後，四下無人，有點小小的綺思，算不上罪大惡極吧！

她的反抗在他看來傻得厲害，「我又沒有壞心思，妳瞧這羅漢榻寬綽，咱們兩個一頭躺著說說話，不好嗎？」

「那怎麼行！」音樓還在苦苦掙扎，怎麼能一頭睡呢，傳出去這話還能聽嗎？其實她明白他的難處，他助皇帝登基已經是前塵往事了，這種功勳不能載入史冊，加上皇帝有心避忌，當初的功臣就處在漩渦中心，隨時面臨打殺的危險。皇帝成立西廠是為什麼？東廠監督滿朝文武，西廠則用來監督東廠。他在外的言行要慎之又慎，現在和她親近，萬一傳到皇帝耳朵裡，大家都會惹上麻煩。

她是沒什麼，窩窩囊囊賤命一條。他不同，他在她眼裡比紫禁城裡的皇親國戚還要尊貴，愛或不愛，真的比性命要緊嗎？上回她是盤算過要對他交底的，挑個合適的機會花前月下，她心裡極願意。可他這麼個無賴樣子唬著她了，上來就要一頭躺著，這是什麼意思呢！她兩手扽著宮絛勸他：「小心隔牆有耳，這麼多隨行的人，弄不好就有細作。」

「臣奉旨保護娘娘周全，出京也得皇上首肯，任誰告我都不怕。」他努力不懈，終於把她拽到榻前來了，想也沒想，張開雙臂就抱上去。但是總有哪裡不對，是她腿短還是榻太高？位置估算錯了，一張臉居然筆直撞在她的小腹上。

她驚呼一聲「你這登徒子」，劈頭就是一下子，打得還不輕，打掉了他的攢米珠髮帶。她呆住了，沒想到自己居然會動手，不知道他接下來會怎麼收拾她。

她駭然看他，他捂著後腦勺慢慢抬起頭來，眼神冷冽，表情滿蓄風雷。她嚇得退後一步，料想他免不了一躍而起如數奉還，誰知竟沒有，單嘟囔了句「有點香」，自己往羅漢榻內側挪了挪，把引枕騰出一半來，「躺下。」

音樓張口結舌，有點香？這個混帳！她飛紅了臉，他卻歪著身子朦朦看她，又扮出一臉巧笑來，緞子一樣的長髮蜿蜒流淌在枕上，益發顯出妖嬈的美。只是這美裡有警告的意味，乜著眼，欠著嘴角，就那麼看著她，不再說話。

這一記不是白打的，她要是不照著辦，天曉得會遇上什麼樣的懲罰！這人也真怪，非要一起躺著幹什麼？她延挨了一下，「你熱嗎？我給你打扇子好不好？」

想了想，慢吞吞道：「躺下搧也一樣。」

她沒辦法了，遲疑著坐在榻沿，心裡跳得震雷。雖然知道他不會拿她怎麼樣，終歸還是有些忌憚。在甲板上露天躺著，玩的是詩意和狂放，屋子裡同榻而性質就變了，怎麼不叫人難堪。

他見她還磨蹭，終於忍不住了，勾手把她放倒，夯土似的使勁把她壓實了，「很難嗎？同我躺在一起很難？因為我是太監，妳心裡到底瞧不起我是不是？」

她慌忙否認，「沒有這樣的事，我怎麼會瞧不起你？」她明明把他當成男人，這才會感到為難，誰知竟讓他誤會了。她側過身看他，他臉上神色不好，她搖搖他的胳膊道，「你別生氣，要是因為剛才挨了打不痛快，那你就打回去，成嗎？」

他抿著唇仰天躺下來，不再理睬她，待她好話說了一籮筐，半天才慢慢回暖。轉身打量她，兩個人面對面躺著，相聚不過兩尺來寬，可以看清她額角細碎的絨髮。這麼年輕的女孩子、這麼鮮煥的生命，每一處都經得起推敲，就是辦事太魯莽了點，他的後腦勺到現在還隱隱作痛。

他嘆了口氣，「我只是想踏實睡個午覺，有妳在，我覺得安心。」

他的話牽起她心裡最柔軟的部分，因為深愛，更能體會他的不易。她壯起膽在他肩頭拍了拍，「那我就守著你，你好好睡吧！」

「其實有些話，不知道從何說起。」他輕輕道，哀怨地頓了下，「妳討厭和我有肢體上的接觸嗎？」

音樓想起那晚船上的點點滴滴，從來沒有感到一絲厭惡。閉眼回味，簡直稱得上喜歡……她掖了掖發紅的臉，窘迫地說不會。

「那我摟妳一下好嗎？」他眨了眨眼，長長的睫毛撩得人心癢難耐，「妳放心，園子外面都是我的人，沒有允許連隻蛾子都飛不進來。娘娘行事大方，斷不會那麼小家子氣的。將來進宮不是還要同臣常來常往嗎，不花大力氣籠絡人心，怎麼好意思叫我帶吃的玩的給妳？」

音樓咽了口唾沫，這人真是蹬鼻子上臉，明裡暗裡摟過她多少回了，如今光明正大的要求，也不能怪她想得多吧！

「不好嗎？」他顯得很失望，修長的手指抬起來，從她手臂的曲線上緩緩滑過，若有似無的碰觸，叫她渾身起了一層顫慄，他卻依舊是笑，「多少人想和我親近，我都不願意兜搭他們。難得遇上一個看得順眼的，誰知還遭嫌棄。我算知道棄婦的心情了，娘娘對我薄幸，將來也不指望妳能記得我。」

音樓沉下了臉，娘娘長娘娘短，還談將來？他似乎從來就沒有想過把她留下，難道那天偷著親她都是假的？知道她醒著，故意占她便宜？她有些生恨了，他是鐵了心要把她玩弄於股掌之間，枉費她這些日子的托賴和真情。

好得很，他敢這樣有恃無恐，那她還怕什麼？橫豎是乾乾淨淨一個人，他不是說後顧無憂好嘛！看看這媚眼如絲，天生的狐狸精！她心裡憋著一口氣，連城公子不過長得美點，他就唾棄人家，叫人家彈一夜琴。現在他自己怎麼樣？不只一次在她跟前賣弄風情，當她是死人吶？

她惡向膽邊生，提督府上妝那回她就下過狠心，一直苦於鼓不起勇氣來。這回他自動送上門，她勢必要擺脫受他調戲的命運！

「廠臣閨怨這樣深，叫我拿你怎麼好？」她一把將他推得仰在那裡，捏住他的下巴，拇指輕佻地在他唇上一刮，吊起嘴角學他模樣調笑，「我還記著你說我婉媚不足，上回讓你請師父，你又嫌我畫虎不成反類犬，既這麼，我只有現學現賣了……嘖嘖，瞧瞧這小模樣，可人疼的！」

他一瞬驚惶，萬萬沒想到這丫頭會突然發瘋。才想掙扎起來，她卻不讓，馬面裙揚起個滑麗的弧度，她抬腿勾住了他，小小的身軀，幾乎半壓在他身上。周圍的溫度驟然升高了，他錯愕地看著她，她得意大笑起來，一抹嫣紅就在他眼前。她說：「人都說名師出高徒，廠臣快評點，我究竟學得怎麼樣？」

到底是見多識廣的人，遇到突發狀況也能很快調整過來。輸人不輸陣嘛，他被她制在身下動彈不得，驚訝過後暗暗期待起來。索性擺出一副滿不在乎的架勢，唔了聲道：「皮毛罷了，也敢拿出來顯擺！要是就這些能耐，可叫我看輕了妳。」

上回那甜膩的味道，現在想起來都令人悸動。彼此似乎都有意把事態往那方向引導，一個推波，一個助瀾，然後有些事便脫離了掌控。

音樓覺得自己大概真的神志不清了，他這麼驕矜，是看準了她不敢拿他怎麼樣。可是悶熱的午後，月洞窗外是湖光山色，觸手可及的地方是他飽滿的唇。她雖是個女人，也有心神蕩漾的時候。沒有再給他聒噪的機會，羞怯也顧不得了，惡狠狠捧住他的臉，惡狠狠親了上去。

什麼滋味呢？和那天似乎不大相同。她緊張得一腦門子汗，應該有的甜蜜像飛灰似的抓不住，光知道這個人是他，他的鼻息和她相接，他們現在很親暱。忐忑有之，安逸也有之，她只是緊緊貼著他，攀附他，別的都不去管了。習慣把難題扔給他，若是他有心，也會懂得她的意思吧！不過這件事繼續下去，他要擔負的東西遠比她多得多。她有什麼呢，唯一個人罷了，他身後卻有千辛萬苦創下的基業和華麗人生。

簡直是個意外，第一次正兒八經的吻，居然就在這種情況下發生了！於音樓來說是邁出了一大步，至少她主動了一回，往後怎麼樣顧不得了，上次的遺憾這次補上，終於可以畫個完美的句點。

或者註定失敗，但有這刻也足了。

肖鐸被她突如其來的奔放震得找不著北，他一直以為她是虛張聲勢，這麼糊塗膽小的人怎麼能做出那樣的事來！大不了張牙舞爪流於表面，真要行動她還沒那份勇氣。誰知他也有估算失誤的時候，他太小看她，越是木訥的人，越是有不顧一切的決心。自己自詡為聰明，卻只敢在她酒醉時靠近她，和她比起來，他居然怯懦得可笑。

但空有壯志，技巧不夠，這也是個難題。單單嘴唇接觸就是全部了嗎？他雖沒什麼經驗，勝在悟性比她強。讓她主導忒失臉面，於是輕輕巧巧一個翻身，便把她壓在了身下。

第四十二章　不留行

他低頭看她，眉眼含春，想來她也是喜歡的。

人和人的感情真是說不清道不明，曾經不起眼的小才人，沒有殉葬那一齣，他也許永遠都不會留意她。她的生與死，對他來說僅僅只是詔書上簡短的幾個字，匆匆一瞥，宣讀過後就封存起來，沒有任何意義。可是現在她在他身下，這都要感激皇帝，沒有他當初的慧眼識珠，哪裡有他現在的紅鸞心動！

他的手指撫摸她耳後的皮膚，和她鼻尖貼著鼻尖，低低嘲笑道：「學藝不精，差得遠了。」

她神色迷離，幼嫩的臉龐和朦朧的眼，簡直催發他的破壞欲。開弓沒有回頭箭，是她送上門來的，不笑納，對不起她這番美意。然而為什麼呢？她究竟是意氣用事，還是真的像他一樣，她也愛他？

他只覺血氣上湧，現在說什麼都多餘，恨不能把她拆吃入腹，只恐人小肉少不夠塞牙縫的。

久曠乾涸的心，像見了底的溝渠突然注入清泉，轉瞬便充盈起來。夏天的衣料薄薄一層覆在她鮮活的肉體上，透過繁複的做工和花紋，他能感覺到屬於她的溫暖。他貪戀，把她摟得愈發緊些，然後重新吻上她的唇。輕輕一點碰觸是試探，漸次加深，少女的幽香幾乎把他溺斃。

四下裡沉寂，連窗外的鳥鳴都遠了，只聽見隆隆的心跳，像烏雲裡翻滾的悶雷，聲聲擊在耳膜上。他用舌尖描繪，用舌尖探索，她的行動遠不如她佯裝出來的豪放，笨拙地、遲遲地，但是有她獨特的小美好。

他吻得很專注，她漸漸也懂得回應了，細細的吟哦，細細的輕嘆。琵琶袖下兩彎雪臂高抬起來，蛇一樣纏上他的頸項，唇齒相依裡有說不盡的溫情。兩個同樣匱乏的人，可以從彼此身上找到慰籍。

肖鐸覺得一塊石頭落了地，這次她是醒著的，並沒有嫌棄他的身分，也不排斥和他這個閹人親密。他們之間的糾葛全是坐實了，誰會拿這種事開玩笑呢！他得到了答案反而愈發惆悵，將來的路到底應該怎麼走，恐怕要再三斟酌了。

一面沉迷一面憂慮，進退都是深淵，左右都讓人彷徨。可能是有些分心了，突然發現她開始占據主導，像孩子得到了新玩意，她糾纏不休。從枕上仰起了身追過來，只管在他唇齒間勾繞啃咬。

要不是嘴給堵住了，他八成會笑出來。這個不知道害臊的丫頭，他有這麼好吃嗎？

督主大人再洞明世事，再練達人情，到底不過二十四歲年紀，心裡愛的人在身下婉轉承歡，他便有些把持不住了。這是和榮安皇后在一起時完全不同的體驗，坤寧宮搖曳的燭火裡，不管氣氛怎樣曖昧煽情，他始終可以心如止水。但是面對她，他動用感情，所以一切都顯得不一樣了。

他把雙手嵌進她的後背，微微托起來，將她拗出個誘人的弧度。親她的唇角、親她的下巴、親她露在交領外的脖頸。這暖玉溫香，恐怕終其一生都掙不出來了！

悄悄看她，她氣喘吁吁，柔若無骨。未經人事的女孩，哪裡受得了這些撩撥！他轉而用牙解她領上盤鈕，一顆接著一顆，漸漸露出裡面杏色的闊滾邊來。她沒有制止，他也沒有想停下，直到對襟衣大開，緞面的褻衣因她胸前起勢高高堆拱，他才驚覺事態發展得沒了邊，早就已經不在他的控制範圍內了。

他著了慌，頓在那裡不知道怎麼料理才好。這是個分界點，前進或是後退，會衍生出兩種不一樣的結果。究竟是安於京城的悠閒富貴，還是亡命天涯時刻遭人追殺，他沒有想好，也不能代她決定人生。

音樓很多時候腦子比別人慢半拍，她正沉浸在這春風拂柳條的無邊繾倦裡，他忽然停下動作她才醒過神來。睜眼一看，他怔怔撐在她上方，青絲低垂，眉尖若蹙，看樣子是遇上了難題。

她心裡明白了七八分，再瞧自己這衣衫不整的樣子，臉上立時一片滾燙。忙支起身把衣襟扣上，也不知道怎麼安慰他好。剛才是意亂情迷了，才糊裡糊塗走到這一步。她有些自責，如果自己懂得體諒他，就不該貪這片刻歡愉，勾起他的傷心事來。是自己腦子發熱起的頭，他勉為其難也要附和，這下子可好，弄得彼此這樣尷尬。

簡直沒臉見人了，她恨不得挖個地洞鑽進去！手忙腳亂把衣裳歸置好，看他一副失神的樣子，又是愧疚又是心疼。不敢碰他，挨在榻角摸了摸他曳撒的袍緣，「對不住，是我孟浪了……」

這種事，吃虧的不是女人嗎？她認錯認得倒挺快，他抬起眼看她，「此話怎講？」

怎講？她也不知道怎麼講，就是覺得對不起他。她坐在那裡懊惱地揪了揪頭髮，「我想你是沒有邪心的，不過想躺會兒而已，誰知道我獸性大發，險些玷汙了你的清白。」她垂下頭懺悔，「我做錯了，萬死難辭其咎。怎麼能讓你消火，你說吧！」

兩個人也古怪，一下子從那個圈跳進了這個圈，她還頗有任他發落的意思，就因為他是個太監，最後沒能把她怎麼樣，反倒成了受害者。

他笑了笑，「怎麼能怨妳呢！錯都在我，明明不能碰，還忍不住兜搭妳。」

她愣愣地看他，他這話不單是衝著剛才，更是衝著船上那夜吧！她聽出來了，到底他還是後悔了，只不過一時情難自禁，今天又離雷池近了半步。她都懂，也能站在他的角度看待問題本身。一個位高權重的太監，立在皇帝的御案旁可以號令天下，一旦離了腳下那幾塊金磚，就什麼都不是了。女人於他來說，也許僅僅是華美袍子上無足輕重的點綴。若是有一天連袍子都腐朽了，這樣的點綴半點價值都沒有，反倒成了傷。

她徐徐嘆息，心頭一直揪著，這時卻看開了，換了個鬆快的口氣道：「也許咱們都太寂寞了，需要有個伴。」

他臉上表情凝重，並不見笑容，垂著眼道：「娘娘說得是，宮掖之中生活寂寞，臣也有恍神的時候。但是娘娘要相信臣，臣……」

似乎以往種種都過去了，翻過巨大的書頁，一切夾帶進了昨天，現在又是一片柳暗花明。他仍舊稱她娘娘，仍舊自稱臣，是想回到原來的軌道上去了。音樓忽然感到酸楚直衝上鼻梁，花了很大的力氣才把眼裡的霧氣吞咽下去。

她曾經猶豫該不該捅破那層窗戶紙，之所以害怕，就是擔心會出現現在這種情況，沒有喜極而泣，兩下裡只有深深的無奈。她微哽了下，「廠臣不必說我也懂得，剛才的事咱們各自都忘了，過去就過去了，就算是個玩笑，以後再別記起。」

他下意識掖了掖唇峰，咬破了他的嘴，讓他以後別記起……記不記起是他的事，但是她能忘記自然最好。想得越多心頭越亂，便點頭道：「全依娘娘的意思辦。我今兒著急上步府，繡樓裡的買賣都擱下了，這會子歇是歇不成了，還是過去看看吧！把事情辦妥了，好上南京去。臨行前皇上有過旨意，南苑王府是唯一的外姓藩王，這些年風頭愈發健，再不轄制恐怕生亂……」他絮絮叨叨，連自己都不知道說了些什麼。趿上鞋，轉了兩圈，又發了回呆才想起來束髮，整好了衣裳瞧她一眼，匆忙背著手出門去了。

那廂步家著急打發音樓，三天之後就有消息傳來，說六月十六是上上大吉的好日子，請廠公做個見證，南苑那頭花船一到就讓人出閣了。肖鐸沒有不應的道理，不過放不放人就是後話了。

◆

嫁閨女，不單看日子，還要看吉時。那天一早步府就張羅起來，宇文家接親的人都到了，卻遲遲不見音樓回來，曹夫人在堂屋裡急得團團轉，「明知道今兒要祭祖上路的，這會子還沒動靜，那個肖太監是什麼意思？」她朝步太傅喋喋抱怨，「那天就不該讓音樓跟著他去，哪裡有女孩到了家又帶走的道理？宮裡管事管上了癮頭，到咱們家做主來了！」見她男人不說話，心裡愈發焦躁，「你還杵著，腳底下這塊地長黃金是怎麼的？這樣的當口還等什麼？還不打發人上行轅裡催去！拿人錢財就這麼辦事的？要不是落了把柄在他手上，我倒要去問他，強梁還講三分義氣呢，他這麼翻臉不認人，怪道要斷子絕孫！」

步馭魯被她聒噪得腦仁疼，又怕她沒遮攔的一張嘴惹出事來，跺著腳叫她噤聲，「仔細禍從口出！還嫌事不夠大嗎？他是什麼人，由得妳嘴上消遣？已經打發老大請去了，那頭不放人我有什麼法子？只有等著！」邊說邊仰脖長嘆，「原想孩子上了轎就萬事大吉了，誰知道出了這紕漏。南苑的人候得不耐煩了，再等下去只怕捂不住。」

曹氏聽了哼笑，「怨得誰？還不是怨你那好閨女！我瞧她進了回宮，旁的沒長進，心眼子倒變多了。這頭依著你，轉過身來就給你下藥！虧你還有臉在我跟前說她好，好在哪裡？這是要把你這親爹架在火上烤，你背上燙不燙？生受得住嗎？還指著她將來升發了孝敬你，瞧好，不要了你的老命就不錯了！」

女人不講理起來比什麼都可恨，步馭魯自己也沒主張，只管立在門上瞧，煩不勝煩地打斷她，「囉嗦能把人囉嗦回來？什麼時候了還在這裡同我嚼舌頭，有這閒工夫上前頭招呼人去，把那幾個嬤嬤安撫好，回了王府說幾句順風話，將來自有妳的好處。」

曹夫人罵歸罵，事情總不能撂著不管。想了想實在沒法子，試探道：「音樓替不了，索性把音閣屋裡的秀屏打扮打扮送上花轎得了。她跟在音閣身邊這些年，府裡的事也不用多囑咐。一個丫頭出身的能進王府做庶福晉，她還不對咱們感恩戴德？只要她不說話，咱們認她做義女。至於你那個好閨女，這個家是沒她容身之所了，叫她自走她的陽關道去罷！」

步馭魯叱道：「妳瘋魔了不成？進選的事惹得一身騷，這會兒替嫁替到王府去了，這世上別人都是傻子，只有妳聰明？妳讓一個堂堂的藩王納妳府裡的丫頭做庶福晉，妳臉可真大呀！成了，別想那些沒用的了，好好琢磨琢磨怎麼搪塞南苑的人吧！」

話音才落，管家從中路上一溜小跑過來，邊跑邊道：「給老爺回話，東廠的肖大人來了，這會兒到了御街，眼看就進巷子了。」

步馭魯大喜過望，忙整了衣冠到門上迎接，果然一乘金轎停在臺階下。轎裡人打簾出來，錦緞蟒袍一身公服，日光照著白淨的臉，也不言笑，寶相莊嚴恰似廟裡的菩薩。風風火火抬腿進門來，步太傅在後面點頭哈腰他都不管，倒是對院子裡的嫁妝很感興趣，轉過頭吩咐雲尉，「千戶數數，太傅大人給大姑娘的陪嫁有多少。」

雲尉應個是，大聲檢點起來，從一數到八，兩指一比，不無嘲弄道：「回督主的話，太傅大人討了個好口彩，大小共八抬。」

江南嫁女兒，三十六抬四十二抬是尋常，像這樣八抬的真是連門面都不裝了。肖鐸哂笑道：「太傅想得周全，走水路，嫁妝太多了運送不便當，還是精簡些的好。咱家出門瞧了時候，到這也差不多了，大姑娘還沒準備妥當？婚嫁圖喜興，誤了吉時就不好了。」

南苑來的喜娘和主事面面相覷，步太傅家結親的是二姑娘，大姑娘進宮封了才人，東廠提督一口一個大姑娘，裡頭是不是有什麼說法？

步馭魯遭肖鐸釜底抽薪，登時臉上變了顏色。又不能發作，只得好言敷衍著：「廠公弄錯了，今兒出閣的次女……」

「你是說咱們太妃娘娘？」肖鐸登時抬高了聲線，故作驚訝道，「太傅大人竟不知道娘娘受封貞順端妃的事？娘娘隨咱家來餘杭只是省親，等回京了仍舊要進宮的。太傅大人莫名其妙安排了樁婚事，要將太妃娘娘嫁到南苑王府去……」他沉下臉來，掃了迎親的人一眼，「咱家奉旨一路護娘娘周全，太傅大人這是為難咱家，想害咱家背上個失職的罪名？」

一石激起千層浪，在場的眾人都傻了眼，步馭魯和曹夫人更是萬沒想到，聽了他的話腿顫身搖幾乎要栽倒。

不是被攆出宮的小才人嗎？怎麼一下子成了太妃？原來都是肖鐸在裡頭耍花樣，左手要錢，右手作弄他們。可惜了一棵已經栽成的大樹，早知道音樓封了太妃，她回來時斷不會是那個光景。如今後悔來不及了，家底掏空了，南苑王府接人的又等著，這是要把步家逼上絕路了！

肖鐸看著那一門殘兵敗將很覺解氣，半晌才掖著手道：「閨女總是要嫁人的，留著也不能開出花來。我看太傅大人還是割愛吧，橫豎冒名頂替的事辦了不只一回，再來一回也無妨。不過要委屈大姑娘了，好好的正頭嫡女上王府做侍妾，也不知王爺計不計較她原本應該進宮的身分，萬一忌諱朝廷追究，那過了門的日子恐怕要煎熬了。」

步太傅早氣得說不出話來，步家老大攙了他爹道：「肖廠公同這事也不是沒有干係的，大庭廣眾下說出來，似乎有些欠妥吧！」

以為他拿了錢就同他們一條船了，肖鐸用摺扇遮住了半邊臉，操著懶洋洋的聲口告訴他們，「天下沒有瞞得住我東廠的事，東廠為皇上效忠，對主子也不會藏著掖著。這件事我在京時就透露給當今聖上了，聖上只說『且看』，這兩個字是什麼意思，太傅大人滿腹經綸，不會不明白。所以姐妹易嫁是為了步氏好，咱家言盡於此也算盡力了。」他轉過身往門上去，經過嫁妝時略停了下步子，嘆息道，「可憐見的，怎麼說也是個嫡女，八抬嫁妝實在是寒酸了些。千戶給我隨十兩銀子的分子錢，甭登帳了，算我給大姑娘添脂粉的吧！」

第四十三章　自悲涼

出得門來，心情大好。音樓的太妃身分一揭穿，杭州是待不下去了，恰好這裡的買賣談得有了成色，餘下便是船運和供貨。金陵原是大鄴故都，秦淮河畔的船塢媲美福建船塢，肖鐸一向對造船頗看重，不光是緣於大鄴的水師加固，也因為東廠在工部插了一腳，採買建造，中間環節利潤可觀。這年月，放著現成機會不往腰包裡攬財的是傻瓜，太監愛財嘛，肖鐸也是一樣。算算日子到了該結帳的時候了，工部給的帳冊子叫人信不實，還是親自去船塢瞧一瞧的好。

「明早就動身，別聲張，免得又鬧出大動靜來，沒那力氣應酬。」他坐在轎子裡囑咐，想了想又道，「另備幾條小船，你和二檔頭帶幾個人跟我走，餘下的人仍舊乘寶船，沿途官員一概免見，到了金陵再會合。」

雲尉在轎外應個是，略頓了下才問：「步家的事就算過去了嗎？步家老大對督主無禮，剛才那情勢一刀下去也是尋常，但礙於娘娘的面子不敢輕舉妄動，還得請督主給個示下。」

說無禮，其實也就是一句話，換了平常人，誰沒個受呲達的時候？但是肖鐸不一樣，自負慣了的嬌主兒，在外受不得半點怠慢。所以步家老大出言不遜，在東廠的人聽來就是出戰的號角響了，腰間雙刀隨時準備出鞘。

肖鐸倚著轎圍子撫摩珠串上的佛頭塔，並沒有太大的情緒起伏，只道：「娘娘性子善，受了再多的氣也不願意要他們的命，真刀真槍未免難看。步馭魯也夠受的了，南苑王府都知道步音閣是嫡女，她扎在那些妾和通房堆裡還能抬得起頭來嗎？原本想掏錢消災，沒承想皇上早知道了，這下子花了冤枉錢，沒準就此氣得臥床不起了。剩下的那幾個兒子……你去知會他們供職的衙門，讓他們賦閒在家也就是了，畢竟是太妃的娘家人，整治得太出格了不好看。」

他愛說漂亮話的毛病是改不了了，把人家弄得雞犬不寧，還一副放了恩典手下留情的好心模樣。雲尉他們在他跟前當了四五年的差，對他的癖好見怪不怪，笑著應承道：「沒了錢又丟了官，步老頭這回只有指望宇文良時看在翁婿的面子上接濟他了。」

肖鐸哼道：「宇文良時是什麼人？一個侍妾哪裡放在眼裡！步馭魯想在他面前以岳丈自詡，早著呢！」

正說得興起，雲尉抬頭見容奇迎面來了，料著有事，便往轎內通傳了聲。肖鐸低頭撫膝襴，金銀絲線摸上去有些扎手，鬆了的一個線頭在指尖盤弄了好久，只聽容奇隔簾道：「督主，閆少監那頭有書信傳來，說京裡出了樁狐妖案，有個姓趙的生意人在蜀地做買賣，路上遇見了個絕世美人，色心大起便收了房。帶回府後第二天闔府的人死了個精光，順天府派仵作驗屍，奇在居然連一處傷痕都找不著。眾人皆亡，那美人卻不見了蹤影。後來打更的常看見半夜裡有女子在外遊蕩，城裡又接二連三死了好幾個人，如今人心惶惶，老百姓天不黑全關門閉戶，一到點燈時候整個京畿就成了座死城。皇上命西廠查辦，于尊這人您是知道的，說話不留後路，滿嘴應承下來，對皇上立了軍令狀，三個月內必定把案子破了。少監的意思是，咱們東廠在這事上要不要插手？如果先西廠一步把案子拿下，皇上勢必對東廠另眼相看。」

肖鐸聽了抽汗巾掖了掖鼻子，「他西廠是什麼東西？想來同東廠分庭抗禮？做他的大頭夢！我要的不是皇上另眼相看，要的是成為他的左膀右臂！你回個信給閆蓀琅，讓他靜觀其變。要緊的時候叫人假扮狐妖外頭晃一圈，多死幾個人無妨，事情鬧得越大越好，叫于尊去破。那廝是新官上任，正忙著建功立業呢！各處多點幾把火，三個月夠他焦頭爛額的了。等三月期滿隨意丟個餌叫他叼著上御前結案去。」他點著膝頭笑起來，「要是哪天狐妖溜達進了宮，在皇上窗外對月吟詩，不知道于尊和他的西廠是什麼下場。」

那笑聲恍如金石相撞，轎外的人立刻會了意，容奇道是，看了雲尉一眼俯首領命去了。

回到鹿鳴蒹葭讓曹春盎收拾行李，帶的東西不多，幾件換洗衣裳和細軟就足夠了。大件的叫底下人運上寶船，這回是兵分兩路，他這個欽差難得也微服一回，要緊的是早在京裡就答應音樓夜遊秦淮的，既然有這機會，不能對她食言。

感情上做不到正大光明回饋，自己加著小心對她好，處處照應她，這是他的自由，同她無關。

怕自己的愛給別人造成困擾，他也沒想到自己會有這麼一天。相思濃烈起來連自己都覺得可笑，那時候她在窗下替他做鞋，他每天從船舷上經過好多回，其實沒什麼事，就是走一回看她一回，順便觀察進度。後來還很後悔，早知道在兩艙之間開個小窗，也省了在日頭下曝晒的苦。她做的鞋拿到手後捨不得穿，可是又想試試，怕踩髒了就在床上小走兩步，自己扭身在鏡子裡看，越看越覺得合適。這輩子除了他母親，她是唯一一個做鞋給他的人，穿在腳上刻在心頭，以後恐怕再也跑不掉了，這是他的命。

然而經過了那個臉紅心跳的午後，彼此都刻意迴避，似乎有三四天沒有好好同她說話了，也是因為尷尬，找不到適當的機會。明天準備離開杭州，去對她說一聲，叮囑她籌備，正是個不錯的契機。

他搖著扇子出門，才下臺階，恰巧看見她過來，穿一身水綠的便袍，鬆鬆挽個髻，一縷髮垂在胸前，很有些弱柳扶風的味道。

他心裡一鬆快，忙迎上去笑道：「臣正要去見妳，沒想到妳過來了。」回身引了引，「進屋吧，外頭還有餘熱。」

她腳下沒動，搖頭說：「不了，在這說也一樣。廠臣要去見我，有事嗎？」

肖鐸道：「今兒步府裡的事都辦妥了，南苑王府的人等在門上，妳父親只得讓音閣上了花轎。她這回算是折透了面子，妳聽了高興嗎？」他孩子氣地討好了一通，見她無甚歡喜顏色便有些訕訕的，換了話茬說，「明天五更咱們動身上南京，妳不是想去看看秦淮河上金粉樓臺嗎，咱們在桃葉渡停上兩晚，也好見識見識那裡的燈船簫鼓。」

她臉上神色是嚮往的，可是仍舊緩緩搖頭，「我來也是有事想同你說，這趟南下的目的就是回家看看，雖然瞧見的是這副光景，橫豎心願算是了了。南京我就不去了，你打發人送我回北京吧，早些進宮去，心就安定下來了。」

他被她澆了盆涼水，不太能接受，蹙眉道：「到餘杭不過十來天，還沒緩過勁來，何必著急回去？」

他難道不懂嗎？她提前回京不是不想遊覽這江南風光，實在是在他身邊，她再也不會有好興致了。她心裡的苦悶怎麼同人說？她可以不在乎他是不是太監，但是他自己看重，她也不能多說什麼。難道去開解他，讓他別把這殘疾放在心上？那不是往他傷口撒鹽嗎！這世上能坦然面對自己缺陷的人沒幾個，尤其這樣的終身遺憾，她怕開口會觸怒他。就算他面上能夠談笑自若，心裡大約早就血流成河了吧！

她作過一次努力了，鎩羽而歸，就算再沒心沒肺，這種事上絕不會再嘗試第二回。所以把他埋在心裡就好，讓他依舊張揚地、無牽無掛地活著，比什麼都強。

她深深看他一眼，「早晚還是要一個人先回去的，今兒走明兒走有什麼差別？景致再好也留不住人，等將來逢著機會皇上下江南，要是在他跟前得臉，央他帶出來，那時候再好好遊歷也一樣。」

她說完了，沒等他回話，自己轉身又上了小道。這園子樹木多，綠蔭重重遮天蔽日。臨近傍晚了，夕陽透過淺薄的雲層射過來，腳下鵝卵石鋪就的路斑斑駁駁，愈發襯得晚照淒涼。

音樓安慰自己堅定地走下去，她知道他一定在看著她，即便感覺芒刺在背，也決計不能回頭。一切都會慢慢好起來的，誰沒有一段幼稚的感情呢！等日後穩定了，不說相夫教子，有了框架，過上循規蹈矩的生活，再回過頭看現在的兒女情長，也會覺得十分的荒唐可笑。

她略帶無奈地垂下嘴角，終究還是太年輕了，也許到了榮安皇后那樣的年紀，經得多看得多了，漸漸也就淡了。只是自己沒有榮安皇后那樣的福氣，即便不得寵愛，也可以理直氣壯地談起丈夫。留下一兩樣東西，每年拿出來見見光，人死債消後話裡沒有鋒芒，他長他短，先帝也和別人的丈夫沒有兩樣。然而自己的一輩子是不能落下什麼了，想得到的離你太遠，不想得到的別人偏要強迫你分一杯羹。但願下輩子托生在個偏遠的地方，能找個平常人嫁了，至少不用做妾，知道那個男人屬於她。

彤雲站在屋角等她，遠遠一道身影垂頭喪氣從迴廊裡過來，噘嘴垮肩的模樣，一看就知道是不歡而散。

「吵起來了？」她上去攙她，「肖掌印留您了嗎？還是痛快點了頭，您又不高興？」

音樓靜靜琢磨了下，「他現在幹什麼我都不高興，我可恨死他了。」

彤雲嘆了口氣，「您恨他有什麼用，人家興許還恨自己呢！您要是恨著恨著能把那地方恨回來，奴婢陪著您一塊恨。」

她耷拉著嘴角如喪考妣，「東西都收拾完了嗎？我剛才說得很堅決，一口咬定要回去，他八成也沒辦法。」

「他答應讓您走？」彤雲看看天上怒雲，西邊火紅一片，喃喃道，「晚霞行千里啊，明兒肯定熱得厲害。咱們是走水路還是走陸路？」

她說不知道，「我都沒敢多看他一眼就回來了，其實我現在恨不得一腳踏進宮裡。前頭過得渾渾噩噩的，上了一回吊把腦子吊壞了才喜歡上太監，等回了宮我打算喜歡皇帝，總比太監有盼頭，妳說是不是？」

彤雲不知道怎麼開解她，沉吟了半天噯了聲道：「說得是，那打今兒起您就什麼都別想了，走一步是一步吧！我真沒想到，肖掌印這麼不爺們。您不嫌棄他，他還不順杆爬，以前怎麼伺候榮安皇后呀！還是他忌諱您沒承過幸，怕出了格萬一皇上點卯您沒法應付？真要這樣，那您給翻了牌子再同他私底下走動，他大約就自在了。」

音樓瞪眼看她，「我是這樣的人嗎？進了宮走影兒，活膩味了？」

彤雲比她還惆悵，一屁股坐在欄杆上長吁短嘆，「要不怎麼的？我還以為他會想個法子不讓您進宮呢，他路子比咱們野，只要願意，什麼事難得住他？誰知道……他連蠟槍頭都不裝了，他就是根棍子。」

音樓低頭揉搓手絹，「妳別這麼說他，他有他的難處，我都知道。皇上和他不一心，他想往東皇上偏往西，他就算想留我，也得皇上答應才好。他是個不愛說滿話的人，許了諾辦不到，自己身子又不成，可能也怕耽誤我。」

好嘛，這得愛得多深，都被人回絕了還幫著人家找理由呢！誰遇上這麼識大體的女人，真是前輩子修來的好造化。可惜了，情路註定坎坷。彤雲原當肖鐸和別的大太監不一樣，誰知道也是個縮頭烏龜。放不下手裡的權勢，畢竟是拿大代價換來的，留戀也應當。可憐了她的傻主子，一根筋了這些時候，在船上天天做鞋做到後半夜，給他一年四季的都備足了。

反正事已至此了，只等明天番子來接她們。

第二天早起天濛濛亮的時候曹春盎過來傳話，說船在渡口等著了，請娘娘移駕。音樓出了院子回頭駐足，前院上房的門緊緊關著，只聽見簷角的鐵馬在晨風裡叮噹作響。他沒打算送她，也許心裡同樣難過，不見強似相見。她垂首嘆息，就這樣吧，反正下定了決心要忘記的，見與不見都不重要。

去碼頭的路上她問曹春盎，「督主指派了幾個人跟著？」

曹春盎道：「督主吩咐輕車簡從，人多了反倒引人耳目。叫二檔頭和三檔頭乘後頭的船跟著，一樣能護娘娘周全。」

音樓頷首應了，橫豎現在任由他們安排，只要能順順利利回到京裡就成。

奇的是這趟準備的是舫船，大小至多只有寶船的一成，雕梁畫棟，翹腳飛簷，構造雖美，卻適合在穩風靜浪裡航行。江南這種船多，或許到錢塘再換方艄吧！音樓上了甲板很覺惘然，也沒進艙，在船頭站了一陣，看那碧波浩渺裡江帆點點，心也跟著載浮載沉起來。

第四十四章　近孤山

水面越行越窄，音樓記不得來時路，隱約覺得不大一樣，站了會兒轉過頭問彤雲，「這是到了哪一段？我怎麼覺得走錯路了？」

彤雲站在一旁看天，「興許是抄近道了，從這斜插過去，一氣兒就能到大壺口也說不定。」一頭說一頭琢磨，「這時辰還不出太陽，看來是要下雨了。」

音樓沒聽她嘀咕，往前看，到了分岔口，舵把勢一轉，居然進了一條小河道。她「咦」了聲，「這是往哪？你瞧見東廠的人了嗎？別不是上了拐子船，要把咱們賣了吧！」

河岸上的蘆葦長得有兩人高，蘆花正是茂盛的時候，畫舫從河道寂寂搖過，蘆桿刮著頂上木柞的簷角，劈啪作響。就好比放著官道不走走田壟一樣，蘆葦蕩一片茫茫看不到邊，左右又沒人，真有那麼點遭到倒賣的意思。只不過知道是玩笑話，無非自己嚇唬自己罷了，東廠要是連個人都護送不到，豈不正給了皇帝取締的藉口嗎！彤雲挎著包袱道：「估摸著出了岔道就能進運河。運河裡也有急流，畫舫光圖漂亮了，吃水不深還是個方頭，萬一遇到漩渦怕出事。這條水路平穩些，回頭換了船就能走原路了。」

反正都到了這了，怎麼走隨意吧！先前說進了宮心裡能踏實，其實上船後心境就不一樣了，果然遠離左右就能把癮頭掐滅，沒了指望也還是那樣過。音樓想起以前做才人時候的日子，在乾西二所裡漫無目的地活著，有過那麼一段等翻牌子的經歷。後來知道先帝獨寵貴妃，她就把人生所有的樂趣轉移到申正的那頓晚飯上去了。

往後還得過這樣的日子，她仰脖子嘆了口氣。回頭看那畫舫，舫船兩邊沒有可供行走的舷，端端正正一間通長的大屋子，後邊有半間上下結構的小樓，紅漆直欞門，簷下描江南彩繪。江浙人善於在最細微的地方花最巧妙的心思，這種匠心獨具倒真是北方不常見的。

瀟瀟的穹隆下是接天的青蘆，船在畫裡走，人心也覺鬆坦。彤雲來攙她，兩個人繞過錨繩往後去，走了幾步才看見屋角挨著個曹春盎。音樓愣了下道：「沒見你上船呀！廠臣讓你送我回京嗎？」

曹春盎一臉痞相，笑道：「娘娘說要回京，奴婢真替娘娘覺得可惜。您瞧督主這的差事都辦完了，說話兒就上南京。南京是好地方，娘娘去過嗎？十里秦淮、畫舫凌波，到了夜裡處處華燈，還有唱小曲的船娘和伶人。這麼個好機會，娘娘不去可是要後悔的。」

音樓聽了一笑，「那豈不是連累了你？送我回京，害你也去不成了。」

曹春盎笑得更歡實了，搓手道：「去得成，督主說了，先上南京逛一圈再送娘娘回京。進廟燒香沒有不磕頭的，既然來了就到處瞧瞧，橫豎皇上沒限制時候，要是討巧呀，沒準督主能和娘娘一塊返京呢！」

音樓吃了一驚，說好了回北京的，先斬後奏是什麼意思？難怪乘畫舫鑽小道，都是事先安排好的嗎？她有點搓火，擰著眉頭問：「你們督主人在哪裡？我雖然沒授過金冊，好歹還有個銜，他也太不拿我放在眼裡了！」

曹春盎嚇一跳，「娘娘您息怒，多大點事，鬧生分就不好了。您也別著急上火，有話好好說……」

她沒等他說完，重重哼了聲就往艙裡去了。

曹春盎膽兒小，瞠著兩眼看彤雲，「娘娘這氣性……不會出事吧！」

彤雲把眼看天，「換了我，氣性也大。」背過身去自己窮嘀咕，「男人大丈夫，辦事拖泥帶水什麼趣！又不肯接著來，又掐著不放手，想幹什麼呀？還遊金陵，興致倒挺高！」

曹春盎在邊上掏耳朵，「妳一個人絮絮叨叨，說什麼呢？」

她回過頭來乾澀地笑了兩聲，「沒什麼，我說督主幹得漂亮！娘娘原本一門心思回北京了，嘴裡沒說，心裡傷嗟著呢！這會兒督主既然強留，娘娘大不了做做臉子，暗地裡必定受用。」她一甩帕子打哈哈，「哎呀，我最喜歡說一不二的爺們兒了，辦大事的就該有鐵腕，沒到山窮水盡就還有轉圜，小曹公公您說是不是？」

曹春盎白了她一眼，「別問我，我一概不知。做下人就該有個做下人的樣，主子的事別議論，督主以往什麼脾氣你不知道？朝廷大員見了他都怵，他的事妳就別操心了。」他抱著拂塵回身看，嘖嘖咂了兩下嘴，「還別說，娘娘發起火來臉盤真嚇人！」

那是當然，別看音樓平時笑模樣，越不外露的人，衝動起來越是把持不住。她進了艙裡，一眼就看見坐在十樣錦屏風前品茶的人。他穿一身素紗大襟衣，頭上戴金鑲玉髮冠，朱紅的兩道組纓垂著胸前，悠哉悠哉泡功夫茶的模樣，像個徜徉山水的文人。

別以為擺個撩人姿態就能叫她煞性兒！音樓冷著臉看他，「廠臣打量我好糊弄嗎？明明說好了今天回北京的，把我騙上了往南京的船是什麼意思？」

「沒什麼意思，臣就是覺得還沒到時候，娘娘大可以再逗留幾天，等臣覺得差不多了，自然會打發人送您回去。」他輕飄飄看了她一眼，發現她拉著臉怒目相向，便蹙眉道，「怎麼？娘娘還打算到皇上跟前告我一狀？果真這樣我也不阻撓，我就說我手上差事正緊，來不及過問娘娘行程，交代別人又不放心，所以拖延了幾天。橫豎我有搪塞的法子，要告妳只管告去，我不怕。」

這不是無賴的調調嗎？音樓被他拿話噎住了，氣得乾瞪眼，「你真當制住了我，我不敢告你嗎？」

「告我什麼？娘娘手上還有旁的話柄能問我的罪？難不成是那天午後的事？我唐突了娘娘，娘娘記恨我到現在？」他有點不高興，茶吊子往下一放，砰地一聲響，「不痛快的話何必說，願意就坐下品品茶，一會兒出了蘆葦蕩，再往前能接上秦淮河；不願意妳就乾站著，到南京還有兩天水路，到底怎麼樣都隨妳。」

音樓沒想到他火氣比她還旺，這幾天憋在心裡的委屈都是硬著頭皮扛過來的，如今被他這麼一斥，突然覺得所有一切都很不值。他似乎不知道罵人不揭短的道理，那天的事她有多後悔，回想起來都覺得臊得慌。別人說他有副水晶心肝，到底玲瓏在哪裡？不過有手段倒是真的，把她這麼不上不下地吊著，就是他縱橫後宮的馭人之術嗎？既然說明白了就該兩不相干，讓她回北京有什麼不好？偏要留著戳在眼窩子裡，他是沒什麼，叫她怎麼處？真像戲文裡說的，愛恨也就一線之隔。她忽然意識到自己落了短處在他手裡，既然這個人不值得託付，那她就得學著防備。恐怕他今兒能拿話堵她的嘴，將來也能拿這個軟當挾制她。

各人有各人的苦處，肖鐸是惱她抽身太快。他總覺得事情還有救，為什麼她那麼著急要回京？她究竟知不知道回京意味著什麼？意味著皇帝會派人接她進宮、意味著她要開始苦厄的宮廷生活、意味著他要見她一面必須等到合適的時機。宮廷是個錦繡堆裡埋刀鋒的地方，她光著腳走，沒有不割得鮮血淋漓的。即便要進宮，也要讓他親自送她，至少能夠好好替她安排吃住，凡事給她最大的便利……可是他捨不捨得？做不做得到？到現在他自己也不敢確定了。或許再等等，總能找到個兩全的辦法解決眼下的難題。然而怎麼說呢，說求她容他時間？他也不知道最後的勝算能有多少，萬一越陷越深，到時候只怕兩人之中得先死一個，才能平息這場干戈了。

彼此都賭氣，咬著槽牙互不相讓，梗了半天脖子，還是肖鐸先服了軟。他站起來，倒杯茶遞過去好言相勸，「我想帶妳看看秦淮景致，美景良天也要有人共用才熱鬧，都已經到了這裡，為什麼不能再逗留兩天呢？」

她推開茶盞別過臉道：「我這會兒一腦門子官司，哪有那興致！你硬要叫我看景兒，我也感念你的好處，等到了南京再指派人送我上路也一樣。」

他收回手把蕉葉盞擱在矮几上，淡然道：「我沒打算讓妳一個人先走，往後有一輩子工夫在宮裡，急什麼？現如今皇后主事，皇后上頭還有太后。皇上是個好人不假，皇后卻不是好打發的。妳進宮首先名分上是個難題，先帝和今上是兄弟，妳是寡嫂的身分，又不是老太妃，說頤養天年搆不上，年輕輕的姑娘從陵地裡接出來，誰也不是傻子。皇上雖俯治天下，有些事上卻優柔寡斷，我不在，沒人慫恿著冊立，妳進宮也是個尷尬境地。」

「所以要等你一道回去，由你舉薦著晉位嗎？廠臣，我沒想晉位，甚至巴望著皇上記不起我來，你知道為什麼？」她目光灼灼，可惜他到底沒敢同她對視。她有些自嘲地笑了笑，「如果進宮在所難免，我也不指望萬千榮寵集一身。你要是為我好……我不求你別的，只求你想法子讓我偏安一隅，不要有人來打攪我，我就對你感恩戴德了。」

等同於自我流放嗎？他握緊了大袖下的十指，隔了很久才低語：「我何嘗願意讓妳進宮，妳以為我是個冷血無情的人……或許對別人是，可是對妳，我自問盡了心力。」

音樓沒想到他會突然說這個，怔怔看了他半天，恍惚升起一絲希望來，只是信不真。她仔細看他，看他落寞的眼神，看他眉心的憂慮，試探道：「我要的不是你盡心，你懂嗎？你不想讓我進宮，為什麼不試著留住我？你焉知我不願意呢？我已經沒有家了，只要你收留我，我去求皇上放了我。我不會提你半個字的，只說是我自己的意思，好不好？」

這件事什麼時候輪到他們自己做決定？皇帝等了那麼久，從把她放下房梁開始，到後來的入帝陵、入提督府、下江南，平心靜氣等了好幾個月。眼看著要有收成了，結果又去哀告，說臨時改了主意，不願意進宮了。一個九五至尊，哪裡來這樣的好性子？肖鐸考慮得多，雖覺得音樓意氣用事了點，但是她的這番表態卻讓他受寵若驚。他自然心動，自然巴不得點頭應承她，可是他有顧慮，東廠正值多事之秋，他要是站得穩腳則平安無事，若是有半點閃失讓人抓住小辮子，絕不是丟官罷權這樣簡單，累及身家性命甚至死無全屍，不過朝夕之間罷了。

可是她這樣迫切地看著他，他只覺心底某一處劇烈牽痛起來，頹然站在那裡，一時不知怎樣應對才好。

第四十五章　微雲度

「你說話呀！」音樓上前兩步，她已經把女孩兒的矜持都扔了，先前千般盤算，把他儘量往壞了想，可是到最後她依然無法捨棄。她喜歡他，還是想天天和他在一起。他對她沒有用真情嗎？為什麼還在遲疑？她去抓他的袖子，近乎哀求地撼他，「廠臣，我不要做什麼娘娘，我也不在乎那些世俗的東西。你要是怕皇上怪罪，悄悄找個地方把我藏起來，隔三差五來見見我就成。我要求並不高，我只要你。」

她說這些，他的心都要碎了，怎麼辦呢，她把他逼到了絕境，他知道這回如果斷然拒絕，也許她就真的死心了。其實那樣對大家都有益，堂堂正正在大太陽底下活著，各生安好。但是他兩難、他猶豫、他放不開。一個早就嵌進了心裡的人，垂著淚對你說她只要你，甚至願意從此不見天日，叫他如何應對？他在感情上沒有她勇敢，他的顧慮實在太多，多到令她意想不到。他的軟肋都是致命的，一旦哪天東窗事發，他連自己都保護不了，怎麼有能力去顧及她？

他低頭看這張臉，薄薄的水霧蓋住她的眸子。隔著淚看他是什麼樣的？是不是病態的、扭曲的？他熬得燈油都要乾了，哽了下才道：「我是個太監，沒法給妳平常女人的幸福。如果跟了我，恐怕連孩子都不能有，妳也願意嗎？」

她有些臉紅，避開他的視線，卻言之鑿鑿，「我說了不在乎那些。」

他吸了口氣，人站得筆直，微仰起臉，只是不願意讓她看見他眼裡深重的苦難。心頭天人交戰，他怎麼辜負她一片情義？又怎麼把她拱手讓人？不叫她進宮有很多法子可以變通，可她是太妃的銜兒，永遠不能像普通人那樣隨心所欲。要麼進宮要麼守陵，皇帝跟前鬧出風波來，往後必定有更多人留意她，他就是想把她私藏起來也辦不到。

「從進紫禁城那天起，我就沒再指望有女人願意追隨我。」他朝她苦笑了下，「蒙妳抬愛，叫我怎麼回報妳才好呢？妳也知道我如今的處境，前有強敵，後有追兵。東廠幾任提督都沒有好下場，到了我這輩，結局怎麼樣，我自己也說不準。今天富貴榮華，明天或者就鋃鐺入獄了，妳跟著我就是在刀山火海裡行走，我給不了妳安定的生活。況且皇上那未必願意鬆手，我爬得再高都飛不出他的手掌心，向來只有我替人做牛馬，現在同他搶女人……我憑藉哪一點優勢呢？」他抬手撫撫她的臉，「娘娘，妳只是和我走得太近了，才會誤認為喜歡我。妳這麼年輕，還有大好的幾十年，如果日日擔驚受怕，總有一天妳會厭煩的，到那時妳會怨我，我又拿什麼來補償妳？」

他滿口為她著想，可是那些都不是她想聽的。不中聽的都不是好話，她簡直抑制不住自己的情緒。女人同男人關注的東西或許不一樣，他懂得放眼將來，她願意看見的只有眼前幸福的一小塊。他這樣瞻前顧後，對她無疑是又一次打擊，但是既然這麼努力了，她不能輕易放棄。她把他的手壓在臉上，哀聲道：「你不要同我說那些，你只說你喜不喜歡我。那天夜裡我沒喝醉，我是醒著的，你還要賴嗎？」

他終於大大吃了一驚，愕然看著她，表情令人發笑。漸漸歸於謊言戳穿後的尷尬，他無奈地垂著嘴角嘆息，孩子總是天真又殘忍，既然已經憋了這麼久，為什麼現在要說出來呢！他不斷後退，她步步緊逼，真把人逼得沒法子了，似乎只有妥協。他自嘲地笑了笑：「既然如此，我還有什麼可狡辯的？」轉而把她的手合在掌心裡，低聲道，「難為娘娘苦戀我，肖鐸以半殘之軀得娘娘垂青，這輩子也算值了。不過咱們先約法三章，娘娘若是答應，咱們再圖後計，成嗎？」

音樓已經作好了失敗的準備，沒承想下了帖狠藥他居然俯首貼耳了，這叫她歡喜壞了，有點土霸王搶親得逞後百依百順的意思，點頭道：「只要你從了我，我什麼都答應你。」

他嗤地一聲笑，「小丫頭，口氣倒不小。我從了妳，只怕妳生受不起！」那種甜甜的滋味盛在蜜糖罐子裡，一旦砸開了口子就收勢不住了。他孤獨了那麼久，對誰都小心翼翼地防備著，唯獨她闖進他心裡來，在她面前才得片刻放鬆，不必戴著假面示人。這種感覺會上癮，戒起來也愈發的難，他卻願意沉溺，把她推到木牆上，俯著身子靠在她肩頭，換了個纏綿的聲口道，「臣往後就是娘娘的人了，妳要好好愛惜臣，莫要叫臣受委屈。臣在外再了不得，娘娘跟前終究提不起來。臣把心交付娘娘就是一輩子的事，妳要是中途撂手，臣只怕會吊死在妳床前的。」

真是幽怨得了不得，他向來愛小矯情，這種時候音樓的男人心膨脹得空前大，立刻滿滿都是憐香惜玉的情懷。伸手一攬，在他背上連拍了好幾下，「只要你乖乖聽話，我是不會對不住你的。」

他「嗯」了聲，自己都覺得好笑。拉她在榻上坐下，兩兩相對說不出的滋味。沉默了下才道：「咱們的感情只在私底下，人後妳喜歡怎麼樣我都依妳，但是人前要克制，不光言行，連眼神都要自律，能做到嗎？」

這個不必他說，她也不是傻子，連連點頭道：「我省得，我最會看人眼色了，在外會管著自己的。」

他寵溺地在她頰上捏了下，「我就喜歡娘娘這點，像塊鐵疙瘩，不嬌貴，耐摔打。」

她聽了不大滿意，「這是什麼比方？你不把我比作花兒嗎？好歹我也是個姑娘！」

他說：「滿地的嬌花，有什麼了不得？鐵疙瘩多好，還能打釘子。」

她噘了噘嘴，「你會不會覺得我耐摔打，往後就不替我著想了？」

他聽了皺眉道：「我和旁人不同，邁出今天這步不容易，妳覺得我還有退路嗎？早給妳逼進死衚衕了，妳還說風涼話？」

音樓不由心虛，覥臉笑起來，「好好的，把我說得逼良為娼似的。」

她這麼一來他立刻軟化了，溫聲道：「就算逼良為娼也是我自願的，怨不上妳。我為什麼一直不敢同妳交底，還是因為沒把握。我沒法許妳將來，這點我很覺對不住妳，所以心思再活絡，也只能背著人。再說自己這身子骨……」他垂首輕嘆，「我沒臉想別的。」

他的顧慮她早就想到了，如今他說出來，她心裡更覺不好受。寬慰的話再多也不能彌補實質性的傷害，只能緊緊攥著他的手。

他略帶愁苦地看她一眼，挨得更近些，似乎有些難出口，再三斟酌了才道：「像上回在鹿鳴蒹葭那樣的事，下次不能再發生了。我有時控制不住自己，接近妳就想和妳親近，妳要是不攔著我，後頭恐怕難收場。咱們的心是一樣的，但萬事不能不作兩手準備。若我留得住妳，恩愛也是天經地義。若是留不住……我不能埋下禍根毀了妳，妳懂嗎？」

音樓在宮裡看過那些書，也知道是怎麼回事，他這樣約法三章真夠直白的。話雖說得清楚，她也認同，可心裡終歸有些不受用。到了這時候他還要考慮那麼多，究竟是什麼意思？先前的歡喜霎時散了一半，又不得不委屈求全，花了大力氣才爭取來的東西捨不得鬆手，也許她愛他更多一些，所以會有種做小伏低的錯覺。

「那你和榮安皇后呢？」她囁嚅了下，匆匆一瞥他，立刻又垂下了眼皮。這是困擾她很久的問題，就算是八百年前的事了，終歸是他和別的女人糾纏不清，她總會不自覺地拿自己去攀比。

肖鐸卻被她問得愣在那裡，過了很久才咬牙切齒道：「誰和妳說起這些的？是不是彤雲那個碎嘴子？」

音樓嚇得忙擺手，惹他起了殺心彤雲就完了，便搪塞道：「榮王暴斃那天我送皇后回坤寧宮，聽皇后話裡似乎有那麼點苗頭，我就記下了，和彤雲沒什麼相干，你不要誤會。」

他抿著唇冷著臉，像是被觸到了雷區。一向從容優雅的人，那種狠戾模樣很少看到。不過也只是一瞬，又平靜下來，漠然道：「皇宮和市井沒什麼兩樣，裡頭弱肉強食，妳也知道。自己不夠強大，就得找個靠山，恰好皇后需要個替她賣命的人，我那時候又只是個小小的隨堂，有這樣的機會怎麼能放過？我也不諱言，有今天全是依仗了她。她雖不得寵，但是瘦死的駱駝比馬大，皇后的尊崇在那裡，要提拔個親信易如反掌。來往得多了，漸漸發現單靠賣命遠不夠打下根基。」他臉上有些難堪，「所以……適時地關心一下，替她排憂解難，一來二去就往斜裡岔了。」

「那你們到底有沒有……」話到嘴邊打個滾，又咽下去了。怎麼問呢，問他們有沒有肌膚之親，像那天他們在鹿鳴蒹葭一樣？

肖鐸是聰明人，點到為止也能意會。她在乎的無非就是那些，女人心眼小，一旦覺得關係明朗了愛追究以往的種種，這也算是愛之深了吧！他垂下眼，臉色不大自在，「就同辦差一樣，小來小往是有的，但是她不能同妳相提並論。我為什麼扶植福王登基？如果當初擁立榮王，勢必要和她牽扯一輩子。誰願意被婦人拿捏在手呢！為了擺脫她，我做了個錯誤的決定，才到今天處處受人掣肘的地步。我心裡沒有她，所有一切都是應付。」他莫名紅了臉，

「至少我的身子是乾淨的，妳要是不信，大可以驗一驗。」

他說著說著又不正經了，音樓扭捏了下，捂著臉啐他，「這話好古怪，驗得出來才妙！」

「妳不信我嗎？」他有些發急，「妳當我誰都願意將就？上回在船上，是我這輩子頭一次親姑娘！」

果然一受調唛什麼底都能抖露出來，督主再有能耐，這上頭還是不夠老練。音樓暗笑他，心緒倒漸次安定了。他曾和她提過以前的苦難，關於他如何流離失所，關於他怎樣痛失手足。那麼多的不易，折便成委屈求全也能夠理解。人在世上行走，遇見了矮處得彎腰，否則就會撞得頭破血流。他不去討好皇后，怎麼坐上司禮監掌印的位子？又怎麼去報仇？大丈夫能屈能伸，至少現在的他可親可愛就夠了。

她抿唇一笑，擰過身子靠在他胸前，瑞腦香絲絲縷縷滲透進她的皮肉裡，她低聲道：「我信你，你說什麼我都信。」

他把她的指尖捏在手心，側過臉在她額頭蹭了蹭，彼此都不說話，只聽船篷頂上沙沙一陣響動，推窗朝外看，河面上蕩起萬千漣漪，陰了這半天，終於下起雨來了。

第四十六章　帝王洲

南方夏天的雨勢很大，萬道雨箭落進秦淮河裡，隆隆濺起半尺來高的水珠。大約是久晴後的一場豪雨，不同於一般的雷雨轉瞬即過，纏綿了近兩天，時落時歇，進了金陵轄內才漸漸收住了。

雲開雨散時已值黃昏，畫舫在水氣氤氳中緩慢前行，肖鐸倚在窗前直說運道好，「入了夜河上比陸地還熱鬧，一直陰雨就沒意思了，寶船要是先到，城裡的官員得了消息勢必傾巢而出，人多還怎麼玩？咱們帶兩個人，瞧著哪家畫舫有意思就上去聽歌賞舞，膩了上岸就是夫子廟，往南還有個烏衣巷，妳要是有興致，咱們一里一里逛過去。」

他平常端著架子一本正經，那是擺譜，鬆泛起來也愛遊山玩水。這回是微服，到了人多的地方沒什麼忌諱，湊個熱鬧搭個訕，喬裝得像普通商賈。

音樓坐在窗前往外看，天色漸暗的時候河道兩旁開始燃燈了，似乎不過一轉眼，各家的河廳河房外都吊起了八角紅燈籠，一片柔豔之色擴散開來，整個河面便籠罩在靡靡之間。河房之外還有露臺，凌空架在水上，翠閣朱欄、竹簾紗幔，隱隱綽綽裡有腰身曼妙的女子坐在簾後，手裡紈扇輕搖，船從底下經過，帶起濃濃一股脂粉香氣。

沒有夜遊過秦淮的人，見了這樣場景果然要迷醉的。音樓嘖嘖讚嘆，「錦繡十里春風來，千門萬戶臨河開，這詩擱在這裡真是再貼切也沒有了！」她拉了他的袖子往外指，「那些臨河而坐的女子都是賣藝的嗎？給些錢，她們就給客人唱上一段？」

肖鐸拿扇骨輕敲著掌心道：「哪裡光是唱一段！這些女孩都是鴇兒買來的，十來歲就開始悉心調理，詩詞歌賦樣樣來得，比大家子養小姐還要嬌貴。教上三五年，拔尖的挑出來能日進斗金。秦淮河上多是文人墨客，最愛風花雪月那一套。水檻河畔，閨人憑欄，從底下往上看自有一股妙趣。瞧上了的停槳攀談幾句，談吐形容過得去的一拍即合，自此踏進溫柔鄉，揮金如土的日子也就開始了。」

音樓聽彤雲說起過太監逛八大衚衕的事，他這麼如數家珍，看樣子也留連過花街柳巷吧！這麼漂亮人，就算別樣上殘缺，單看這張臉卻賞心悅目，比那些豬頭狗臉的紈絝強上百倍。要是再一提他督主的名號，那些粉頭才不在乎他是不是太監呢，八成都搶著伺候他！

她不痛快了也不說話，就那麼輕飄飄地乜他。他先前還興高采烈的，見她這模樣心裡一緊，掩飾著咳嗽了聲道：「獨自逛這種地方的都不是正經人，背著家裡偷偷摸摸的，不成體統！我最瞧不上這號人，要是朝廷命官，必定是個貪官！」他又用扇骨指點江山，「再說能瞧上那些女人也奇，一雙玉臂千人枕，今兒你明兒他，見誰都是小親親心肝，一頭睡著不硌應嗎？要說美，哪點美？我瞧還不及妳一成呢，不信妳問小春子，是不是這個理？」

曹春盎在旁邊憋了半天，他跟他乾爹親，有些事他老人家也不避諱他。就像之前和榮安皇后，他身邊的人多少都知道。這回看來新娘娘是上鉤了，聽這話頭和以前大不一樣，果然督主有橫掃千軍之才，大姑娘小媳婦沒幾個能扛得住的。乾爹負責唱段子，他負責打鼓點。

這會兒猛叫他名頭，像按著了機簧，他立馬跳起來回道：「乾爹說得是，老祖宗要是不美，哪裡能當娘娘？您千萬別把那些窯姐暗娼放在眼裡，那些人上不得檯面，就像您老家俗話說的，吃腿兒飯的苦命人，冠了再多美譽也就那麼回事。」

這樣著急撇清真是欲蓋彌彰，音樓看彤雲一眼，那丫頭很快調開了視線，可能是有點心虛，左顧右盼著噯了聲，指著一臺水榭道：「船上還能開鋪子，買賣做到人家屋子底下去了，這倒挺好玩。」

大夥兒順著她的視線往前看，原來是小商船倒賣零碎東西，河房人家把地板上暗艙口掀起來，從上面順下個籃子，籃子裡頭裝錢，船戶收了錢把東西擱進去，這一來一去買賣就做完了，十分的簡單便捷。

音樓想起以前的事來，得意洋洋道：「這不算什麼，我小時候還用這種法子逮過魚。淘籮上生根繩子，往裡頭撒上一撮米，沉進湖裡等魚來吃餌，然後往上一提，三五條是跑不掉的。」

肖鐸聽得直皺眉，「妳到底是怎麼長大的？好歹也算小姐出身，怎麼還幹這些？」

她倒不以為然，「我小時候和我親娘一直在老家待著，並沒有跟我爹進京。一個庶女，沒誰看重，也沒有那麼多的教條。其實最快活的還是那時候，不像後來學念書了，管束得多起來，就不自由了。」

橫豎現在有人疼，心思開闊了，說話都顯得底氣十足。大夥談笑幾句上了甲板，天色在明暗交界的當口，那一串接著一串的燈籠在晚風裡搖曳，把頭頂上的天都染紅了。

歌樓舞榭就在眼前，不去逛逛白來這一遭。音樓早就換好了男裝，束皂條軟巾，穿交領生員衫，摺扇一打也是春風得意的小公子模樣。回頭看了彤雲一眼道：「爺去花錢買臉，妳好好看家，回頭帶小吃回來給妳。」

花船基本都是撬舫船那種式樣的，兩條舫船拴在一起做成連船，中間打通可以自由來去。見有船靠攏，那頭便把跳板架過來，音樓一縱縱上去，笑嘻嘻站在船頭等肖鐸，看他手搖摺扇款款而來，腳步實在過於從容了，有些等不及，便上去拉了他一把。

江南妓院青樓不像北地那麼野性，姑娘講究雅，越是有身價的，骨子裡越是矜持自重。站在蓬外迎來送往的都是下等，所以一艘花船即便是做那營生，表面看上去不但不流俗，還頗有幾分詩意。

兩個人站定了四處瞧，船上有專門接待的王八頭兒，迎上來拱手做了個揖，滿臉堆笑著往裡引，一面道：「客人們看著臉生得很，頭回光顧咱們這裡吧？」

肖鐸撩了袍子進艙，點頭道：「我們是外鄉人，秦淮佳麗豔名遠播，今天是慕名而來的。」

王八頭兒笑得更歡實了，「一回生二回熟，咱們這裡有最好的姑娘，琴棋書畫、詩詞歌賦，沒有一樣不精通的。客人點什麼姑娘就能來什麼……嘿嘿，要是客人愛聽曲，昆曲、京戲、大鼓書，姑娘們全拿得出手。」進了一個包廂張羅起來，肩上巾櫛抽下來一通撣，給兩個人清了座，獻媚道，「客人稍待，姑娘們馬上就出來。」

隔簾看見外面有幾對先到的，正懷抱著歌妓調笑。肖鐸瞧了音樓一眼，勾唇囑咐王八頭兒，「不要紅倌，叫兩個清倌人唱唱曲就成了。咱們小爺年紀小，沒的把他帶壞了，對不住他爺娘。」

所謂的清倌人賣藝不賣身，紅倌人是既賣藝又賣身的。肖鐸懂行，預先就吩咐下了，音樓覺得那王八頭兒很不拿她放在眼裡，招呼的只有肖鐸一個人。再說他也可恨，裝樣兒裝得挺像，他找清倌人，她就不會找小倌嗎？可惜沒等她開口，裡面就出來了幾個懷抱琵琶的女孩子，仔細看看年紀都不大，清水臉子未施脂粉，盈盈一拜，在酒桌對面的杌子上坐了下來。

大概行內也有行規吧，點什麼人什麼人進來應卯，倒沒有想像中的鶯鶯燕燕來夾纏，人家只是輕聲細語請安，一口官話說得相當漂亮，「客人愛聽什麼曲，或是客人報名目，或是咱們挑自己拿手的來，由客人說了算。」

肖鐸動了動嘴皮子剛打算說話，音樓在旁邊接了口，「來段《情哥哥》吧！」她朝肖鐸笑了笑，「以前花朝時候偶然聽人說起，沒能有機會見識。既然到了這，不聽聽豈不是可惜了？」

這人腦子裡裝的東西和旁人不一樣，肖鐸已經不知道拿什麼表情來面對她了，擰著眉頭問：「妳點的是什麼曲，妳知道嗎？」

音樓往杯裡斟了酒，淡然道：「不就是壓箱底的體己歌嘛！到了這裡不聽這個，難道聽《四郎探母》啊？」

他被她呲達了下，一時回答不上來話。坊間盛傳的淫曲小調，吃這行飯的人張嘴就來，他卻要憂心這種俚歌鼓詞會不會汙了她的耳朵。所幸她沒點那齣《偷情》，否則鋪天蓋地的豔白真要把人淹死了。

那廂清倌人接了令，彈著琵琶唱起來，「情哥哥，且莫把奴身來破，留待那花燭夜，還是囫圇一個……」

他尷尬不已，把臉轉了過去。音樓總覺得那歌詞唱出來聽不真切，歪著腦袋分辨半天，追著問他，「紅粉青蛾方初綻，玉體冰肌遍娑娑……後面那句唱的是什麼？」

他垂眼抿了口酒，含糊道：「別問我，我也沒聽明白。」

原本打算蒙混過去的，沒承想邊上侍立的人很盡職，弓腰塌背詳盡解釋：「這曲子說的是洞房前小倆口私會，男的要幹那事，姑娘怕娘跟前不好交代，死活不讓。小爺說的那句，接下來是『周身綿軟骨節散，腹底流火汩溘溘』……嘿嘿，咱們這姑娘不光曲唱得好，房裡伺候也了得。二位爺要是樂意，我喊媽媽給二位挑最好的來，保管二位滿意。」

聽聽曲不值幾個錢，大頭還在過夜上。可惜白費了心思，他們一個是太監，一個是女人，姑娘再好也無福消受。接著聽唱詞，越聽越覺得不像話。音樓有點坐不住，屁股底下直打滑，愁眉苦臉問肖鐸，「要不咱們走吧！我看見外面出了攤，去別處逛逛也成。」

他自然沒什麼疑議的，起身付錢看賞，便領她往門上去。剛跨出艙，迎面一艘畫舫翩翩而來，船頭立了個人，頭戴網巾，一身便袍，老遠就朝他們拱起了手。看那氣度打扮不像一般的尋歡客，有幾分朝廷官員的架勢。

燈火杳杳裡肖鐸瞇眼看，那人是個年輕後生，二十出頭模樣，生得面若冠玉、溫文儒雅。能讓他看得上眼的人，滿朝文武裡真沒幾個，兵部武選司郎中錢之楚倒是排得上號的。不過那人一向和他沒什麼來往，今天在這裡遇見有些出人意料。他微頷首，待船駛近了方溫煦笑道：「巧得很，這裡遇見了樞曹。」

錢之楚作了一揖，「早前聽聞大人南下，沒想到今兒有緣遇上。無巧不成書，若是大人不嫌棄，請移駕卑職船上，卑職略備薄酒款待大人。」

肖鐸處世雖然圓滑，但絕算不上平易近人。這個錢之楚不過五品小吏，和他基本沒有什麼交集，見面點個頭已經很給面子了，上船敷衍根本犯不上。朝中想和攀他交情的多了去了，個個邀約喝兩杯，他豈不是得忙死？正打算婉拒，卻見他整了整衣冠朝音樓滿揖下去，嘴裡沒說話，神情卻恭敬謙卑，看樣子是知道她身分的。

一個從京裡出來的人，若是沒有途經餘杭就對一切瞭若指掌，那麼這個人的來歷就值得懷疑了。毫不掩飾，說明不並介意別人究底，肖鐸挑唇一笑，看來這趟金陵之行必然要有一番動靜了。

船幫和船幫緊挨在一起，一抬腿就能過去。他四下裡掃了一眼，雲尉和容奇的哨船也適時靠了過來。他悄悄比個手勢讓他們待命，自己先撩袍邁過船舷，這才轉身伸了胳膊讓音樓借力。

錢之楚立在一旁斂神恭迎，呵著腰往艙裡引導，一面道：「卑職也是今兒到的南京，後來過了桃葉渡，聽說打杭州方向有舫船過來，料著就是廠公的鑾儀。到了金陵沒有不夜遊的，卑職心裡揣度，就處處留了份小心。沒承想運勢倒高，果然遇上了廠公。卑職從京裡出來只帶了兩個長隨，租借的船也狹小，廠公屈尊，切莫怪罪才好。」又來招呼音樓，俯首連說了兩個請。

明人跟前原不該說暗話，肖鐸既然登了船，就想看看他葫蘆裡賣的什麼藥。到艙前左右打量，畫舫是單層，比他們的略小一點，也是直隆通的艙房，正中間兩張對合的月牙桌，桌上供了酒菜，分明就是恭候多時了。他輕輕一笑，也不著急套話，只問：「樞曹不是在兵部供職嗎，這趟來南京是朝廷有差遣？」

錢之楚應了個是，「今年秋闈的武試早在端午之初就已經籌備了，聖上御極方兩月餘，對這趟的文武生員選拔很看重。廠公離京半月後頒布了旨意，今年不同於往年，並不單要布政使司上報的名單，各州府縣皆設人員核查，卑職就是派到兩直隸監管鄉試的。」

朝廷有點風吹草動哪裡瞞得過東廠耳目，他人在千里之外，京中大小事宜卻都盡在掌握。皇帝打發章京們往各地督察他是知道的，不過錢之楚在那些官員中並不惹眼，關於他的來歷，記檔只標明他是隆化八年的兩榜進士，為官三四載，是個老實人，因此擢升不快，落在人堆裡幾乎挑揀不出來。可照著今天的形勢，這人似乎遠不是表面看來的那麼簡單。這倒引他側目起來。他眼皮子底下也有漏網之魚，說起來真是奇了！

他笑了笑，搖著扇子道：「聖上勤政，萬民之福矣！往年是有些人才，礙於這樣那樣的問題白白流失了，如今朝廷下了敕令，對某些人總是個震懾。」言罷眼波在他臉上流轉，曼聲問，「咱家突然想起來，樞曹是江寧人氏吧？衣錦還鄉、如魚得水，難怪要在此處設宴款待咱家。樞曹當初是誰門下？回到南京後可曾拜會過南苑大王？」

錢之楚聽了仍舊尋常的一副笑臉，站起來提著八仙壺給他斟酒，細長的一縷注入銀盃裡，緩聲道：「卑職也是今日才到的，還沒來得及入王府拜謁。不過說起監管，下月新江口水師檢閱，皇上派了西廠的人來督辦，這事廠公有耳聞嗎？水師檢閱一向歸東廠調度，如今突然這樣安排，工部的人似乎頗有微詞，可是具本上疏都被駁回，只怕批紅也落入于尊囊中了。」

音樓轉過眼覷肖鐸臉色，心裡有些怨恨眼前這個堂官。又不是什麼好事，明知道東西廠不對付還捅人肺管子，這是為了挑起肖鐸對西廠的不滿，還是在他和朝廷之間製造鴻溝？連她這個榆木腦袋都聽出他話裡的機鋒了，肖鐸這樣明白人能不提防嗎？

肖鐸卻波瀾不興，優雅地捏著杯子小嘬了一口，「東西廠都受命於朝廷，為皇上分憂何論你我？東廠從成立之初起事無巨細，終歸人手有限，疏漏是難免的。眼下西廠所領緹騎人數超出東廠，能者多勞也是應當。依樞曹的意思，難道有哪裡不對嗎？」

錢之楚被他反將一軍也不慌亂，朗聲笑道：「廠公說得在理，卑職杞人憂天，似乎是有些鑽牛角尖了。不過卑職的心思是向著東廠的，若是言語上有不足，萬請廠公擔待。」略頓了下又長出一口氣，「不瞞廠公，今日來拜會廠公，也算不得巧遇，認真論，應當是受人之託。卑職在離京路上救了位姑娘，人站在廠公面前，廠公必定認得。」扭過頭去吩咐小廝，「去知會月白姑娘，就說廠公到了，請姑娘出來一見。」

音樓聽說是個姑娘精神立刻一震，打了雞血似的伸脖朝後艙門上看，只見那紅帷後的拉門滑過軌道，一雙金花弓鞋踏進視線。往上看，是個姿容秀美的年輕女孩兒，至多十七八歲光景，雪白的皮色嫣紅的嘴唇，叫侍女扶著嬌弱無力的病西施樣式。見了肖鐸婉轉叫聲「玉哥兒」，兩行清淚緩緩淌下來，立刻成了一株雨打的梨花。

第四十七章　卻無情

叫得這樣親暱，還玉哥兒？上回他說自己的小字叫方將，怎麼沒告訴她還有這麼個銷魂的乳名？

玉哥兒？音樓睥睨地上下打量那姑娘，長得倒不賴，可對肖督主這麼不見外真的好嗎？看著形容兒是舊相識，舊相識又怎麼了，上來就套近乎，難道想施美人計嗎？人家可是太監，美人計沒用！她花了好大心思才收服的人，能叫她這麼勾跑了嗎？

她轉過臉看肖鐸，「喲呵，佳人多情，督主他鄉遇故知，可喜可賀啊！」

可他沒有理睬她，只是探究地審視那姑娘，緘口不語。

錢之楚眼光往來如梭，奇道：「廠公不認得她嗎？月白姑娘當時遭人倒賣，卑職救下她時她親口同卑職說的，早前與廠公頗有淵源……莫非是月白姑娘為了活命信口胡謅的？」

那月白姑娘有些著急了，上前兩步哭道：「玉哥兒，那回內東裕庫分了道，你說過了那個劫難會來找我的。我一直在遼河等著你，盼星星盼月亮盼了那些年，本以為你死了，險些懸梁跟你去，可你既然活著，為什麼不來？難不成做了高官，以前的情都忘了嗎？」

音樓聽得發愣，這是唱的哪一齣？怎麼好像關係匪淺，都已經到了生死相許的地步了？她駭然望著肖鐸，他也不反駁，站起來溫聲道：「這些年委屈妳，我有我的難處，也不足為外人道，回頭再一樁樁告訴妳。既然到了我身邊，就不必再叨擾樞曹了。」抬手擊掌，東廠番子立時出現在艙外，他低頭囑咐她，「妳先跟著千戶他們回我舫船上，過會兒我來瞧妳，咱們好好敘舊。」

音樓在一旁看得怒火中燒，這個騙子，還說什麼心是乾淨的，身子是乾淨的，他哪裡乾淨？居然和宮女子有染！內東裕庫是大內庫藏，他們在那分的手，可見兩個人都在宮裡當值。照這態勢看，不單是老相好，恐怕暗地裡還是對食！至於他為什麼在升官發財後沒有立刻尋回人家，是因為之前忙於應付榮安皇后分身乏術，後來扶植了福王又惹得一身騷，壓根來不及考慮那些。永遠別小看女人的想像，音樓突然發現自己腦子好使了，遇上這種事，眼珠子一轉就一個主意。然而琢磨得越透澈，心裡就愈發涼，瞧他那軟語溫存的聲口，瞧他含情脈脈的眼神！他不是心裡只有她嗎？這會兒弄出個小情人來，到底是什麼意思？

「我也回去。」她一拍桌子笑道，「我先道個乏，正好給月白姑娘安排住處。」

她想邁腿，肖鐸沒讓，只是吩咐雲尉把人帶走好好安置。音樓打算跟上，番子早就把船撐開了，她看著乾瞪眼，沒辦法只得坐了回去。

肖鐸那廂還和錢之楚你來我往，敬了一盅道：「樞曹這回幫了咱家大忙，這人情咱家記下了。日後有用得上東廠的地方樞曹說話，咱家必定鼎力相助。」

錢之楚卻笑道：「廠公言重了，不過是路上巧遇，沒承想居然是廠公舊識，也算結了善緣。姑娘可憐見的，只剩個寡母，爛賭的娘舅霸占了田產還要賣人，卑職實在看不過眼就出了手。人是救下了，不過那惡舅舅發落得狠了點，打完一頓扔在溝裡死活不知，萬一要是出了紕漏，還請廠公多多周全才好。」

救了他的人，自然一切都好說了，音樓見他滿口應承，別過臉撇了撇嘴很覺不屑，心裡自發愁苦起來，才進了一步，現在又要退上十步了。她果然不夠瞭解他，他那多姿多彩的過往歲月裡，天曉得還有多少紅顏知己！

錢之楚卻在努力試探，「那日救下姑娘後，她只簡單說了遭遇，關於身家根底都沒詳談。月白姑娘姓什麼？家住哪裡？我好打發人到她老家去一趟，把她的消息告訴她寡母，以安老人家的心。」

肖鐸擱下酒盅換了茶盞，悠悠瞥他一眼道，「樞曹相救已經是對她的恩典，往後的事有咱家接手，就不勞樞曹費心了。」他說著一笑，起身道，「不過是少年時候的一段情債，過去了五六年，她的模樣也有些變了，冷不丁一見真有些認不出來。如今尋上了門也無法，咱家倒是有些話要問她，就不在此間逗留了。先別過樞曹，等上了岸有機會再聚吧！」

他沒等人相送，抖了抖曳撒出艙門，那頭哨船來接他們，很快便登船去了。

心裡到底亂起來，似乎要出事。他回首一顧，錢之楚立在船頭揖手，想來這人是個先鋒，究竟是受誰支使，還要好好查探一番才知道。若是紫禁城裡那位主子，那麼形勢便不大妙了，倘或是這金陵地界上的主宰，接下去還會遇上些什麼，誰知道呢！暫且只能走一步看一步，那個憑空冒出來的女人，分明就是用來探路的手段，難道是他哪裡露了馬腳叫人拿捏住了？所幸有那一聲玉哥兒，否則吃不準，事情更難應對。

夜尚未央，正是秦淮河上熱鬧的時候。他閉眼深吸了一口氣，晚間的風拂在臉上，終於有了絲涼意。番子蹲踞在船舷上打手巾把子呈敬，他擦了擦手喚容奇，「你去把錢之楚的底細查清了來回我，還有南苑王府的動靜，要一點不差的都探明白，去吧！」

吩咐完了差事轉過身來，恰對上一雙狐疑的眼睛。她陰陽怪氣地一笑，抱胸問他，「廠臣原來有這麼段風流債，怪道功成名就了還孑然一身，是在等那位月白姑娘吧？」

他有苦難言，實在沒法同她解釋。那樣攸關生死的大事不能輕易告訴她，不是信不過她，是因為多個人知道多份危險。自己走到今天這步不容易，索性是朝中傾軋倒罷了，那件事上頭翻船，不論他以前多少功績都不能作數了，剝皮揎草，死罪難逃。

他側過臉微微苦笑，終究怪自己不夠狠心，要不是當初手軟，也不至於懼怕別人翻他的底。可是眼前這人怎麼料理？他要是心無旁騖地作戲，這秦淮河還不得染酸嗎？又不能和她交底，這回真是進退兩難了。

他擰著眉頭看她，「娘娘說過相信臣的，這話還記得嗎？」

她轉過頭一哼，「我向來一言九鼎，不像某些兩面三刀的小人，說完了立刻反悔。」

邊上有人不方便多言，他忍住了沒搭理她，等哨船靠上畫舫方道：「娘娘先回房，臣那裡處置完了再去見娘娘。」

音樓擰過身道：「無妨，廠臣和月白姑娘敘舊要緊，我沒什麼了不得的大事，回頭梳洗梳洗就歇下了，你不用來。」

她背著兩手揚長而去，自認為表現得乾脆俐落，面子應當是沒什麼折損的。可進了艙門，心頭擰巴得愈發厲害了，無處發洩，撲在床上蹬被子，一邊蹬一邊數落：「不是太監嗎？太監還勾三搭四，要是個齊全人還能給別的爺們留活路？這人太可恨了，往後他來就說我不見！我要回北京，讓他和他的月白姑娘雙宿雙棲去吧！」猛翻起身來找袱子，開開櫃門收拾東西，見彤雲愣著便招呼她，「趕緊歸置起來，他不讓人送我，我自己走。」想想又不對，「為什麼非要回北京？橫豎我已經兩袖清風了，倒不如挾資遠遁，跟人到塞外做買賣去。」

彤雲嗤了聲，「您打算做什麼買賣？賣皮貨嗎？那些主意快別打了，就算不顧家裡人，連他也不顧？他帶您下江南，肩上可扛著責任，您一走了之，不是要了他的命嗎？」

這種時候還要顧念他，可他又在幹什麼？和以前的老相好私會去了！

音樓坐在床沿上捂住了臉，「先前那個月白姑娘妳看見了吧？曹春盎把她安置在哪裡了？畫舫上就這麼大的艙房，怎麼沒看見她？」

彤雲道：「秦淮河上多的是遊船租借，小曹公公是明白人，知道您心裡不受用，讓人另外準備了一艘。」推窗往外指點，「喏，就在那呢！」

兩艘舫船之間離了大約有五六丈遠，簷角燈籠的亮光倒映在粼粼的水波裡，一漾一漾擴散開來，攪得人心神不寧。她坐著怔怔朝外看，對面艙內點了燈，糊著綃紗的窗檽像為皮影戲搭建的舞臺，把一切都放大了。漸漸有人影移過來，身形嫵媚，停在那裡，彷彿一張美麗的剪紙。她沒來由地嚇了一跳，匆忙把撐杆放了下來。

艙內燈火跳動，肖鐸看著那姑娘，除了棘手再沒別的想頭了。她似乎有流不完的淚，卷著帕子掖淚的當口幽幽抬眼看他，欲說還休。

他嘆了口氣請她坐，略沉默了下方問：「咱們有幾年沒見面了？」

月白低頭絞著帕子道：「快滿六年了，我在遼河邊上等你，天天掰著手指頭數日子。那會兒逃出宮的時候我才十五，到現在已經二十一了。六年時間過起來也是一轉眼，其實這輩子都沒想再有機會見你，要不是我那個黑了心肝的舅舅嫌我不肯嫁人，串通了外頭牙婆把我倒賣出來，我還不知道你做了東廠提督呢！」她說著癡癡看他，嘴角浮起苦澀的笑，喃喃道，「真好，你還活著。我先前也怨你，為什麼知道我在哪裡也不來接我。現在看見你，那些怨恨都是小事了，只要你好好活著，比什麼都要緊……那時候咱們多難啊，他們打你，我一點辦法都沒有，把攢下的月錢都拿出來請人外頭買傷藥，結果錢拿去了，連個藥沫子都沒見到。也虧得你早早安排下，要是我繼續留在宮裡，現在恐怕已經填了井了。」

肖鐸起先浮躁，後來聽她一遞一聲說著，心裡也悵惘起來。宮裡的苦日子，在那紅牆綠瓦裡待過的人都知道，走得好平步青雲，走不好粉身碎骨，連那些后妃都是這樣道理，何況人下人呢！

他慢慢轉動指上筒戒，掃了她一眼道：「錢之楚救妳之後，可向妳打聽過我以前的事？」

月白想了想道：「旁的沒問，只問你老家在哪裡，家裡還有些什麼人。我好歹在宮裡待過，有些話聽來很尋常，稍有閃失就會害了人。況且你如今提督東廠，我更不能隨意把你的事透露給別人，萬一他要對你不利，豈不叫我悔斷了腸子！」

肖鐸聽了點頭，算是個聰明人。不過宮女太監之間長情的不多見，他起身繞室遊走，踱了幾步回頭道：「前後六年，白蹉跎了青春年華。為什麼不擇個女婿嫁了呢？妳焉知我還活著，這樣等我？」

月白臉上一紅，低聲道：「咱們拜堂那天我就暗暗發過誓的，此生心無二致，就算你死了，我也給你守一輩子的寡……」突然像是意識到了什麼，驚恐望著他，顫聲道，「你怎麼說這樣的話？是不是今時不同往日，你已經不想要我了？」

事情至此終於變得十分糟糕了，他冷冷盯著她，表情陰鷙，「妳也知道我以前在夾縫裡生存，挨打是家常便飯。有一回被打傷了腦子，差點沒能再醒過來，所以好些事都不記得了。妳說和我拜了堂，可有憑證？」

明明是一模一樣的一張臉，為什麼給人的感覺全然不同了呢？這樣陌生，似乎從來沒有熟絡過。月白奇異地看著他，怯怯道：「咱們成親是背著人的，在他坦裡對著菩薩畫像磕頭就算行了禮。你腰上有個銅錢大小的胎記，每回給你擦背我都愛戳兩下，這些你都不記得了嗎？」她哽咽起來，大淚如傾，上前幾步拉住了他的袖子輕搖，「怎麼辦……我的玉哥兒！你仔細瞧瞧我，你怎麼能忘了我呢！你還記得我叫什麼名字嗎？如果不是遇見了錢大人，是不是路上擦肩而過你都想不起我這個人來了？」

肖鐸沉下嘴角，眼裡陰霾漸起，卻還按捺著問：「這些事有沒有第三個人知道？」

月白怔怔搖頭，「那時候你是個小火者，沒有資格結對食，叫上頭知道了是要打死的，所以這事除了咱們倆，從來沒向別人透露過。」

果然燈下黑，他最該知道的東西不能派人查，結果竟像個癤子捂在皮肉下，今天漿痘破花，打他個措手不及。他定了定心神，收回袖子道：「從今天起妳不要見外人了，沒有我的吩咐也不許下船去。我會派人照應妳的起居，有什麼需要只管同他們說就是了。」

沒再看她的眼淚，他轉身出了船艙。

這是個不好的兆頭，接下來的事不知還在不在他的掌控中。留著那女人，不說是個禍害，至少是個把柄。可要是下決心除掉她，似乎又對不起故人。他仰起臉長長一嘆，踅過身叫雲尉，「好好看著她，太平無事最好，可若是有異動……那就殺了吧！」

雲尉呵腰應了個是，打哨子叫哨船過來接人，天色也不早了，是該歇著了。他上了畫舫甲板往後艙樓上看，剛才還亮著燈的，一轉眼就熄了。他無奈一笑，打翻了醋缸滿世界酸味，眼下能睡得安穩嗎？答應去見她，這事就算編出個理由來也得對她有交代。

進了艙，撩袍順著樓梯上去，她臥房的門闔著，叩了兩聲也沒人答應，可是拿指尖一推，居然順順當當推開了。

第四十八章　點絳唇

氣。

他悚然一驚，忙推門進去，以為人去樓空了，可打起床上帳幔一看她還在，這才鬆了口氣。

河上處處張燈結綵，外面的光照進來，她的輪廓清晰可見。這是氣大發了吧，看看這彆扭的身形！她背對他躺著，長髮水一樣流淌在引枕上。不是想裝睡嗎，這微微顫動的肩頭是怎麼回事？他坐在床沿，伸手去觸那青絲，勾纏在指間，有纏綿的涼意。她就是個直腸子，這樣賭氣了還給他留門，終歸為了等他的解釋吧！可是怎麼解釋呢，有些話他還是不能同她說。如果紫禁城回不去，帶她遠走天涯也不是個壞主意，然而到底是一手創下的基業，就算是留戀權勢也無可厚非，犧牲了那麼多，立刻變得一無所有，他怎麼甘心？

他輕輕嘆息，撫了撫她玲瓏的肩頭，「音樓……」

她沒好氣道：「已經睡著了，明兒再來吧！」

他嗤地一聲笑：「那這是夢話……」

沒等他說完她就撲了過來，把他壓在榻上，惡狠狠地問他，「那個女人是誰，和你是什麼關係？她為什麼叫你玉哥兒？你們倆到底有什麼不可告人的祕密？」

他「嗳」了聲，「妳先放開我，這樣不好說話。」

「我壓著你嘴了？怎麼不好說話？」她又使勁推了推，「別把人當傻子，我糊塗的時候糊塗，明白起來比誰都明白。你的那點小九九，瞞得過別人瞞不過我！」

他好歹是東廠督主吧，被她這麼拿捏著很沒體面，可是閨房之中樂趣也在此，他不掙扎了，四平八穩仰著，乾脆把她撈到身上來。她還不屈服，昂著頭想造反，被他楸住了後脖子一壓，服服帖帖枕在了他胸口上。

他在她背上安慰地輕拍，聲音有些落寞，「如果我求妳別問，妳還堅持嗎？」

他說話的時候胸腔嗡聲震動，音樓騎在他腰間姿勢不太雅觀，但是可以踏踏實實和他貼在一起，似乎也覺得滿足了。怎麼會這樣呢，她一定是太愛他，一不小心就被他蠱惑，他說這話，她就覺得其實不是多大的事，可以不予追究的。

「但是我心裡有點不舒服。」她抬起頭，尖尖的下巴抵在他肩胛上，「我等到現在，就是想聽你說她認錯了人，你不是她要找的人。還有那個乳名……你要是真叫玉哥兒，也只有我一個人能叫，你讓她閉上嘴行嗎？」

他的心裡泛起溫柔的疼痛來，「妳又想聽我跟妳說情話是不是？我說過這輩子是妳的人，怎麼還不信呢！我不叫玉哥兒，妳說得對，她認錯了人……」他無力地嘆息，「她認錯了，我不是她要找的人，她要找的人其實早就死了……我有很多心裡話想告訴妳，可是不能夠，還沒到時候。今天遇見的人和事，裡頭暗藏的玄機太多，我覺得前路恐怕不好走了。」他苦笑了下，「太平了六年，該來的終歸要來，只是太快了點，在我剛剛感到幸福的當口……」

音樓在黑暗裡睜著大眼睛看他，往上攀爬，和他鼻尖抵著鼻尖，「到底是什麼話，你說給我聽。遇見了過不去的坎，咱們也好有商量。」

他牽起嘴角，帶著嘲諷的聲口道：「妳答應過我不在人前擺臉子的，做到了嗎？」他捏了捏她的鼻子，「壞丫頭，要叫我提心吊膽到幾時？也是太年輕了，怪不得妳。以往遇到的事不算什麼，妳是個有福氣的人，總有貴人相助，所以那點風浪沒有對妳造成影響。可要是把那些話告訴妳，妳就被我拖到九泉底下去了。所有的事讓我自己揹著吧，妳只要高高興興的。如果可以，我寧願妳和我撇清關係。如果有一天我出了事，妳還可以找個避風港安穩地活下去，不至於被我帶累。」

他說了這麼多，突然讓她陷進無邊的恐慌裡。果然是要出事了，他不是無所不能的嗎？為什麼給她一種窮途末路的感覺？她緊緊抓住他肩頭的衣裳，「是因為東廠以前的作為，朝廷要翻舊帳了？」

他閉著眼睛搖頭，「不是，比這個糟糕得多。我這樣的人，爬得越高摔得越重，為了站在權利的頂峰不擇手段。但是這世上，厲害人物不只我一個，螳螂捕蟬黃雀在後，或許我最終也只是別人的一顆棋子罷了。」

音樓越聽越心驚，「那麼……我會成為你的致命傷嗎？是不是和我糾纏不清你就會有危險？如果是這樣……」她低下頭，把臉埋在他頸窩裡，齉聲道，「咱們就分開吧！我不願意你被人抓住把柄，你是肖鐸，一人之下萬人之上。我知道你不能有閃失的，一步走錯就會被人從雲端裡拽下來，你這麼驕橫的臭脾氣，怎麼能受人踐踏呢！」

他聽了也是會心一笑，驕橫的臭脾氣，以前可沒人敢這麼說他。道理都對，真要能像她說的那樣倒好了，可是分開，談何容易！若是從來不知道什麼是愛情，他現在也許就不會那麼被動。只是甚無奈，就像喝了罌粟殼煎的湯，太多太多，上了癮如何戒得？

一對苦命鴛鴦，他心頭隱隱作痛，捨不下拋不開，還有一絲希望他都不能放棄，否則她怎麼辦？會哭，會傷心欲絕吧！他慢慢撫她的脊背，藕綢中衣下的身子很柔軟，夾帶著香氣，溫馴地攀附在他身上。這甜蜜的重量壓得他有些恍神，遐思席捲而來，他深深吐納，只道：「再等等看，這樣無疾而終，就算能保得住榮華富貴，我後半輩子也高興不起來了。」

她「嗯」了聲，微微哽咽，「我不想和你分開，可要是山窮水盡了，你不要瞞著我，一定要告訴我。我會做個識大體的好女人，一定不叫你為難。」

她的話一字一句鑿在他心坎上，他轉過臉來，在狹小的間隙裡和她四目相對，「如果真的回天乏術，我帶妳遠走高飛，妳願不願意？可能要隱姓埋名，這輩子都不能回中土，但是我們在一起，妳願不願意？」

似乎被什麼堵住了嗓子，不管能不能成行，他有這樣的心便足了。她低聲抽泣，「你這麼聰明人，這個還用得著來問我？」

他心裡有了底便鬆泛了，這是萬不得已的下下策，但凡有轉圜，誰也不想亡命天涯。他笑了笑，抵著她的額頭道：「娘娘，我好像有點把持不住了。」

音樓還在傷感，他忽然換了個套路，前言不搭後語的對話，叫她一時反應不過來。等弄明白後才紅了臉，噏噥道：「那我該不該攔著你？」

他唔了聲，手從她衣擺下游了上去，在那光裸的身腰上細細撫摩，「條件放寬一點也不要緊的……只放寬一點……」

這樣的夜色，外面有悠揚的吳歌小調，拖腔走板唱著：「日落西山漸漸黃，畫眉籠掛拉北紗窗……」光彩往來，她的臉在明暗交替間灩灩然，他瞇眼看著，就是個鐵鑄的心腸也要化了。

她湊過去親他，這件事上她總是很積極，從來不用他發愁。親了一下再親一下，他有綿軟的嘴唇，雖然有時候說話刻薄，但是滋味真不錯。一切都順理成章，沒有半點不自在，之前的不快也忘了，他不讓問就不問吧！他沒有許她明確的未來，可是她相信他，即便有懷疑也是轉眼即逝，只要他一個笑臉，什麼都變得不重要了。如果能一直這樣下去多好，天不要亮，那些勾心鬥角的事也不要找上門來，讓他們這樣安靜溫情地獨處。可是總覺短暫，總覺不夠。她的聲音在他唇間蔓延，「今晚你留下，好不好？」

他半吞半含口齒不清，微喘著調笑，「為什麼？娘娘想把臣怎麼樣？」

她扣住他的脖頸嘟囔：「我怕你半夜溜到人家船上去，我得看著你，哪都不許你去。」

他笑起來，捧住她的臉用力回吻過去，「整天都在想些什麼！」

脣齒相依，濃烈的一種感情襲上腦子，混沌不清像酒醉了似的。他聽見她滿足地輕嘆，心頭的火燃得愈發高了，翻起身來把她壓在床褥間，綿密的吻從那細緻的下頜一路輾轉到鎖骨。她縮了縮，肩頭從薄薄一層緞子下滑出來，嬌小孱弱的，扣人心弦。

他的手在她肋間盤桓，似乎有些猶疑，還是沒能克制住，緩緩往上推了些，露出半邊飽滿的胸乳。支起身子看她，她的眼眸在窗外那片火光下更顯得明亮。沒有羞赧，只是堅定地看著他，兩隻皓腕舒舒搭在他胳膊上，旖旎喚他，「方將……」

說不出的滋味在他胸口盤旋，逾越了，雖然本來就應該屬於他，但這樣的處境下，即便再愛也得留條退路。

他謹小慎微，卻敵不過那傻大姐的肆意張狂。這件事上總在這裡止步不前，音樓知道他欠缺，可是不妨礙她想和他親近的心。任何口頭上的愛都是紙上談兵，她著急，只想留住他，也許有了實質性的進展，就像在他身上蓋上了她的大印，他以後就跑不掉了。

她往床內挪了挪，坐直身子抽掉了胸前的飄帶，幾乎沒見她有任何猶豫，很快就把中衣撂在了一旁。肖鐸目瞪口呆，她就那麼俏生生挺胸坐著，雪白的皮肉襯著墨綠色的七寸寬錦緞主腰[1]，美得扎眼。密密的一排葡萄釦，解起來有些費時，她咬著唇往前湊了湊，「你來幫我。」

男人遇上這種事，除了竊喜真的再沒別的了。他很順從地去觸那盤釦，嘴裡卻頗為難：「我不能……」

「我知道。」她聲音裡帶著哀致的味道，傾前身子靠在他懷裡，伸出一雙玉臂緊緊摟住他，「我總是害怕，怕你哪天突然離開我。如果咱們之間牽扯得更多一點，給你足夠的回憶，你就捨不得拋棄我了。」她苦澀地笑，「所以我得施美人計，叫你這輩子都忘不了我。」

所有的鈕子都解開了，胸前空蕩蕩一片，她終於還是紅了臉，連耳廓都發燙起來。這是無聲的邀約，彼此都明白的。艙前的花燈隔著紗帳照進來，迷濛的，像個妖異的夢。

他的手覆上來，她瑟縮了下，背上漸漸汗意升騰。他呼吸不穩，舔了舔她的耳垂轉而來含她的嘴唇，含糊叫她傻瓜。溫熱的吻一路向下，她弓起身子，因為太緊張，牙齒扣得咔咔作響。

這回算是邁出了一大步吧！肖鐸橫下心俯身相就，可是樓下卻傳來曹春盎的聲音，慌裡慌張通傳：「乾爹，不好了，那位月白姑娘沉湖自盡了。」

---

1 主腰，明朝時期的一種內衣，和抹胸相似。

第四十九章　雙雁兒

中途被打斷果然是掃興之極，他坐起來恨聲道：「船上的人在幹什麼？任由她跳嗎？」滿腹的牢騷沒處出氣，平復了半天才又問，「眼下怎麼樣？死了沒有？」

曹春盎啊了聲，「乾爹息怒，姑娘是從窗戶跳出去的……人撈上來了，還沒斷氣，可也醒不過來，您還是過去瞧瞧吧！」

真是會裹亂，還在猶豫要不要殺她，她自己倒尋短見了。撂著不管是不成的，既然姓錢的把人送到他身邊來，必定時時關注著，鬧了這麼一齣，豈不是不打自招了嗎！舊情人相逢沒有甜蜜溫存就罷了，還尋死覓活的，明眼人一下就能看出端倪。

他撫了撫額，回頭看音樓，她四仰八叉躺著，還沒從震驚裡回過神來。就這麼走了總感到留戀，他重新躺回去，把她摟在懷裡親她的頰，「我得去看看。」

她推開他，手忙腳亂找中衣披上，一面招呼他：「那就快點吧，人命關天呢！戲都做到這份上了，緊要關頭洩了底就功虧一簣了，那位樞曹大人一定在暗處看著吧！」

不追問並不表示她什麼都沒察覺，既然是錯認了，之前在錢之楚舫船上的惺惺相惜又算怎麼回事呢！所以裡頭總有玄機的，她知道他有他的道理，不方便告訴她她也不會刨根問底，只要不拖他的後腿，就是對他最大的幫助了。

肖鐸聽了有些意外，邊扣盤釦邊覷她臉色，「妳明白的時候果然是極明白的。」

她頭搖尾巴動地哼了聲，「鋒芒畢露有什麼好處？我這叫藏拙，你不懂。」

他不懂，是啊，他一向都是耀武揚威唯恐天下人不知道他的權勢，藏拙這點果然還不及她悟得透。不過這得瑟的脾氣真招人恨，他扣腰帶的當口照準她屁股上來了下，「妳忙什麼？妳也去？」

她扭了個身道：「她是個可憐人，要找的人不在了，身邊又沒有個貼心的丫頭伺候。這回投了河，心裡不知道多艱難呢！我去照料照料她，和她說說話也好。」

他卻皺了眉，「哪裡用得著妳照料，妳踏實在房裡休息就成了。」他是不贊成她去的，一則怕她露馬腳，二則也擔心她從月白那裡探聽到什麼，回頭又叫他裡外不是人。

說她是個麵人兒，其實很多時候她也不那麼順從，不愛聽的話直接忽略了，探頭往下叫彤雲，「別挺屍了，趕緊起來！」

先前真是糊塗了，他到現在才想起她那個焦不離孟的好丫頭沒在她身邊值夜，原來被她打發到下面艙裡去了，想來是準備好了要幹點什麼的，所幸曹春盎及時叫住了，否則真著了她的道。

雞零狗碎的小事多了，原本井井有條的生活就開始變得紛亂。只是覺得又氣又好笑，果然是司馬昭之心，下死勁地打他主意。碰上這樣的女人，真叫人無可奈何。不過這會兒沒空追究那些了，他束好了腰帶踅身出門，曳撒上的褶子像開闔的扇面，他走得腳下生風，也不等哨船來接，騰身幾個起落就到了河對岸。

他這麼連跑帶跳的，音樓又不會，只得巴巴兒等雲尉。打聽打聽問月白姑娘這是怎麼了，為什麼想不開，雲尉口風緊，木著臉一問三不知。彤雲耷拉著嘴角朝她聳了聳肩，看來只有上船才能見分曉了。

秦淮河上本就喧鬧，悄沒聲地沉湖，悄沒聲地撈起來，過程應當不算長，所以一點也沒引人注目。她裹著氅衣踩上了船幫，往起一縱上了甲板。低頭看艙面上濕了恁大一塊，應是剛才撈人的緣故。

扎著手腳上裡間去，直櫺門半開著，繞過屏風是個閨房。她左右瞧了，一面窗戶半開，料著就是從這裡扎猛子下水的。

使個眼色叫彤雲去闔窗，她挨在邊上聽大夫診脈，打從氣虧氣虛上來，洋洋灑灑說了好大一通，到最後開方子叫防著寒氣，又絮絮念叨虧得是大夏天，要是碰在嚴冬裡，眼下就該準備棺材發送了。

那姑娘躺在榻上面黃如紙，胸口一點微微的起伏，看著氣若游絲。肖鐸問大夫，「什麼時候能睜眼？」

大夫擦手道：「不是大病厄，灌點薑湯，估摸至多一盞茶時候就該醒了。可人是救下了，氣上不順還得出亂子，大爺叫底下人緊著點心吧！」

肖鐸沒說話，讓人把大夫送下了船。回身瞥了雲尉一眼，寒著聲口道：「叫你看人，怎麼把人看進水裡去了？」

上頭怪罪，雲尉也沒什麼可辯解的，其實大夥都知道，舫船沒有船幫子，艙面上做的是滿蓬，只留兩頭供人搖櫓掌舵。她從正當中跳下去，女人個子小，濺不起浪花來，撲通一聲就沒了影。也是萬幸，還好有人看見了，要是一個大意瞧走了眼，再想找回來就不容易了。

他把頭低下去，垂著兩手道是，「屬下失職，請督主降罪。」

降不降罪的，事情已經出了，再多說也無益。總算人是找回來了，要是進了秦淮河撈不著，過幾天發得膨大海一樣浮起來，那更要費心思遮掩了。他擺了擺手，「明兒寶船該到了，先會合了再說。正經事要緊，這種旁枝末節我也不打算過問，你們料理妥當了就行。回頭給她配兩個人好生看著，我手上事多，哪裡照應得到這裡！照例還是老樣子，有外客一概不見，太太平平的大家安生，再出一回這樣的事，到時候別怪我活剝了你們的皮，曉得了？」

兩個千戶唯唯諾諾應了，退到一旁按班侍立。他偏頭看過去，音樓還在那伸脖探望，便道：「夜深了，娘娘回去安置吧！這頭有人看著，出不了事的。」

都是男人，照料起來不便當。月白從水裡撈出來也沒換衣裳，濕漉漉擺在床上，衣角還往下淌水。她拿手指頭點了點，「我讓彤雲回去拿我的衣裳來替她換上，可憐見的，這麼悶著，寒氣進了肌理，喝多少薑湯都不管用了。廠臣自去歇著吧，今兒我在這裡伺候她，等她好了再一道上岸。」

他背著手道：「才投過河的人，鬼氣森森不吉利。您是尊貴人兒，哪裡用得上您支應！」

她壓根不理他，過去探月白的額頭，冷冰冰的，沒多大人氣似的。她嘆口氣道：「你別管我，橫豎彤雲也在，外頭還有千戶他們，不怕的。」

他沒計奈何只得讓步，掖手道：「娘娘執意，臣也不強求了。臣在外間候著，要什麼只管吩咐下來就是了。」

他撩袍出去了，彤雲也抱了乾淨衣裳過來，兩個人搭著手幫她解袍子，又擰熱手巾上下一通擦，折騰得夠夠的，聽見她低吟一聲，好歹醒過來了。

她愣著，兩隻眼睛惶惶看四周圍，「天爺，這是沒死成？」

音樓端著熱湯來餵她，笑道：「活著多好，幹嘛要尋死呢！外頭流民吃不飽穿不暖還想著延挨一口氣，妳好好的人，又是青春年華，哪裡想不開？」

月白就燈看眼前人，舒稱的眉目，不說多驚人的顏色，卻也是令人一見忘俗的了。腦子活絡過來回想想，「頭前兒錢大人船上見過，妳是跟在他身邊的小公子吧，沒想到是個女的。」

她沒有尊他官稱，只說「他」，憑空把他們之間的關係拉近了不少。音樓也不介意，坐在榻沿上說：「我是跟著他從京裡來的，到餘杭老家省了親，過兩天就要返京的。妳這會兒覺得怎麼樣？聽他們說救上來了催吐，把肚子裡東西都倒完了，我讓人熬點粥給妳墊墊吧，妳想吃什麼和我說，我打發人替妳置辦去。」

月白靠著隱囊搖頭，慘白的臉，在燈下形同鬼魅，嗚嗚咽咽哭道：「全沒了指望，救上來也是白費神，倒不如讓我去了的好。」

音樓被她哭得鼻子發酸，遞帕子給她掖眼淚。肖鐸說她要找的人早就死了，一個姑娘跟著陌生人長途跋涉，不知道錢之楚的用意也有可恕，至少就她來說滿懷希望。可是見了爭如不見，這境況恐怕是她始料未及的。際遇不好，又沒了後路，就覺得活著找不到意義了。

女孩子心腸軟，想起以前自己被送進中正殿殉葬，那時候也孤立無援和她一樣，所以很能體會她的心情。自己是福澤厚，她卻沒有這樣的高運。音樓在她手上拍了拍道：「死過一回就罷了，斷不能再生這樣的念頭了。活著還能謀出路，死了一口薄皮棺材埋在道旁，妳願意？好死不如賴活著，妳有什麼委屈別憋著，我雖說幫不上忙，寬慰妳兩句還是可以的。」

月白看她一眼，心裡也攢了話，可沒法吐露。她到底割捨不下，既怕他不念舊情，又防著他是身不由己沒辦法。要是前者，她一吐為快倒罷了，如果是後者，萬一說出來壞了他的事更不好了。

她吞吞吐吐別過臉，「自己的麻煩，告訴別人也不管用，風刀霜劍自己受著罷了。」又打量她，試探著問，「姑娘回餘杭省親，怎麼是跟著東廠一道走的？」

要套出點話來，不把自己的根底告訴她，她也信不過她。反正這趟南下一路呼嘯著從餘杭過來，身分早已經算不得祕密了。她端方坐著，擺好了馬面裙道：「也是趕巧，廠臣要到江浙談絲綢買賣，順道就捎帶上了我。」她抿嘴笑了笑，「我是先帝後宮的人，原本要殉葬的，後來蒙今上恩典，晉了個太妃的位分。這趟回老家省親也是得了特旨，跟東廠寶船一道來，行走坐臥好有人打點。」

月白方才明白過來，掙扎著要下床行禮，被她抬手壓住了。

音樓心下計較，八成拿她當肖鐸的對食了，所以話裡話外忌諱著。這下子解了惑，心裡就敞亮了吧！接過彤雲送來的粥，吹了吹遞到她手上，溫聲道：「好歹吃一點，肚子空著後半夜沒的餓醒了。」見她小口慢慢用了，便轉著轉眼珠子套起近乎來，「才剛聽他們說妳沉湖，我心裡真難受得緊。女人就是命苦，好好的誰願意去死呢！總是傷了心，縫補不起來了，才那麼想不開……妳和肖廠臣是舊相識吧？我聽他說起來著。」

月白直起身追問：「他說我什麼了？說起以前的事了嗎？」

她這樣殷殷期盼，她到了嘴邊的胡話又囫圇吞了回去。人家夠傷心了，還胡編亂造誆人家，似乎不大厚道。她打掃了下嗓子，「也就一帶而過，沒深談。可我看他臉色不好，裡頭總有隱情的。」

月白定定看她，像在估量她究竟可不可信。女孩之間天生的愛親近，不像對男人那麼提防，月白頓了半晌淒然道：「旁的都好說，就一宗，他記不得我了，這叫我心裡怎麼受用？

我十四歲跟他，兩個人吃了好些虧，他說將來發跡了忘不了我的，可如今……」她低下頭來淚水長流，「我沒指著穿綾裹緞，可他像變了個人似的，我回想起等他這些年受的委屈，真是一缸的眼淚都流盡了。」

音樓的腦子也亂起來，看她這模樣不像作假，便道：「是不是認錯了人？世上同名同姓的人多了。」

月白咬著唇搖頭，「他的來龍去脈我都知道，他哪天進宮、哪天生辰、愛吃什麼、愛玩什麼……我心裡都有底。要是沒見過面，憑著人名亂認親倒罷了，可我和他在一處不是一天兩天，明明就是他，我怎麼能認錯呢！他不是原來的他了，要不是臉盤長得一樣，我都要懷疑他冒用了肖鐸的名，才坐上今天的位子。」

不知怎麼的，音樓心裡狠狠跳起來，他說過她要找的人死了，難道這裡頭真的隱藏著大祕密？

「那玉哥兒呢？你要找的玉哥兒，是廠臣的乳名嗎？」

她緩緩點了點頭，「他那時候在前門大街上要飯，半中間被太監騙進宮的。就跟拉壯丁充人頭似的，來歷都是太監們隨意編造，當不得真。後來和我結了對食，他才告訴我他在老家有這麼個名。」她淒惻地笑了笑，「我老說他叫花子送幛子——窮湊分子，這麼苦出身，叫個鎖兒、鐵鈴鐺就得了，還叫玉哥兒，盡往自個臉上貼金。」

音樓越聽越不對勁了，揑著心問她，「那他有兄弟沒？他叫玉哥兒，沒準他兄弟叫金哥兒呢！」

月白長長唔了聲，「兄弟倒聽他提起過，說得不多也沒得見。他有陣子在酒醋麵局當差，跟著掌事的出去揹貨，有時候跑得遠了，晚上來不及回宮，在宮外落腳，兄弟倆能見上一面。」

「那他兄弟沒進宮？」音樓仔細覷她，小心翼翼問，「那些太監在人堆裡挑揀，只挑中了他，他兄弟沒相上？」

「大概正好沒在一處吧！」月白捋了捋搭在腰上的薄被，垂眼緩聲道，「叫花子到處跑，沒個準地方，所以一個吃了苦頭進宮，另一個就漂泊在外了。」

第五十章　攬青冥

事情好像不簡單，音樓摸摸額頭，一腦門子汗。她知道肖鐸在宮外有兄弟，據說那兄弟得罪了人，後來被打死了，再結合月白的這番話，那麼死的到底是誰？

她心裡跳得厲害，那是個大祕密，太大了，果然要累及性命的。難怪他字裡行間總有種說不出的憂慮，除了東廠對朝廷造成的震動，還有他自身的原因吧！

怎麼會這樣呢，真叫人沒了主張！她咽口唾沫眈眈看著她，「妳當初不是在宮裡當差的嗎，後來怎麼出宮了？還有廠臣那個兄弟，在外面做什麼營生？一直做花子？」

月白也愁苦，沒個能說話的人聽她一肚子的憤懣不平，眼前這位既然是太妃，總還有點用處吧！要是可憐她，興許能從中斡旋斡旋也不一定。她是這麼打算的，剛要開口，外面進來的人頗具警告意味地掃了她一眼，那張臉陰狠可怖，立刻讓她噤了聲。

「有些人總是怨怪走背運，怪小人作祟，怪老天沒長眼睛，可有幾個回過頭去掂量過自己的所作所為？」他冷冷望著她，「好與不好，不是別人造成的，很多時候都是自己的緣故。秋月白，妳的話太多了。」

月白囁嚅了下，看見他，再也沒有半點親近依靠的意思了。比陌生人更透三分冷淡，他的每一個眼神每一個動作都是厭惡，恨不得她從來沒有出現過。她想自己真的是做錯了，從遇見錢之楚開始就錯了。他的生命裡已經不歡迎她的存在，她來找他，對他來說是個累贅，把她救上來也不過出於道義，他對她早就沒有半點感情了。

她忘了哭，只是呆呆看著他。她奢望過自己尋短見至少會讓他有觸動，誰知竟是一場空。一個對妳的生死都不在意的人，還拿什麼去挽留？

他沒有理會她，轉過身朝音樓揖手，「請娘娘回去歇著，萬不要再逗留了。娘娘菩薩心腸不假，可消息要是傳到京裡，臣就是個照顧不周的死罪。娘娘不想叫臣人頭落地吧？」

他半真半假的話即時點醒了她，音樓心慌氣短，站起身強自按捺了道：「廠臣說得很是，時候不早了，該回去了。」朝外看看，月落柳梢，按著日子來算快交子時了。她垂手替月白掖了掖被角，微微笑道，「那我就不多待了，妳好好靜養，等得了閒我再來瞧妳。」有點落荒而逃的意思，她很快辭了出來。

回畫舫上也是寂寂無話，她心思雜亂，想問他緣由卻不敢問出口。看見他對月白的態度，那表情那聲氣，想想就讓人心頭發涼。太平無事的時候插科打諢不礙的，但是人人懂得自保，觸到了他的底線，不知道接下來他會以什麼面目示人。

音樓突然感覺他很陌生，彷彿只看到一個軀殼，軀殼後面空空如也，或許他不過是個戴著假面的惡鬼，一切的好都是表像。

她站在那裡思緒如潮的時候聽見他吩咐容奇，「女人話太多了惹人厭煩，你去配碗藥，讓她以後都張不了嘴，省得聒噪。再瞧瞧她會不會寫字，要是會……也一併處置了吧！」

音樓狠狠打了個寒顫，他是打算毒啞人家？毒啞了又擔心人家會寫字，要連同手筋一塊挑斷？她駭然看著他，低聲道：「月白姑娘是個可憐人啊，你為什麼要這麼對她？」

「為什麼？」他哼了聲，「因為她來路不明，管不住自己的嘴。本來我還念著私情，希望她識時務些，好讓她活命。誰知道她自己不成器，偏要往邪路上走，可見我先前的婦人之仁的確錯了，再容忍下去必定要出大亂子。」他往前兩步低頭看她，見她臉色慘白，哂笑道，「嚇著妳了？沒想到我的手段這麼殘忍？」

燈下的他的臉，一半在明一半在暗，全然看不出所思所想。事已至此，她再同情月白也無濟於事了。人都是自私的，比起他的安危來，別人怎麼樣都不在考慮之中了。她壯了壯膽，抓著他的衣襟問：「究竟怎麼回事，你打算一直瞞著我？」

他擰著眉頭閉了閉眼，「妳想知道什麼？那瘋女人的話也聽，倒不信我？她說的那些太稀奇了，說我換了個人，宮裡那麼多太監宮女不論，頭頂上還有班領管事，天天在一處當值，不叫人發現，妳信得實嗎？在姓錢的船上隨口應下，不過是想看他打什麼主意，沒想到一個將計就計，居然叫妳當了真！虧我還誇妳明白，要緊事上不知道好歹，還越打聽越來勁了，焉知人家不是南苑王派來摸底的細作？」

他這麼解釋，好像也有點道理。音樓本來就不是個心思縝密的人，東一榔頭西一拐子亂撞，自己覺得很有疑點，人家出面三言兩語一糊弄，她就自發換了個立場去看待，覺得月白的話還真是漏洞百出。

不過也不能輕易信得，她上下打量他，然後把視線停在他腰帶以下三寸的地方，心裡還慪咕，如果他真是冒名頂替的，那處是不是還完好如初？念頭一興起就有點控制不住了，看看這寬肩窄腰，兩條大長腿真叫人豔羨。上回他盛情相邀，她小家子氣拒絕了，現在想來悔綠了腸子。如果再來一遍，她必定欣然接受。別的彎彎繞都是隔靴搔癢，只有這個才是真刀真槍檢驗他身分的好方法。

左右看看無人，她無賴地笑了笑。靠上來，把腦袋抵在他胸前，身子卻隔了一道縫。暖玉溫香應該心神蕩漾的，可他卻感到不安。她一手攬著他的腰，另一隻塗著紅寇丹的手悄悄搭在他玉帶上，手指頭鬆了一根又一根，直到只剩一根食指掛著，搖搖欲墜。

腦子裡激靈一聲，再遲鈍的人也知道她在盤算什麼。他紅了臉，一把推開她，語調有些驚慌：「妳要幹什麼？」

音樓本來全神貫注，做壞事的時候不能受干擾，可是抽冷子被他來了這麼一下，唬得心肝都碎了。惱羞成怒了揉著心口打他，「你才幹什麼，唬我一跳！我怎麼你了？你雞貓子鬼叫什麼？」

他挨了好幾下，她勁大，打得他生疼。撫著胳膊閃躲，這輩子遇上這麼個女人，真是活作了孽！陰謀敗露了還反咬一口，他不吭聲，難道挺腰子叫她上下其手嗎？他氣得去捉她兩隻爪子，咬著槽牙搖晃，「妳還是不是女人？妳是男的吧？這麼沒羞沒臊！」

她很不服氣，沒有幹成的事為什麼要承認？使勁掙起來，在他皂靴上踩了兩腳，「含血噴人吶你，我除了小鳥依人什麼都沒幹！」

還小鳥依人，真好意思！肖鐸被她氣笑了，這世上能叫他有冤無處申的也只有她，大言不慚敢用這個詞！

「還敢狡辯？」他把她的右手舉了起來，「別把人當傻子，妳剛才想幹什麼來著？我要是不動，妳是不是就要……嗯，就要……」

他說不出口，她睥著眼看他，「你不愛我碰你，往後我不挨著你就是了，要是打算往我頭上扣屎盆子，那我是抵死不從的！」

他惱得沒法子，又不好和她太較真，狠狠甩開了她的手。

眼看三更敲準，鬧了這半夜大家都倦了，該回房歇覺了。他垮著肩說送她上樓，她腳下卻不動，定著兩眼直瞅他的臉，把他弄得毛骨悚然。半天訝然開口低呼：「了得，你怎麼長鬍碴了！」

他心裡一驚，下意識去撫下巴，頭光面滑明明什麼都沒有。再看她，她扶著樓梯扶手站在臺階上，吊起一邊嘴角嘲訕一笑，扭身上樓去了。

他在原地站了好一會兒，才發現自己叫她作弄了，不由唉聲嘆氣。

轉頭看窗外夜色，微雲簇簇攏著月，底下水面上依舊蓬勃如鬧市。美景良天他卻沒心思賞玩，打從姓錢的出現就風雲突變，一個秋月白還不是重頭，接下去總歸不太平了。西廠鼎立、水師檢閱、綢緞買賣趕工趕料，再加上今天發生的種種，無數重壓堆積上來，就算他三頭六臂，也有疲於應對的時候。

回艙裡囫圇睡了一覺，夏季日長，卯正天光已經大亮了。早起的太陽力道也不小，光線透過窗紙筆直照在他臉上，他拿手遮擋，半醒半睡間看見曹春盎進來，不確定他醒沒醒，一味立在簾外朝裡張望。

他深深吐納了一口，闔著眼睛問：「什麼事？」

曹春盎進來請了個安，「乾爹今兒歇不得，寶船還沒到碼頭，城裡的官員已經知道您的行蹤了。才剛呈了拜帖，這會子人都在岸上涼棚裡等著呢！」

在秦淮河上露面就沒指望能瞞過誰的眼，官員們來拜謁也在情理之中。他坐起來醒了醒神，隨口問：「拜帖裡有沒有南苑王府的名刺？」

曹春盎抱著拂塵歪頭道：「兒子也覺得古怪呢，來回翻了好幾遍，並沒有見到南苑王府的帖子。照理說來者是客，乾爹權傾朝野，就算宗室裡正經王爺見了也要禮讓三分，更別說一個外姓的藩王了。他這麼端著，到底什麼想頭？」

他無謂地笑了笑，「大約是等我登門拜訪吧！」

曹春盎想了想問：「那乾爹的意思呢？他那兒明著一本帳還裝樣，咱們接下來怎麼處置？」

他起身到臉盆架子前盥手洗臉，下頭人伺候著拿青鹽擦牙漱口，坐在圈椅裡慢慢進了碗清粥，才道：「世上事，明白不了糊塗了。他那不言聲，我這裡也用不著巴結。等差使辦得差不多了，送個帖子過去就完了。不見最好，見了給人落話頭子，何苦？」

曹春盎道個是，「那乾爹歇個飯力，過會子還是見見那些官吧！都在外頭候了大半個時辰了，沒的叫人說咱們拿大，不把他們當回事。」

他一手支著腦袋嘆氣，「一大清早的，不叫人消停。」回頭看樓上，「娘娘呢？還沒起？」

「昨兒睡得晚，今早起不來了。」曹春盎笑道，「咱們娘娘真是小孩性子，也是的，說句逾越的話，半大姑娘推上太妃位，怪難為她的。」

他聽了不置可否，只是唇邊慢慢泛起笑靨來，嗯了聲道：「叫她睡，昨兒是操勞了。」又問，「那邊舫船上怎麼樣？事都辦妥了嗎？」

曹春盎呵腰道：「乾爹放心，都辦妥了。雲千戶先進去探了話，說請姑娘寫封信給家裡，好送到遼河老家報平安，姑娘不會寫字，打算請人代筆。後來容千戶端進來墨黑的一碗藥汁子，捏著鼻子一氣兒給灌下去了，兒子在旁邊看著的，沒多會兒秋姑娘就直著嗓子嚎……形容可憐。」

可憐？天下誰人不可憐？他原沒想這麼待她，是她自己不好。音樓這傻大姐都能套出她的話來，換個人一樣能夠。人不為己天誅地滅，到了這步，他除了顧得了自己和音樓，別人的死活他是一概不論了。

瞧時候差不多，該換衣裳見人了。取了件黎色的素面常服換上，剛戴好髮冠，艙外便有人來通稟，說南苑王宇文良時親自來拜會督主，請督主移駕岸上一敘。

他別過臉嘴角微沉，早就知道沒那麼容易含糊帶過，這位藩王要是能安生，錢之楚這個底不就探得沒有價值了嗎！

第五十一章　醉翁意

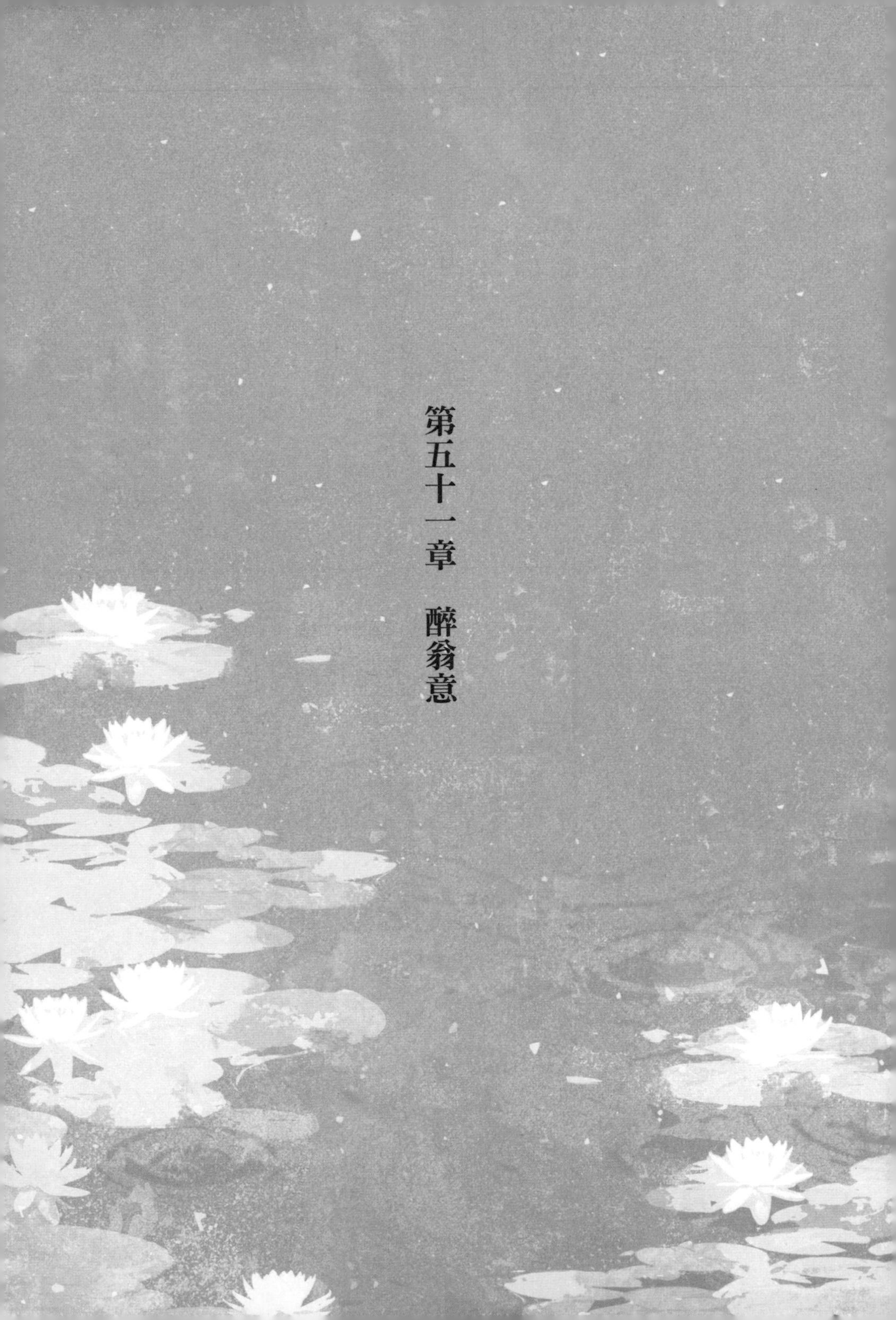

既然來了，少不得虛與委蛇一番。

他整理好了儀容出艙，兩個船夫拉著纖繩把畫舫往岸邊上拖，站在船頭望過去，一片花樹下立著位錦衣公子，戴翼善冠，穿盤領窄袖袍，常服兩肩的蟠龍張牙舞爪，在他身上卻不顯得張揚。他是一副中正平和的模樣，英氣穩重恰到好處，臉上始終帶著笑，眉眼間自有一道令人驚豔的輝煌。

肖鐸抱拳揖手，岸上頷首回禮，一來一往之間已經有了考慮。

宇文氏是毓秀之家，世代與皇族通婚，美貌名揚天下。只不過藩王不得特旨不能擅離藩地，所以只有來年歲末進京朝貢時，才和肖鐸疏疏有些走動。撇開暗藏的野心不論，宇文良時這人算是個有風骨的君子。江南富庶繁華，南京又是六朝古都，在此間為王，原就比別人更受矚目。但他懂得處世之道，錚錚一身傲骨，不趨炎不附勢，對誰都是敬而遠之。朝中言官提議削藩時，先帝也多番對南苑暗查試探，結果歷代南苑王身家清白得連東廠都拿捏不到把柄。先帝本就無意挑起爭端，借此下臺階後，漸漸對他消除了防備。

偌大的家業，恁多的人口，就算再高風亮節也不見得沒有疏漏，但是宇文氏做到了，反倒更讓人起疑。彼時礙於無處下手，只得捂在裡頭，現在終於露出了狐狸尾巴，卻又動他不得了。

跳板架在船舷上嗑托一聲響，肖鐸方斂神下了船。宇文良時早就迎到堤上，笑道：「廠公同本王太見外了，今早上才聽說廠公到了金陵，事先怎麼不派人送個信，我也好早早籌備起來。如今樣樣倉促，少不得要叫廠公笑話了。」

肖鐸忙道：「萬不敢當的，王爺直呼咱家的名字就是了，在王爺跟前哪裡配得上廠公二字！咱家也是昨兒入夜才到，自己在河上逛逛，本不想驚動王爺。王爺機務忙，原打算送個帖子，過兩天尋時候拜見，早起聽小子說王爺到了，倒把咱家驚了一跳。這樣熱的天氣叫王爺受累，咱家心裡過意不去的。」

做宦官的，一套嘴皮子功夫練得十分溜。看人下菜碟是本事，次個幾等的官員不是不搭，搭得稀鬆罷了。藩王畢竟是王，禮數上須得周全，要謙卑小心地，就算心裡都明白，面子上也得掩得過去。

宇文良時和悅道：「到了我金陵地面上，我卻不盡地主之誼，叫人說起來成什麼了？下回本王進京，不也要仰仗廠公多方照應！」說著含笑來攜他，「夫子廟前有家春風得意樓，是金陵頂有名的菜館，離這裡不遠，環境清幽，天下文人墨客到了秦淮必定要去那裡嚐嚐他們的菜色。今兒得知你來了，本王包了場子，不叫外人打攪，彼此好說話。」

這位藩王生長在南方，張嘴卻是一口地道的京片子，這點也叫人稱奇。現在想來是早就有了準備，果真處處都盤算好了，南蠻子進京不至於語言不通，官話說得轉，嫌隙也就少了。

不過這樣溫言體恤真叫人受寵若驚，肖鐸的腕子被他牽著，渾身的不自在，又不好做在臉上，只是一再地敷衍，「王爺破費了，以往王爺來京匆匆而過，咱家在宮裡當值脫不了身，幾次想宴請都不得機會。進廟燒香是常理，這回還是由咱家做東，也是咱家對王爺的孝敬。」

宇文良時卻並不接話，兀自道：「我來時見衙門好些官員都候在亭子裡，亂哄哄人又多又雜。我知道廠公愛清靜，這六月心裡，全聚在一塊兒也難耐，就發話讓他們先散了，明兒再見也不遲。你瞧這氣候，南方不比北地，熱起來要人命。住在舫船上雖愜意，也不是長遠的方兒。正好我在烏衣巷有所宅子，林蔭深處的，夏天住著清涼。回頭把行轅安置在那裡……」到了春風得意樓的門坊下，邊往門裡引邊笑道，「廠公行動便利，太妃娘娘要夜遊也不費事。」

他的行藏，這裡早就盤摸清楚了，太妃隨行並不是什麼祕密，肖鐸聽了不過報以一笑，「王爺盛情，那咱家就卻之不恭了。本來在哪裡落腳沒那麼多考究，可礙於鳳駕在前，這一路的行轅確實也煞費思量。有王爺安排，自然是再好也沒有。咱家是初到，對金陵還不熟悉，總歸萬事要倚仗王爺，咱家這裡先謝過了。」

又是熱熱鬧鬧幾句場面話，進了春風得意樓，四下裡看，的確是個雅致的好去處。天兒熱，各面牆上檻窗開著，窗外有繁茂的芭蕉樹，巨大的葉子招展著，根莖有合抱粗。上了二樓，四面垂掛竹簾，蔑條間隙不時擠進來一陣風，把夏日的暑氣沖淡了好些。

一大清早喝酒是不成的，滿桌佳餚先擱置著，到酒肆亭子裡坐下品茶也很得趣。南苑王玩的一手好茶道，伴著悠揚的古琴聲顛來倒去地炮製，每一道都盡善盡美。暗地裡算計江山的人能這樣恬澹從容，這份胸懷倒值得人佩服。肖鐸想起前幾天在步府上鬧的那一齣，想必早就傳到他耳朵裡了，便笑道：「那日陪娘娘回府省親，沒想到遇上太傅的小姐出閣，打聽之下原來是同王府結親，還沒恭喜王爺迎得如花美眷呢！」

宇文良時垂著眼分茶，茶湯注進聞香杯裡，將品茗杯倒扣其上，腕子輕輕一轉換了杯，雙手奉了上來，淡聲應道：「不過一個妾侍，叫廠公取笑了。說來是個鬧劇，步太傅辦事欠周全，本王一直以為迎娶的是他家二姑娘，誰知兜了一圈，二姑娘成了太妃，進門的居然是個嫡女。」他嘆了口氣，緩緩搖頭，「如今是結了親，好些話不方便說了，只是這樣戲弄朝廷，虧得皇上不追究，要是怪罪下來，連南苑王府都要受牽連。」

肖鐸抿了口茶讚嘆，「王爺手藝了得，果然是齒頰留香！咱家對茶道興趣也甚濃，只是總不得閒，慢慢也就擱下了。」話鋒一轉，方接上他的話茬，「當今聖上宅心仁厚，咱家在京裡把太妃頂替入宮的事如實回稟了，也是怕將來牽扯，引出不必要的麻煩來。今上聽後倒沒說什麼，咱家料著就算翻過去了。這會兒姐妹易嫁，往好了說也是美談，王爺不必憂心。」

「承你吉言吧！」他鬆泛地站起來，舒展了下手腳打簾朝外一指，「瞧見那青瓦翹腳的院落了嗎？當年謝氏的舊宅，謝家從陳留搬到南京，高宗的可賀敦皇后還在這裡省過親的。烏衣巷有名的烏衣晚照，那就是。兩百年前住過皇后，眼下又迎來一位太妃，這園子好大的臉子！」說罷輕輕一笑，「才剛沒見著娘娘，回頭我叫庶福晉過來走動走動，畢竟是姐妹，又各自出了門子，有些什麼小過結的，霎眼就過去了。」

他有意調停，肖鐸也不便多說什麼，只道：「這事得聽娘娘的主意，倘或要見，咱家再打發人過王府傳話；倘或沒這意思，庶福晉去了也是白跑一趟，就別費手腳了。」

宇文良時回過身來看他一眼，「倒也是，是我欠考慮了。不過今兒來拜會廠公，另有一樁事要向廠公打聽。」

閒扯了半天，這才終於要入巷了。肖鐸正襟危坐，斂了笑容道：「王爺有話只管吩咐，但凡咱家拿捏得準的，知無不言。」

他點點頭，略頓了下，臉上神情似悲似喜，吮唇道：「私事，實在有些無從開口。頭回見面就囉唣這些，雖是男人大丈夫，自己也覺得沒臉……」他說著，歪脖兒笑了笑，「因著守駐地，難進京，這事一直懸在心上，辦不成又丟不下，心裡委實熬可。今天既然見了廠公，我也顧不得那許多了。我知道廠公曾在毓德宮主過事，關於長公主的消息，也只有廠公這裡的才讓人信得實了。」

肖鐸本以為他遠兜遠轉，最後無非給他抻抻筋骨提個醒，沒想到他把主意打到合德帝姬身上去了。果然好計策，先帝後宮也曾有過一位宇文貴妃，可惜那位貴妃福薄，晉位不久就病逝了。當今聖上即位是在預料之外，早前沒有通婚，且宇文氏族中沒有待嫁的姑娘，所以就換了個方向，打算尚大鄴唯一的長公主？

宇文良時似乎是看出他的疑慮了，嗒然道：「廠公也知道我王府裡的情況，妾侍是有幾位，但嫡妃的位子一向懸空，不為旁的，只為和長公主當年的一面之緣。彼時我十三歲，隨我父王進京朝見。那是我頭回進紫禁城，見了那麼大的陣仗心裡也好奇，當天入夜宮裡設宴，趁著人多就尿遁了。宮裡守備森嚴，大宴儀設在奉天殿，兩邊的武成閣和文昭閣我都逛了個遍，轉暈了頭，迷迷糊糊跑出右翼門，結果被錦衣衛拿個正著。藩王世子不懂規矩亂竄，要是回稟上去，必然要折我父王面子，正急得沒法子的時候，遇見了長公主，是她賣了人情，讓他們把我放了，就為這，我一直惦記到現在。」他說完了，自嘲笑道，「不算什麼大事，卻叫人念了那麼些年，我據實以告，叫廠公看笑話了。」

若是這種兒女情長放在普通人身上，他是一千一萬個能理解的，但是對像換成了宇文良時，到底怎麼樣就不好說了。他作恍然大悟狀，點頭道：「原來王爺和長公主有過這麼段淵源，可是咱家在毓德宮主事的時候沒聽長公主說起過……那王爺是什麼打算呢？既然心裡惦念，何不具本上奏，求萬歲賜婚？」

他是明知故問，大鄴帝姬下嫁藩王的少之又少，就說宇文氏，以往通婚的不過是些郡主縣主，鳳凰不落無寶之地，正頭公主一個都沒進過門，就算請求賜婚，事情也未必能成。正因為如此才要借助他的力量，他一推二五六，是打算站乾岸了嗎？

宇文良時抿嘴一笑，窗外的日光照亮他眼裡的光環，燦若星辰。他換了個奇異的聲口，低聲道：「具本上奏的事我也想過，只恐沒有勝算，這才想請廠公助我一臂之力。兵部的錢樞曹，廠公認得吧？據樞曹所說，廠公也是性情中人，既這麼，應該不會不懂本王求而不得的苦悶。」

所以錢之楚是他底下人，這點是毋庸置疑的了，可是他究竟知道多少，還需探探底。肖鐸低頭盤弄手裡摺扇，淡然道：「王爺不開口倒罷了，如今既然提起，咱家也想起來，臨出京的時候，聽說榮安皇后打算撮合長公主和右都御史的公子。那時候咱家忙手上差事，後來怎麼樣也沒有心力去過問……」

「廠公這樣靈通的人，在本王眼裡賽過當朝一品。只要應準的事，必定會替本王盡力達成的。」

他說得很篤定，這種氣勢上的較量雖不動干戈，卻也暗流洶湧。肖鐸探究地看他，他還是那個優雅的笑模樣，轉到坐榻前提紫砂茶壺，揭了蓋，連水帶茶葉潑進了窗外一片芭蕉林裡。回過身來重新往壺裡加新茶，不急不慢道，「廠公可是深諳茶道？這步叫馬龍入宮，程序簡單，不過是往茶壺裡放茶葉，為了凸顯韻致，變著方尋摸出了這麼個名字。世事也是如此，再眼花繚亂，萬變不離其宗，這話別人或者不明白，廠公沒有不明白的道理。宇文氏是世襲的藩王，到我這輩已經是第九代了，愈發的庸碌無為，自覺愧對祖先。有時候成功不過缺個契機，這契機也許是時運，也許只是個人。」他抬眼一笑，「不瞞廠公，我對廠公敬仰已久，今兒見面，更覺未語可知心了。人在世上行走，總有落了短處的時候，比方廠公當年在西四牌樓經歷的那些艱難，也虧得有貴人相助不是？眼下本王和廠公那會兒是一樣，唯有指望廠公鼎力協助了，他日事成，定然不會忘了廠公好處。」

這回是落進套子裡了，話到這份上，連西四牌樓都摻合進來，不能不說他下足了功夫。目前單提了合德帝姬這一樁，已然叫他覺得棘手，後頭的事更進一層，怕是真要把人熬成蘆柴棒了。

第五十二章　相憐計

男人酒桌上談事，通常可以相談甚歡，至少明面上是如此。

宇文良時懂得人情世故，點到即止方為上，扒下臉皮來不好，傷了情分，往後共事各自心裡有了芥蒂，怎麼通力合作呢！不過適時的敲打還是需要的，畫龍點睛似的穿插一兩句，大家都不是糊塗人。過了腦子，細一斟酌咀嚼，心頭自有一番滋味。

長城不是一天建成的，這種拉攏人的事得慢慢來。送人出了門，宇文良時別過臉叫跟前長隨，「容寶你去，好好的布置，吃穿住行務必讓人舒心稱意。太妃那也不能簡慢，好歹是門親，巴結住了有益處的。」

容寶扎地一千兒應個嗻，「奴才明白主子意思，進可攻退可守，打個巴掌給顆甜棗，照著這個模子來準沒錯。」

宇文良時瞥他一眼，「悠著點，這可不是兩直隸的官，叫你一蹶驢腿擠兌到南牆根上去的。他手底下人多，東廠那幫番子……不好對付。要動是動不得的，到底時機還沒到。零碎剪點邊，時候長了牽連上，不是也是，明白？」

容寶笑得滿臉開花，「爺說得是，跟爺這麼久，奴才旁的沒學到，就學會撬人牆角了。人都說奴才是鑽地鼠，其實主子才是鑽地鼠的祖宗……」

「日你姐姐的！」宇文良時笑罵，一巴掌拍在那顆尖頂橄欖頭上，「少在這賣弄嘴皮子！打發人在樓上好好瞧著，別走近，宅子邊上有東廠的人。辦事警醒著點，船塢那頭叫人往裡灌銀子，狠狠地灌，灌完了要留破綻，捂得太嚴實被人捲了包，虧空要你自個兒掏家底填補，記著了？」

「啊是是……」容寶應了，撒腿就承辦去了。

他站在牌樓下順光看，晌午的太陽炙烤著這座古城，地面上起了熱旋。肖鐸在一片扭曲的影像裡走得閒適從容，這樣的人，泰山崩於前而面不改色，收服了是臂膀，收不服則會毀了他的根基。事到如今誰都沒有退路，一切各憑本事吧！

曹春盎給他乾爹打著傘，錯眼回頭一看，低聲道：「兒子打量這南苑王，話裡都帶著股子勁頭，這是一心要拉攏您吶！您瞧都走出去這麼遠了，他還在那，都快趕上十八里相送了。」

肖鐸眉眼低垂，搖著檀香小扇道：「那個酸王不簡單，叫人防著點。這會兒就是個互相牽制的境況，我動不得他，他也動不得我。大約還會彼此監視，想來真好笑。」他昂首看，蔚藍的天幕上間或飄過一絲雲彩，背上熱汗淋漓，渾身黏纏得難受。他拿扇骨挑了挑領口，懶散問，「烏衣巷的屋子叫人去看了沒有？」

曹春盎應個是：「大檔頭他們都到了，裡裡外外都查看了一遍，樣樣熨貼。後來上舫船把娘娘和月白姑娘安置過去了，這會兒過了飯點，估摸著都歇下了。」

他「嗯」了聲，開始嘟嘟囔囔抱怨，「南方果真是熱，看看這一身的汗！這樣氣候辦差傷元氣，白天就不出去了，要緊事攢到一塊，起早或是太陽落山後再議不遲。」又問，「金陵有什麼特色小吃？」

曹春盎開始掰手指頭，「秦淮八絕乾爹知道嗎？茶葉蛋、五香豆、鴨油酥燒餅、雜樣什錦包子、還有油炸臭乾、鴨血湯……說是八絕，其實是成套，遠不只八樣。乾爹怎麼的，剛才沒吃飽？您想吃什麼，兒子給您買去。」

他左顧右盼，有點嫌棄的模樣，「路上東西乾不乾淨？你說的那些忒雜了，有沒有能清熱降火的？」

「乾爹有內熱？」曹春盎問，見他突然橫過眼來，唬得忙咳嗽打哈哈，「噯，這天是太熱了，該降降火，不然嘴裡要生瘡的……兒子想起來了，南京人愛喝菊花腦雞蛋湯，那個清火好。光喝湯喝不飽，兒子再買一屜子小燒賣，您就著下了肚，一準兒連晚飯都顧不上了。」

他背著手琢磨了下，「也成，我先回園子，你去辦吧！辦完了送娘娘屋裡。」

曹春盎怔了下，「不是您要吃嗎？」想想誰吃也不打緊了，又添了一句，「那月白姑娘呢？就辦一份？」

他擰緊眉頭瞪他，「你熱暈了腦子？這種小事也來問我？」

曹春盎縮脖兒告饒：「兒子瞧月白姑娘是乾爹的……」怕又要挨罵，往自己臉上拍了下，「我沒成色，惹乾爹生氣了。您進巷子，兒子掂量著辦就是了。」

伸手一招立馬有人上來接應，肖鐸沒再理會他，踱著方步進了石拱門裡。

烏衣巷說長也不算長，攏共百丈進深，白牆黑瓦翹腳簷，極有江南風韻。宇文良時撥的那個園子在小巷最深處，女牆參差，綠樹環繞。不似北京方方正正的四合院，一進二進明明白白，這裡的玲瓏雅致延伸到每個細微處，比餘杭落腳的鹿鳴蒹葭更顯深幽。站在門廊上是看不見正屋的，北京善用影壁，江南則工於巧思。一條甬道建得九曲十八彎，所到之處像裝訂成冊的畫本，必須一頁一頁地翻看，才能發現其中曼妙。

他進院子略走幾步，回頭朝春風得意樓的方向看一眼，這才反剪著兩手進了上房。

甫一抬頭，看見高案上擺著大大小小幾個紅紙細麻繩捆紮的盒子，音樓正弓著腰，拿手指頭摳其中一個盒子的角。他納罕，走過去問：「誰送來的？」

她收回手道：「那個錢之楚葫蘆裡不知賣的什麼藥，巴巴兒送來了拜禮，我還以為裡頭有象牙瑪瑙，結果捅開一看，就是些果子。」

肖鐸嘲訕一笑，沒言聲，坐在上座自顧自打起了扇子。

他剛從外面回來，身上熱氣蒸騰。美人汗濕的樣子最銷魂，領口半開，微微坦露出白淨的頸項，襯著那兩頰豔若桃李，半歪在香几上的模樣簡直叫人血脈噴張。音樓艱難地咽口唾沫，挨過去拿團扇給他搧風，溫言道：「熱壞了吧？瞧這一頭一臉的汗！我叫人備了香湯，趁時候還早去梳洗梳洗，還能歇會兒午覺。」

他掖掖鬢角道：「也好，半天光顧著和宇文良時鬥法了，消耗不少心力，一頓飯吃得食不知味，還不如尋常清粥小菜。」站起來問，「妳吃了嗎？中晌吃的什麼？」

音樓道：「幾個涼拌菜就打發了，這天色熱出蛆來，吃什麼都沒胃口。」說著覷他臉色，「宇文良時同你鬥什麼法？他安生做他的藩王，咱們也沒礙著他，怎麼見你來了，要給你小鞋穿？」

和她解釋不清，回頭追問起來牽扯得太多，不知怎麼圓謊才好，索性不告訴她反倒乾淨，便敷衍道：「沒什麼要緊事，官場上你來我往，無非權財交易。做官的嗎，一年清，二年濁，三年就成墨湯了，到一處還能是什麼？」又打趣道，「妳別說，人家這會兒是妳姐夫，剛才還說要叫妳姐姐和妳勤走動，被我婉言推辭了。我瞧音閣不是什麼善性人，敬而遠之對妳有好處。」舉步往後身屋去，邁了兩步又退回來囑咐，「剛才回來路上讓小春子買吃食給妳，妳稍用點就回去歇著吧！」

他這副自說自話的勁頭，一點沒留給她發揮的機會。她拉下臉來，「你就這麼走了？」

他站住腳「嗯」了聲：「怎麼？是妳讓我去洗澡的。」

「我的意思是……」她覥腆地笑笑，「你不是要人伺候更衣嗎，我來替你擦擦背，遞遞手巾什麼的，這些我都會幹。」

他略頓了下，歪著頭蹙起了眉，「妳非得這麼不加掩飾地打我主意？」

她臉上發燙，扭捏道：「上回話都說開了，咱們不是相互喜歡的嘛！既然如此，你和我這麼見外做什麼？再說我又不會眼巴巴看你，我一個女孩兒家，也會不好意思的。」

這話說出來，她自己信嗎？真想把她腦仁晃蕩開看看是什麼做的，怎麼就和別的姑娘不一樣呢！他木著臉問她，「那麼換言之，妳洗澡的時候我也可以進去搭把手？」

這個問題她真沒想過，主要是他的身分成謎，勾起她探究的欲望罷了。不過細想想，月白一路和錢之楚同行，不知道裡頭究竟有什麼玄機，萬一在錢之楚跟前露過口風，那他的處境可就堪憂了。

她幽怨地囁嚅：「我只是關心你，你防賊似地防我？」

他似笑非笑看著她，「妳何嘗不是防賊似地防我？妳心裡犯什麼嘀咕我也算得出，無非是想知道『那個』頂不頂用。」這麼直剌剌出口，果然把她鎮住了，見她不應他長長嘆了口氣，「頂用怎麼樣？不頂用又怎麼樣？我記得妳說過，不在乎我是不是太監。如今呢？到底還是跳不出世俗眼光！」

音樓終於開始自責，她滿腦子烏七八糟到底在想什麼！他說得對，當初認準了他是太監，現在又為什麼這樣計較？她還記得甲板上臉紅心跳的吻，記得淚眼婆娑裡情真意切的許諾，這些和他是否健全無關，她單就愛他這個人。如果他真是頂替了別人入宮的，如果他是完整的，那也只能算是意外之喜，不能因為這意外確定不下來，就把他全盤否決了。

「是我不對。」她懊喪地絞著手指道，「我被月白那些話圈糊塗了，整天想給你驗明正身，白天想夜裡想，想得喪心病狂！這會兒我明白過來了，不能這樣。」她怯怯抬了抬眼，「你會生氣，就此和我一刀兩斷嗎？」

她還是怕他會拋棄她，因為太寂寞，無依無靠，她把他當作救命稻草。他低頭看她，略沉默了下方道：「不會，只不過這宅子是宇文良時的，保不定周圍有多少眼線，咱們說話辦事都要仔細。屋裡還好些，露天的地方千萬留神。我原想悄悄帶妳去觀燈會，或者躺在房頂上看星星，但依著現在這形勢是不能夠了。」

他越說她腦袋垂得越低，看來被他剛才幾句話嚇著了。他又揉心揉肺痛起來，甚至不消她說話，他自發就沒了底氣。

怎麼對她才好？這下子追悔莫及的成了他，擔心自己的話太重，傷了她的心。好在宅子裡是不打緊的，裡外都是東廠的人，連隻蒼蠅都飛不進不來。

他猶豫了下，把手按在她肩頭，「我不是怪妳，怪只怪秋月白，是她攪局，弄得咱們生分了。」

音樓忙擺手，「怪我自己，你別再遷怒她，她已經夠可憐的了。」

都說秋月白可憐，或許她的確可憐，從遼河販賣到京城，再被錢之楚搭救帶到江南來，一切都是宇文良時一手安排的。她想尋回她的幸福，於情來說無可厚非，可是人生就是這樣，並不是非對即錯。她失了庇佑，那是她最大的悲哀。他要當好人可以，當完之後必須承擔結果，真的有必要為個無足輕重的人去冒這個險？他若是悲天憫人，哪裡能夠活到現在，恐怕早就已經屍骨無存了！

「一條嗓子換一條命，她的買賣並不虧本。往後只要我還在，就有她安身立命的地方，這麼也算對得起她了。」他替她撫平了肩頭的褶皺，曼聲道，「至於妳，我總要想法子給妳個交代。我一直沒同妳說，其實暗自盤算了好久。不想進宮只有一個方兒，帶病的宮人不能伺候皇帝，等回京後我上道陳條謊稱妳染了病，這事就有轉圜。」

音樓喜出望外，他一直悶聲不吭的，她心裡也沒低。今天突然告訴她這些，說明他也為她的去留發愁。可是僅憑他一面之詞，皇帝能信嗎？

「萬一皇上要驗證怎麼辦？」

他說：「宮裡那些太醫我還說得上話，知會一聲，總有辦法糊弄過去的。」

她聽了晏晏笑起來，眼裡的快樂像流動的活水，怎麼都含不住。拉著他的衣襟悄聲呢喃：「我就知道你捨不得我進宮，我也氣苦過，可是從來不懷疑。你一定要想好應對的法子，叫皇上不稀罕我，我就可以永遠陪在你身邊了。」

聽上去那麼圓滿，簡單幾句話勾勒出一副色彩濃烈的畫卷，實在令人嚮往。他拉她繞過屏風，躲到一個別人視線觸及不到的地方，彎腰把她攬在懷裡，在她耳邊融融細語：「再等一等，打發了宇文良時咱們就回京去。早些讓皇上撂了手，咱們就能踏踏實實過自己的日子了！」

第五十三章　過危樓

枝頭鳥鳴啾啾，樹蔭下擺著一張躺椅，椅上仰著個人，拿書蓋住了臉，午後時分正沉沉好眠。

容寶有事要回，又不得近身，只能在假山腳下找個背陰的地方搓手探看。園子裡古木參天倒還清涼，可是肩上扛著事，實在靜不下心來。邊等邊琢磨著，那掌印太監真不是個好相與的主，人橫，閻王爺也怕他。就說他主子囑咐往船塢填銀子的事，事情過去了好幾天，一直沒動靜。原以為肖鐸是悶聲包圓了，沒承想今天派人傳了工部駐守的員外郎問話，要他攤帳冊子清查帳目，然後大大方方把多出來的二十萬兩銀子供到了檯面上。

這不是有意打人臉嘛！造船就跟鹽務似的，沒有一年不往上報虧空的，如今這筆款子怎麼來，以他這樣的明白人會不知道其中因由？橫豎是遇上了狠角兒，他們主子這回是碰釘子了。

正神遊，呼地一聲響，背上重重挨了下，火燒一樣疼起來。問心裡惱不惱，肯定得惱，可是不能梗脖子，反倒滿臉堆起了笑，轉身膝頭子點了點地，「給二爺請安。」

二爺瀾亭還是那模樣，上山下河樣樣幹的主兒，整天弄得灶眉烏眼，渾身沒有一塊乾淨地方。人小，揮舞的武器不短，怕扎手剝了樹皮，整根枝條油青光亮。看他一眼，奶聲奶氣卻一副小大人腔調，「你這殺才，在這兒探頭探腦瞧什麼玩意？再不討饒，吃爺一槍！」

「喲喲喲！」容寶兩手合十攏住了呼嘯而來的枝條，矮著身子覥臉笑道，「二爺就是長阪坡的趙子龍，涯角槍使得生風，奴才只有跪地求饒的份。」

這兒夾纏，樹後轉出來個稍大點的孩子，不過七歲光景，卻老成幹練，和二爺天壤之別。叫了兄弟一聲，讓他別鬧，轉臉問容寶，「你找父王有事稟告？」

容寶一迭聲應是，這位大爺是王爺的第一子，雖是庶出，在王爺跟前的份量卻極重。一個沒長開的孩子，有時也旁聽機務，小小的人兒頗有自己的見解，可知將來必定能青出於藍。容寶平時愛巴結他，當狗當馬無怨無悔，剛想攀談兩句，聽見那邊咳嗽一聲，王爺醒了。

他趕緊搓著步子攆過去，行了禮，一五一十把事回明了，垂著兩手等示下。宇文良時臉色不好，咬牙道：「不識抬舉，偏要刀劍相向才痛快！」

可是事情又不太好辦，真要面子裡子都不顧，肖鐸的祕密固然是好把柄，自己圖謀江山的罪名也叫他拿捏住了，最後兩敗俱傷，倒叫皇帝得利。所以要壓制住他，恐怕等價交換還不夠。就算他是假太監，絕戶無牽無掛，逼急了散攤子走人，臨了參他一本，自己家大業大，虧就吃大了。

他靠在椅背上，手指篤篤點那虎頭扶手，「還探到些什麼？忙了好幾日，肖鐸就是個太極圖，也該有離縫的地方。」

容寶呵腰道：「回主子話，肖鐸的確是嚴絲合縫，連個插針的地方都沒有。不過倒是有個意外的收穫，是關於端太妃的。」

他轉過頭來看他，「一氣兒把話說完。」

容寶道是，畢恭畢敬回話：「端太妃是先帝後宮的人，怎麼受的徽號、怎麼下的江南，錢樞曹都同您說了。可今兒探子來回，前兩日皇上遊園子，在湖心亭裡作了幅畫，畫的是個美人追帕子，還問左右人像不像端太妃……難怪太妃進帝陵十來天就被接到肖太監府上去了，奴才瞧這形容，太妃大概同當今皇上有點什麼勾纏。」他說著嘿嘿一笑，「紫禁城裡那位主兒，龍潛時是出了名的多情王爺，保不定弄出個叔接嫂、嫂就叔的戲碼來。主子瞧瞧，咱們在肖鐸這裡打不開口子，是不是往太妃身上使把子勁？」

他才說完就被邊上的大爺接了話茬，那孩子站著還沒他父親坐著高，淡淡掃視他一眼道：「這是想同人攀交情？那論情誼，太妃究竟和誰更親？是朝夕相對的肖鐸，還是素未謀面的父王？」

這句話問到了點子上，人情往來，就算花再多的心思，塞再多的銀子，都沒法和肖鐸相提並論。宇文良時見兒子開口也有意抬舉他，便道：「那依你說，父王接下來如何行事為宜？」

大爺一雙眼睛灼灼望著他父親，咬了咬唇道：「父王不知道三十六計裡，有一招叫借刀殺人嗎？太妃南下，安危都在肖鐸一身。太妃平安，皇帝賞肖鐸，太妃死了，皇帝殺肖鐸，是不是這麼回事？父王何必花心思去討好一個不一定能拉攏的人，讓皇帝和肖鐸鬥，至不濟三種結果，一是肖鐸被誅，父王少了大對頭，對咱們有利；二是肖鐸為了保命投靠父王，即便逼不得已，木已成舟，父王仍舊如虎添翼；至於第三種……他要是豁出去把父王拉下水，恐怕就有些麻煩了。不過也無大礙，他有把柄在父王手上，屆時咱們反咬一口，他兩罪並罰，還是逃不掉個死。」言罷仔細觀察他父親臉色，謹慎道，「兒子人小，腦子也沒長全，但兒子就是這樣想頭，不知父王以為如何？」

稚嫩的聲口說出叫人震驚的話，且條理清晰有根有底，宇文良時終於露出讚許的笑，伸手在他總角上撫了撫道：「好兒子，有肚才。咱們父子同心，果然想到一塊去了。」轉過頭問容寶，「大爺的話都聽明白了？」

容寶被這麼丁點孩子的心機唬得回不過神來，發怔的當口聽見王爺叫他，忙答應了聲道：「是，奴才聽明白了。小主子的心思就連王府幕僚都比不上，三國時候曹沖稱象稱出了美名來，要是和咱們小主子比，那算個毬！可是奴才想破了腦子也沒法子，烏衣巷裡全是東廠的人，要動太妃恐怕沒那麼容易。或者請庶福晉出面，把太妃約出宅子，咱們外頭動手？」

宇文良時含笑看兒子，「瀾舟，你的意思呢？」

大爺低頭摸摸腰上的鯉魚香囊道：「庶福晉好歹是王府的人，和這事有牽搭不好……不知道太妃愛不愛吃魚膏，上回阿奶瞧我們兄弟長個，叫人燉了兩盅給我們。那東西本來就是魚肚子裡的，不怕浸水，往裡面下點藥，就是洗也洗不乾淨。父王的銀子與其花在油鹽不進的人身上，不如調過頭來買通肖鐸手底下的人。東廠番子那麼多，總有愛財的。」

宇文良時聽得愈發高興了，囑咐容寶道：「就按瀾舟說的辦，肖鐸要是知道這些主意是個七歲孩子出的，不知他還能不能笑得出來。」

說辦就辦，到了江南吃水產是尋常事，一條新鮮的黃魚膏拿繩穿著，順順當當送進了烏衣巷的後廚房。

這宅子後邊有棟繡樓，太陽將落山的時候整片沐浴在晚霞裡，連同這深深庭院一起，組成了個金黃色的夢，那就是赫赫有名的烏衣晚照。太陽漸西沉，又到華燈初上的當口，音樓愛在那裡倚柱聽秦淮漁唱，興致來了盤弄曹春盎尋摸回來的古琴，遠眺秦淮河上的夜景，彈上一曲不成調的〈落霞與孤鶩〉。

肖鐸照例是白天歇著晚上辦差，因為怕落人眼，和她走動不算勤。人前相處公事公辦，娘娘長娘娘短叫得震心，只有半夜回來的時候悄悄潛進她屋子裡，摸著黑上床和她一頭躺著，靜靜地，不說話，十指交扣，彼此也能感受到溫情流轉。

關於月白，她總是很懼怕看見她。要不是那天她套她的話，也不會害她被毒啞。音樓撥弄琴弦，古琴的琴聲彷彿哀鳴，莫名讓人覺得悲傷。她問彤雲：「看見月白姑娘了嗎？」

彤雲掖著兩手一臉慘然，「她的臥房在西邊，我每回打水從她門前過，總看見她呆坐在窗前，定著兩個眼珠子，像行屍走肉。」一頭說一頭嘆氣，「秋姑娘真是命苦，接連遇到這樣的打擊，換作我簡直活不下去！不是我說，肖掌印手太黑，把人弄成這樣，還不如讓她投水死了算了。也沒聽說過這樣的事，救上來再殺她一回，這套路倒稀罕。」

人在刀山火海裡行走，顧得了自己顧不了別人，能怪他嗎？亂世出奸人，要是沒有宇文良時在裡頭攪和，月白在遼河老家，靠著回憶也能活下去。這會子可好，來了、見了、萬念俱灰，其實最可惡的還是那個宇文良時。

「好在肖掌印對您過得去，這就足了。否則以他的為人，都不敢跟他在一間屋子裡待著。」彤雲又絮絮說著，把托盤裡的盅蓋揭開了往前推了推，「您還沒吃晚飯，這兩天不是胃口不好嘛，外頭買了魚膏進來，聽說最養胃，貴得黃金似的，趁熱吃了吧！」

她笑起來，「女孩吃了魚膏長屁股，回頭發得磨盤似的，那可怎麼好？」

彤雲嗤笑道：「爺們喜歡屁股大的女人，兩截粗中間細，那樣才勾人。」

音樓斜她一眼，「連這個妳都知道？」

「宮裡混了那些年，我也是根老油條了。不信您問問肖掌印，我說得在不在理。」她舔嘴咂舌賣弄，突然啪地一聲拍在脖子上，就著外面的光看，手心裡拍了挺大一攤血，「噯，蚊子真多！您屋裡點過了艾把子，蠓蟲都薰沒了。這兒黑燈瞎火的，早點回去歇著吧！」

她唔了聲，擱下勺子捶捶胸口，「有點堵得慌。」

彤雲攙她下樓回房，細看她臉色，拿蒲扇給她刺刺地打，邊問：「身上不爽利嗎？肖掌印還沒回來，我讓人去找大夫來瞧瞧？」

她說沒事，脫了半臂倒頭歪在篾枕上，「大約是天太熱，中了暑氣了，迷瞪一會兒就會好的。」

彤雲再三再四地看，她只是仰在那裡闔上了眼，料著沒什麼大事，便道：「那您歇著，我在外間睡，有什麼事就叫我一聲。」

她「嗯」了聲，夢囈似地喃喃：「睏得眼皮子都掀不起來……妳別囉嗦了，下去吧！」

彤雲應了，踢踏的腳步漸遠，傳來了門臼轉動的聲響。勉強睜眼看，屋裡熄了燈，窗外月光透過綃紗照在床前，淡淡的一層光，像深秋的嚴霜。

渾身上下都不大對勁，音樓難耐起來，僵臥移時，不知怎麼，神識有點恍惚了。五臟六腑突然火燒火燎，滿腹的痛，痛得不可名狀。她害怕了，試著挪動身子，然而四肢像被千斤重擔壓住，半分不能自已。動不了，腦子卻是清醒的，她想叫彤雲，張嘴竟發不出聲音。

一陣冷一陣寒襲將上來，她痛得滿身冷汗，腸子擰在一處，像小時候犯過的絞腸痧，來勢更要兇險百倍。

也許是不成了，她直著嗓子喘氣，可是氣短得厲害，幾乎續不上。再這麼下去，死在屋裡也沒人知道。帳外的矮桌上放著茶盞，她拚盡全力想去搆，只差一點兒——盡可能地張開五指，但都是徒勞。眼前驀地升騰起一片迷霧來，所有的擺設都隨之扭曲，她被吸進一個無底的深淵，不停往下墜，離光亮越來越遠，原來這就是瀕死的感覺。

可惜還沒同肖鐸告別，似乎來不及了，再也不會有機會了。她的手終於跌落下來，帶動了一床的紗帳，鋪天蓋地的白色迎面撲來，無聲無息把她覆蓋住了。

第五十四章　凝淚眼

肖鐸回來，依舊是赫赫揚揚的排場。只是怕驚擾了附近人家，那些昂首挺胸的番子進了烏衣巷放輕腳步，一路肅靜，抬輦滑進了巷子深處的來燕堂。

月是滿月，照得地上清輝一片。他的腦子才從那笙簫鼓樂裡清靜下來，站在簷下深深吸口氣，也不及梳洗，避過耳目，人影一晃，便進了她的閨房。

以前是留門，現在是留窗，因為彤雲在外間值夜，天天廝混在一處也有忌憚，所以來去總是悄悄的，背著人，更覺美得不可名狀。像市井裡的糙話，越睡感情越厚，雖然什麼都沒做，但是黑暗裡能環著她的腰，就已經萬事都足了。

懷裡揣著蒸兒糕，摸了摸，還溫著，她最愛吃的。如今也像尋常男人那樣，在外牽掛著家裡。不管是辦事還是應酬，往那裡一坐，靜下心來那個身影便在眼前晃。今天原本不能那麼早回來，州府的官員們硬拉著請他聽錫劇，那種地方戲他也聽不太明白，臺上咿咿呀呀地哼唱，他坐久了，沒來由地一陣心慌，索性辭出來，回到她身邊才能心安。

熟門熟路轉過仕女屏風，後面是她的繡床。他帶著笑進去，提起小包袱揚了揚手，想討她一個好，可是入眼竟是空蕩蕩的床架子。他一驚，快步過去看，床上隱約蜷曲的人形被紗帳蓋住，像個小小的墳塋。

他的笑容凝固住了，蒸兒糕脫手落在地上。忙登了踏板去掀蚊帳，帳下的人臉色煞白，那種絕望的、死氣沉沉的景象太突然，簡直把他驚得魂飛魄散。

「音樓……」他悚然去摸她頸間脈動，不甚明顯，但是隱約還在跳動。這到底是怎麼回事？心臟彷彿被一隻無形的手扼住了，他慌得不知如何是好。語不成調地叫來人，然後把她半抱起來。

這位太妃在南下的行程裡是大人物，個個都萬分小心地看顧著，蜂擁進屋裡的人誰也沒想到會出這種意外，大家你看我我看你，一時都愕成了泥雕。

彤雲撲上來哭得撕心裂肺，又不敢搖撼她，在邊上放聲嚎啕：「先前不是好好的嗎，怎麼一下子成了這樣？主子……您可別嚇唬我……」

人群亂得沸水頂鍋蓋似的，佘七郎看了形容轉身對外吩咐，「什麼時候了還愣著？趕緊叫方濟同來！另去幾個人在外間收拾床榻，方便大夫診治。其餘的人散了，把園子圍起來，不許走漏半點風聲。誰要是嘴不嚴，老子在他臉上鑽窟窿，快去辦！」

被他一斥，眾人登時作鳥獸散。曹春盎急得沒法子了，看見他乾爹抱著人不撒手，這可不是個事，便上前道，「爹啊，這麼掬著沒用，挪個地方吧！方神醫本事高，叫他看一看，興許老祖宗還有救。」

肖鐸能坐上今天的位子，自有他處變不驚的威儀。如果是衝著自己，他連眼睛都不眨一下，可傷的是她，就像腰子上挨了一拳，痛得直不起身來。眼也花了，腿也顫了，他支配不了自己的身子，只有緊緊抱著她。

這模樣，在場的人都明白了七八分。真情實在掩不住，這種時候怎麼叫他施展運籌帷幄的本事？所幸都是信得過的人，幾個檔頭跟他出生入死好幾年，即便是窺出了端倪也不會往外宣揚。佘七郎見他掙扎不起來，這麼窩著也不成，便上前道：「督主定定神，遇上了這樣的事，後頭要處置的多了，全靠您指派。您把娘娘交給屬下，屬下抱她上榻。」

他搖搖頭，確實不是傷情的時候，心裡略定了定方把她拗起來，挪到外間的胡榻上去了。

方濟同是隨船南下的大夫，在東廠供著職，治療傷風咳嗽、跌打損傷很有一套。太妃遇險的消息傳來前他喝了點小酒，倒臥在那裡鼾聲大起，徒弟叫他不醒，跪在床沿上啪啪左右開弓亂搧耳刮子，這才把他弄下床。穿衣穿鞋忙得找不著北，臨出門還在門檻上絆了一跤，從驛館到烏衣巷的半里路，跑得披頭散髮。

進門時候病人已經安置在榻上了，他定睛瞧，娘娘驚悸抽搐，再不見當初顧盼生姿的靈動了。他疾步過去跪下診脈翻眼皮，掰開嘴一看舌頭烏紫，再看指甲蓋也發黑，當下就說是被人下了藥。

果然料得沒錯，要不好好的，怎麼一下子糟踐成這樣？普天之下誰敢在東廠眼皮子底下動手腳的，除了南苑王不作第二人想。肖鐸雙拳捏得骨節脆響，勉力按捺住了道：「少廢話，開方子救人！」

方濟同忙道是，吩咐左右把人搬到地上，「伏土接地氣，天物佐治，興許還有說頭。」又撈袖子叫人拿盆來，問彤雲，「娘娘今兒進了什麼？看是吃口裡著了道。」

彤雲紅著兩眼說：「外間弄了個大黃魚膏，據說是好幾十年的老魚，燉了甜東加枸杞給娘娘補身子，誰知道一進嘴就成了這樣。」

方濟同錯著牙道：「是了，大黃魚膏子摻進雪上一枝蒿，不死也得消耗半條命。」說著撬嘴催吐，吃下去的都是湯水，進了肚子吸收得也快，吐是沒吐出多少來，到最後隱隱帶著血絲，彤雲駭然問怎麼回事，他抽身到桌前磨墨錠，邊道，「要是猜得不錯，摻進去的是雪上一枝蒿裡的短柄烏頭。這味藥性猛善走，用得好是以毒攻毒的良方，要是用得不好，它輕易就能要人命。」說著艱澀看了肖鐸一眼，「督主，娘娘耽誤的時候有些長，毒走全身，瞧四肢僵硬的程度就知道中毒之深。眼下小人開了竹根、芫荽、防風，以水煎服，但願還有成效。只是到底能不能救回來……小人也不敢下擔保。」

肖鐸一臉猙獰地乜了他一眼，「別給我甩片湯話，治不好你試試，一準叫你陪葬！」他這麼不講道理真少見，方濟同心頭弼弼急跳，點頭哈腰地應了，「督主稍安勿躁……」忙掏了針包出來，叫彤雲搭手解衣裳，取針針灸封穴道。

這裡救治，人多看著不方便。肖鐸橫了橫心轉身出去，底下人都跟著進了旁邊梢間，他在上座坐著，勻了半天的氣才道：「那個黃魚膏怎麼進的烏衣巷，誰送來的，廚裡誰經的手，給我一五一十查明。辟出屋子來做刑房用，但凡有嫌疑的都帶進去，問不出話來不許撤手！還有南苑王府……」他想起她活絡時候刁鑽的樣子，如今躺在地上生死未卜，真覺得心都能擰出血來。不替她報這個仇，往後怎麼有臉見她？他顧不得那許多了，什麼狗屁藩王，惹惱了他，哪怕拚盡一生道行，他也要叫他血債血償！因對佘七郎道：「挑幾個精幹人，瞧準時機下手，我要宇文良時的項上人頭！還有他謀逆的罪證，抓不著就給他現造。朝廷最忌諱藩王擁兵自重，犯了這一條，宇文氏永無翻身之日！」

佘七郎道是，腳下卻沒動，遲疑著問他：「那娘娘遭了黑手的事，督主打算具本上奏嗎？」

容奇介面道：「自然是要的，這事瞞不住，萬一娘娘出什麼岔子，上頭怪罪知情不報，督主少不得要受牽連。」

他卻搖頭，他和音樓合計過裝病的戲碼，那是個萬全的法子，皇帝再不樂意，也怨怪不上誰。可是能病不能死，死了一頂帽子重壓下來，不論是不是遭人毒手，他想逃脫干係都不能夠。事到如今，並不是怕受責罰，也不是怕仕途受阻，他只怕自己折進去，沒人來替她申冤。

他垂手抓住曳撒上的膝欄，閉了閉眼道：「不能上奏，這事務必要瞞住。倘或消息傳到京城，接下來刑部和都察院都會插手，反倒不好施展拳腳。既然打算對付宇文良時，這頭就得風平浪靜，才不致遭人懷疑。娘娘……方濟同一定能把她醫好，她不會有事的。」

他這話是安撫他們，也是安慰自己。照他現在的想法，恨不得夜闖南苑王府，把宇文家殺個片甲不留。但是人活著，不能單憑意氣，在沒有十足的把握之前，一切只能暗中進行。他蹙眉看窗外的月，長長嘆了口氣道：「水師檢閱的日子要到了，西廠的人正在途中，咱們的事必須儘快辦妥，否則腹背受敵，接下去處境更艱難。」

千戶們應個是，門外曹春盎正好進來，眾人便都退下去承辦差事了。

肖鐸站起身問：「怎麼樣？有起色沒有？」

曹春盎道：「瞧著喘氣續上了，比先前好點。方濟同拿針扎娘娘十指，放出來的血黑得墨汁子似的，澆在盆景裡，鼠李都死了半邊，真夠毒的！方濟同說了，這回使出吃奶的勁也得把娘娘救活，要不您非弄死他不可。只是擔心毒解不好，會落下好幾宗病根。短柄烏頭的毒叫人渾身發麻，血脈不活絡，能把人弄癱了；還有說話，要是幾天不清醒，舌頭僵了也難辦，沒準就大舌頭結巴了；再有個眼睛，娘娘眼皮子翻開看充血，眼珠子定著不動，還有可能瞎……」

他越聽越恨，立時把宇文良時抓來大卸八塊才痛快。那些後遺症都不打緊，只要能救活她，哪怕是個癱子瞎子，他都認了。

先頭是又驚又氣，眼下吩咐完了事，便感覺心力交瘁起來。提袍過繡房，進門見方濟同站在一旁，彤雲跪在席子上給她餵薄荷水，抬眼看看他，一臉慚愧地放下碗勺伏地磕頭，哽咽道：「是奴婢照顧不周，娘娘的吃食奴婢應該先嚐，要是有毒也該是奴婢先中……這會子這樣，真比我自己擱在這還難受。督主責罰我吧，都是我的過錯。」

他的確恨她疏懶，可音樓是小才人出身，宮裡待著，從來沒有奴才嚐菜這一道，到了外面更談不上。如今出了事再來追究就是馬後炮，這上頭不怪她，怪只怪她值夜，連裡間出了這麼大的事她都不知道。中毒之初，一點症候都沒有麼？她還能安穩睡覺！要不是他回來得早，到發現時音樓屍首都涼了！

只差那麼點，他想起來都害怕。習慣了那丫頭的聒噪，如果再也見不到了，他以後的日子該怎麼過？他遷怒彤雲，恨聲道：「妳是她的人，我暫且不處置妳，等她醒了自然有決斷。如果她不打算留妳，妳只有死路一條。所以好好的伺候，如果妳還想活命的話。」

捲進漩渦裡的人，要完全脫離只有橫著出來。彤雲瑟縮著道是，她是依附在她主子身上的，肖鐸平常和顏悅色是瞧她主子的面子，一旦她主子有什麼不測，頭一個該殉節的就是她。

他不再理會她，問方濟同，「藥服了？」

方濟同道是，「這會兒只有等著了，要是娘娘體氣壯，興許還能醒。最好是有人在她耳朵邊上說說話，別叫她腦子頓住。人想事的時候眼珠子也跟著動，眼珠子一動就能擔保她老人家不瞎，這一樁病根就去了。」

他點頭說知道了，「你們都退下吧，我在這守著就成。」

他發了話，誰都不敢多嘴，屋裡人行了禮，悄沒聲退到梢間裡去了。音樓還靜靜躺在那裡，地上只鋪了張草席，他們拿細竹竿紮了個架子掛蚊帳，她就安然在那一方小天地裡，孤苦伶仃的樣子，看了叫人心酸。

他撩帳子鑽進去，盤腿坐在她身旁，低聲道：「魚膏做甜湯，虧妳喝得下去！不腥嗎？他們說燉起來黏糊糊黏牙，妳究竟喝了多少把自己毒成這模樣？」他抱怨著，視線漸漸有些模糊了。探手摸她四肢，略微軟乎了些，便打趣她，「還不醒？打算叫我抱著一塊臘肉過夜？方濟同這人也真不牢靠，以前聽說狗吃了耗子藥，灌幾口仙人掌，伏土能活過來。現在他拿這招對付妳，妳怨不怨他？要怨，妳自己起來罵他，不許他回嘴，好不好？」

他絮絮叨叨地說，仔細看她的臉，似乎變得既熟悉又陌生了。他心裡著急，不知道怎麼辦才好，哀聲乞求她，「妳睜眼看看吧！我才走一小會兒，妳就把自己弄成這樣，對得起我？說好了一塊回北京想辦法的，妳這麼中途撂手，叫我怎麼辦？我多著急，妳知不知道？真不叫人省心吶！就這麼一直睡下去，嗯？」

見她還是毫無反應，他也昏沉沉支撐不住這身體了。側過去倒在她身旁，把她冰冷的手焐在掌心裡，「妳不是一直好奇嗎，好奇我的祕密。只要妳醒過來，我就全都告訴妳。妳想看我洗澡我不轟妳，妳想對我上下其手我也不怪妳……我做了這麼多讓步，妳不打算就驢下坡嗎？」真是越想越辛酸，有溫熱的液體從眼梢流出，很快消失在鬢角，他簡直不能自己，把她的手壓在唇上喃喃：「妳有沒有執念？我有。我還沒厭煩妳、還沒迎妳過門，如果就這樣結束了，我不甘心。」

第五十五章　兩牽縈

好轉的跡象是有，但是不明顯，肖鐸守她一夜，頭天晚上渾身冰冷，他不得不把她摟在懷裡取暖。到第二天晌午開始發燒，滿臉潮紅身上滾燙，鼻翼翕動著，喘氣又急又密。

叫方濟同來看，他把昨天的三味藥換了，換成茶葉、甘草、金銀花，再扎針排毒，折騰到近黃昏，她的體溫漸漸趨於正常，但是喝什麼吐什麼，明明還在昏迷，閉著眼就吐他滿身。吐完了再發抖，黃豆大的汗珠子噗噗落下來，真沒見過這樣出汗的人。

肖鐸寸步不離，這種無力回天的淒涼讓他想起西四牌樓的那一夜，看著生命一點一滴從指縫裡溜走，他最親的人在他面前痛苦呻吟、掙扎彌留，他卻什麼都做不了。六年前是這樣，六年後依然是這樣。不管他怎樣翻雲覆雨，總有一種命運不斷重演的恐慌。這種刻肌刻骨的悲愴一下子扼住他的咽喉，再略用些力就會要了他的命。父母兄弟都死了，他以為世上再也沒有什麼能牽制他，可是出現了音樓。得到後再失去，比從來一無所有殘忍得多。

東廠澈查這件事，牽連在內的人很快就逮住了，只不過宇文良時辦事疙瘩，明明知道是他，但是照舊沒法指證他。刑房裡哀嚎震天，隔著幾堵牆尚能隱隱聽見。他在檻內靜坐，心裡做好了打算，要是音樓有什麼不測，他就親自找宇文良時索命，證據不證據，那些都不重要了。

佘七郎從甬道那頭匆匆而來，到門前望了屋裡一眼，立在廊下回稟：「宇文良時這個縮頭烏龜，躲在王府裡不露面。他府上護院身手很了得，要是硬闖，動靜只怕太大。」

他遲遲「喔」了聲，「那就讓他多活兩天，實在不成我登門拜訪，他還能避而不見？」

佘七郎有些訝異，看他模樣，才一天光景，弄得憔悴不堪。情劫最難渡，但凡是個人都逃不脫吧！他蹙眉道：「督主且三思，這時候越急越不得要領，事情交給屬下們，督主目下就不要過問了。娘娘安危固然牽動人心，您自己的身子也要保重。您這樣……沒的叫人瞧出來。」

他冷冷看他，「瞧出來什麼？娘娘有個好歹，誰能脫得了干係？前途未卜，我憂心有錯？」似乎連自己都聽不過去了，垮下肩頭嘆了口氣，「瞧出來就瞧出來吧，又怎麼樣呢！大檔頭，你喜歡過女人嗎？」

他這麼一問很叫他意外，東廠除了提督都是實打實的男人，他們是錦衣衛出身，有家有口能娶妻生子，和他自然不一樣。這是他的傷心處，平常大夥都小心翼翼規避，今天他自發提起來，倒叫人措手不及了。

佘七郎舔了舔唇，斟酌道：「屬下有個相好，門第不高，未入流幹事的閨女，長得也不頂美，但是屬下同她在一起覺得舒坦，如果說喜歡，大概這就是喜歡。」

他有些奇怪，「相好是什麼意思？沒有成親？」

佘七郎應了個是，似乎有點難為情，尷尬道：「廟會上認識的，當天夜裡就翻了窗。後來雜七雜八的事多，一直耽擱著，這趟回京打算上門提親去了，再那麼下去只怕掩不住，她肚子裡有了我的種。」

肖鐸聽了點頭，「那是該辦了，大著肚子拜堂也不好看相，今兒成親明兒生孩子，要叫人笑話的……娶過門之後呢？還會納妾嗎？」

佘七郎說不會，「東廠差事說閒是閒，說忙也忙。外頭奔走，回去震不動卦，娶多了乾放著也糟心。」

他淡淡笑道：「是這話，一輩子遇上一個人，好好待她。少年夫妻老來伴，將來有點什麼，不至於後悔。」

聽他聲口看破了紅塵似的，簡直像個出家人。佘七郎不由發怵，仔細打量他道：「督主今兒怎麼了？」

他從門前的小杌子上站起來，緩緩踱了兩步說沒什麼，「羡慕你們罷了，遇上了合適的，下聘過定，花轎抬進門就是你的人。我呢……」他回頭看看，她臥在草席上，全然沒有要醒轉的跡象。別人可以明媒正娶，他怎麼才能給她這些？他擺了擺手，「盤查別擱置，南苑王府的埋伏也別落下，我等著你們傳好消息回來。」

佘七郎不便多言，自領命去了。

他轉身去月牙桌上倒了杯水，把她扶起來靠在胸前，拿銀勺一點點往她嘴裡餵，慢慢道：「剛才妳聽見大檔頭的話嗎？原來這世上不只我一個人愛翻窗，他也一樣。他這個沒出息的，還把人肚子弄大了，全忘了自己是幹什麼吃的。這賊頭賊腦的樣，老丈人要是知道了，非打得他不敢進門不可！」他撼她一下，「妳聽見我說話嗎？睡了這麼久，該起來活動筋骨了……妳說他翻窗管別人叫相好，那咱們這樣的算嗎？妳也是我的相好？」他歪著脖子咂弄滋味，「這名頭不好聽，忒俗了些。要是成了親，稱呼倒多了，拙荊？賤內？糟糠？」他哧地一笑，「都不好，把媳婦兒叫得這麼磕磣，那些人是怎麼想的？換了我，叫心尖兒，人前人後都這麼叫，別人笑話也不管。」

她不應他，仍舊是驚悸，突然之間一陣抽搐，把他的心都要掐碎了。他咬著牙按她入懷，用力壓制，似乎能好一些。

頭頂隱約傳來隆隆的聲響，他偏過頭看窗外，天色暗下來，芭蕉頂上那片穹隆烏雲翻滾，看樣子要下雨了。他輕吁口氣，放下她叫方濟同，「變天了地上潮濕，可以搬回榻上去嗎？」

方濟同過來把脈，眉宇間有了歡喜的顏色，「督主別愁，我瞧娘娘脈象，不似之前那麼沖，平和了好些。這會兒雖然一陣陣痙攣，也是毒性沒散完。我已經吩咐人燒熱湯去了，回頭讓娘娘泡個活血的藥澡，把肌理間殘餘的毒蒸出來，料著到明天就該清醒了。」

這是個天大的好消息，肖鐸怕聽錯，又問他一遍，「明早能醒，你確定嗎？」

方濟同滿口應承，「我給督主打保票，要是不醒，您砍我的腦袋當板凳。」又吮唇想了想，「娘娘醒後手腳不聽使喚，您不能讓她這麼躺著，得讓她活動開。比如五臟六腑，麻痹得久了，內裡運轉不過來不成，得顛騰顛騰她。扶著走兩步也行，橫豎別叫她閒著。」

這些都容易辦到，只要她醒過來，醒了才好說以後的事。

又是一聲焦雷，轉瞬下起了夜雨，雨勢大，把鐔子裡的芭蕉葉打得簌簌顫抖。萬道銀線破空而過，只聽見隆隆水聲激打在青石板上，偶爾捲進一陣風，並沒有想像中的清涼。南京的夏日，即使被洗刷了，也還是悶熱潮濕的。

彤雲在門前探了探頭，如今她有點怕他，說話的時候甚至不敢看他，垂著兩眼叫了聲督主，「依著方大夫的吩咐都準備妥當了，奴婢來接娘娘入浴。」

他應了聲，打橫抱起她，讓彤雲前面帶路，直接送進了浴室裡。

音樓不能行動，讓彤雲一個人伺候，她也沒能耐把人搬進木桶。眼下沒什麼可避忌的，草草替她脫了中衣，他調開視線彎腰抱她，很快便放進藥湯裡。

水溫有點高，彤雲去扶她的時候看見她皺了皺眉頭，忙低聲叫她：「主子，是不是水太燙了？燙點好，燙了能把毒蒸出來，明兒您就又活蹦亂跳的了。」

她不言聲，腦袋耷拉著，水是齊胸深，恰恰沒過她主腰的上沿。脫成了這樣他原不該看的，一時沒收管住視線溜了眼，那纖纖的肩胛下有飽滿的曲線，墨色的藥汁子裡看不見乾坤，單是裸露在水面上的那一片白潔，就足以叫人神魂蕩漾了。

一片溫熱的血潮洶湧襲上他的臉頰，他匆忙轉過身去，心裡倒好笑，她吵著鬧著要伺候他洗澡，結果自己先被他看了個遍。不知醒來之後是何感想，大概除了耍賴鬥狠，沒別的辦法了吧！

他信步踱出去，未走遠，只在廊廡下等著。

外面雨下得很大，滔滔落在磚沿上，濺起的水花打濕了他的袍角。遊廊那頭傳來一溜腳步聲，他轉過頭看，曹春盎托著紅漆托盤，上面擱著一隻盅，近前呵腰道：「乾爹一天沒吃東西了，兒子叫人燉了鹿尾湯來，您喝些，免得身子撐不住。」邊說邊揭開蓋子往前遞，「娘娘出了這樣的事，如今吃食裡都下銀針試毒。真是沒想到的，南苑王也不怕惹上一身臊。畢竟是他的地界，娘娘要是遇了害，皇上不問罪嗎？州府固然失職，他可是大頭，幹這樣的缺德買賣，也不知道是什麼想頭。」

他接過盅慢慢喝了口，到底還是擱下了，掖掖嘴道：「我先頭腦子亂，沒想起來，你傳話給幾個千戶，想法子把宇文良時的兒子弄回來。他能禍害娘娘，我一樣能折磨他兒子。他想讓我痛失所愛，我就讓他斷子絕孫！」曹春盎大約是聽見那句痛失所愛了，嘴張得能塞下兩個雞蛋。他輕飄飄瞥了他一眼，「別愣著，辦差去吧！」

天漸暗，簷下掛上了「氣死風」，他背手站著，開始琢磨是否該借著這回的事件往紫禁城裡遞話。解了毒，身子虛弱分辨不出，如果趁這當口說染了病，是不是個好時機？

　　正盤算，裡頭彤雲出來叫了聲，說時候差不多了，該出浴了。他踅身進去看，她泡得熱氣騰騰模樣，不像之前那麼蒼白，很有些面含桃花的況味。然而放進去容易，要提溜出來難。隔著木桶不好借力，手也無處安放，於是似有意又似無心的，按在了那綿軟的胸脯上。他心頭猛然跳得厲害，好在她還沒醒，否則少不得鬧，說他借機占她便宜。

　　又是巴巴兒守一夜，不過方濟同的話很靠得住，將近五更的時候果然聽見她低低長吟，他一個激靈湊過去看，她睜開了眼，大著舌頭說渴。那一刻他真高興得要縱起來，手忙腳亂沏茶餵她，撫她的臉，撫她的手，顫聲道：「老天保佑，總算醒了！這會兒覺得怎麼樣？還疼嗎？」

　　她定著兩眼，搖搖頭，說不出話，只有豆大的淚水滾滾落下來。他心裡痛得刀絞似的，把她抱在懷裡溫聲安慰：「好了，都過去了。妳的命真大，兩回全讓我遇上，我是妳的福星呵！」

　　她想抬手，略微動了下，又軟軟搭在一旁。窗外晨曦微露，他乾脆把她負在背上。屋子裡還暗著，便在一片迷濛裡繞室行走。她軟軟枕在他肩頭，他轉過臉能觸到她的前額。彷彿在海面上漂流了幾天，終於看到岸，滿心說不出的感激和慶幸。他把哽咽吞下去，勉強穩著聲氣道：「大夫說了，不能一直躺著，得顛騰，讓五臟活動起來。妳不能走，我揹著妳，妳別使勁，靠著我就成。」

她「嗯」了是，說不了太複雜的話，只道：「你累。」

鼻子裡盈滿涕淚的酸楚，他緊了緊手臂說：「我不累，只要妳好起來，就是揹著走一輩子我也願意。」

音樓腦子還是混沌的，聽見他的話，轉過臉親他的耳朵，咻咻的呼吸噴在他耳廓上，像隻迷走的小獸。

他笑起來，步子更堅定了。漸漸天亮，漸漸日上三竿，雨後的天幕像杭綢織就的錦緞，間或飄來一兩朵白雲，有種落花流水式的輕輕的哀傷。

第五十六章　佛狸愁

不過言多必失，這是亙古不變的真理。

揹著她走了兩個時辰，情況好了很多，她的胳膊用點力，勉強可以扣住他的脖頸。舌頭也捋直了，說話口齒略微清晰，不過麻煩事也來了。

肖鐸眼下有點多愁善感，尚且沉浸在這兩天的坎坷裡不能自拔，卻聽見她說：「你摸我了。」

他遲登了下，「什麼？」

「昨晚洗澡，」她語氣淡淡的，「你有沒有摸我？」

他驚出了一身冷汗，「我不是有意的，一個大活人要從水裡提出來很難，我沒處下手……」

「怎麼樣？」她沒聽他辯解，大病初癒中氣不足，只道，「摸起來還湊手吧？」

他簡直要被口水嗆到，心慌意亂地搪塞：「事有輕重緩急，妳成了那模樣，還讓人活嗎？我一心記掛著妳身上的毒，哪裡有心思想那個！」

她開始費勁地抬手，僵著指頭解他領上金鈕子。他不知道她要幹什麼，腳下也頓住了，然後一隻柔荑滑進領口直達胸懷，她一手覆在那處，無賴道：「摸回來。」

他腿肚子都軟了，只覺手指在那一點又揉又撚來回撩撥，再好的耐力也要破功了。他頭昏腦脹，又不能把她從背上扔下去，唯有哆哆嗦嗦喝止：「住……住手！叫人看見像什麼話！」

他如今對她來說就像隻紙老虎，她不覺得他有什麼可怕。如果沒有愛她至深，怎麼會在她病榻前哽咽流淚？所以她是有恃無恐的，憑藉著他的愛，確信他就算生氣也不能把她怎麼樣。何況他未見得真的生氣，情人之間的小來小往盡是甜蜜，他也喜歡的。

她笑了笑，「我覺得心尖兒很好聽。」

他又一愣，這是到了秋後算帳的時候了？單是這樣倒也罷了，料著再往前她中毒正深，應該捏不住別的短板。可是她接著一嘆，幽幽道：「當時你們說什麼我都聽得見，只不過身子像有千斤重，自己支配不了……你說的那些還算數嗎？」

他的步履有些蹣跚，紅著臉顧左右而言他，「方濟同說醒後還要調理，再吃兩服藥，把殘餘的毒性去盡了，就能夠行動自如了。」

她一隻胳膊勒了他一下，「我問你，說過的話算不算數。」

他遲疑了下，「我說過些什麼，已經記不起來了。」

他是看她醒了，打算要抵賴了。她咬著唇沉默下來，隔了好一陣才怏怏道：「走了這麼久，歇一歇吧！放我下來，我自己能站著。」

她的不快通常不加遮掩，心裡有事便做在臉上，他自然是察覺到了，不得已，把她放在了黃花梨的雕花交椅上。

音樓抬眼看他，雖然衣冠不整香汗淋漓，督主畢竟是督主，依舊一副火樹銀花的漂亮模樣。只是眼下發黑，連著兩夜沒睡好，到底有些憔悴。她心裡憐惜，伸手示意他過來。他彎腰蹲踞在她面前，溫聲問她怎麼了，她不說話，緊緊摟住他的脖子。

就這樣，也抵過千言萬語了。他在她背上輕輕地拍，言辭頗有些傷感，「妳瞧見了嗎，和我有牽扯，就是這樣下場。我這兩天一直在想，把妳留在身邊，究竟是不是害了妳。如果我那天回來得晚一些……我簡直不敢想像。要是妳死了，我可能會瘋的。」

她還是嘆息，細聲道：「我也害怕見不到你，最後一刻我還在念著，你怎麼還不回來。如果我就這麼死了，一定是個屈死鬼，不為別的，就為沒有和你道別。」

他酸楚難當，把她摟得更緊一些，「所幸有驚無險，我們還能這樣面對面說話。我以前一直以為自己缺少愛人的能力，現在看來不是這樣的。我對妳算得上癡心一片，妳這麼傻的一個人，我愛妳什麼呢！」

她也不生氣，輕輕道：「愛我善良美麗，你身上沒有的美德我都有，所以你投奔我意味著棄暗投明，是你這輩子做出的最正確的抉擇。」

他啞口無言，這樣自我抬舉的人真少見，得虧大著舌頭，要是嘴皮子再利索點，不知會描摹成什麼樣。他苦笑了下，但是說得沒錯，實在沒有什麼可反駁的。他嗯了聲，「妳把我要說的話都說了，我突然發現妳口才比我好。以前我是滿嘴荒唐言，以後大概不會了。」

音樓覺得安定踏實，這樣才是真正把她放進心裡了。他曾經有意把她變成第二個榮安皇后，那麼輕佻浮誇，只為攪亂一池春水。戰術屢試不爽，那些華麗的手段也叫她心潮澎湃，可是到底不一樣。就像現在，去偽存真，其實這才是原來的他，洗淨鉛華，他的心他的人，敦實厚重可以依靠。以前種種像官袍上的金銀絲滿繡，太繁瑣冗長，蓋住了他質樸的本性，因為身在其位，他必須善於周旋逢迎，那也是沒有辦法。現在他對待她，沒有贅詞，不需要精雕細琢，卻叫她打心底裡暖和起來。

「就這樣，我也知足了。」她摸摸他的臉，甕聲囑咐他，「巧舌如簧只許用來對付男人，宮裡的女人都很寂寞，你對她們過於體貼，會讓她們誤會的。」她長長鬆了口氣，「我是個醋缸，你要作好準備……可是你真好，這麼守著我，一步都沒有離開。我那時在想，如果你撇下我忙著對付南苑王去了，那我也沒什麼活頭了，死了算完。」

他牽起她的手親吻她的指尖，「報仇都是後話，妳要死不活的，我顧不上那些。如果妳真死了，我一定叫宇文氏滿門給妳殉葬。」

她嗤地一笑，「我是個掛名的小太妃，叫藩王殉葬，下去了也很有面子。」靜靜靠著他，外面樹上的知了鳴得聲嘶力竭。她轉過頭看，午後一絲風也沒有，明明很熱，她額上卻只有薄薄的一層冷汗。還是很虛弱，她閉了閉眼道，「這兩天難為你，去洗個澡換身衣裳吧！」

他窒了下，忙低頭嗅了嗅，「怎麼，有味？」

督主什麼時候都是香噴噴的，她笑道：「沒有，我是怕你穿著濕衣裳難受。」

他果然扭捏了下，站起來走了兩步又頓住了，覷她臉色問：「要一道去嗎？」

音樓突然笑不可遏，連咳嗽帶喘道：「我很想一道去，可是身子骨不爭氣……來日方長的，等我好些了……你逃不出我的手掌心。」

他怨懟地剜她一眼，把領口的鈕子扣好，整了整曳撒到門上叫人，彤雲和曹春盎很快從耳房裡過來，他只說看顧好娘娘，自己撩袍出去了。

自打音樓撂倒了，彤雲就沒機會近她身，這會兒終於到跟前了，嘴咧得葫蘆瓢似的，撲在她膝頭上哭：「主子，我不好，您被人下藥全怨我。要是我多長個心眼，您也不能成這樣！您恨我不恨？您打我吧！我心裡虧得慌，我白長了這麼大的腦袋，裡頭沒長腦漿子。」

音樓給她一通揉搓長出氣，唉唉叫道：「再搖就散架了！說得真嚇人吶，拍碎了才見腦漿子呢！妳這是幹什麼，誰怪妳了？別往自己個身上攬事。」

彤雲哭得兩眼通紅，「我沒伺候好您，肖掌印恨不得活劈了我……怪我睡得死，裡頭鬧這麼大動靜我一點沒察覺，還是虧得他發現了，要不您這會兒已經不喘氣了。」她絮絮叨叨認了錯，然後略頓了下，一時沒轉過彎來，脫口道，「不過沒見他從門上進去，怎麼就到了屋裡呢……」

看曹春盎一眼，曹太監清了清嗓子，把臉轉了過去。

這個細節就別追究了吧！音樓笑得很勉強，指指臉盆架子說：「打個手巾把子給我擦擦臉，小曹公公置辦一下，等廠臣洗完了讓他進些東西吧！」

曹春盎知道他們的關係，再不敢在她跟前拿大了。這是誰？鬧不好就是將來的乾娘！他搓著手說：「老祖宗，您千萬別叫我小曹公公，看把我折得沒了壽元。您隨我乾爹叫我小春子吧！您放心，往後我一定好好孝敬您，就跟孝敬我乾爹一樣的。」他說著咽了口唾沫，「至於吃食，廚裡燉著呢！先前我乾爹他老人家見您這模樣吃不下，現在您大安了，他胃口也該開了，一會兒等他回來我就讓人送過來給他……」

話音才落，有人站在廊子下叫曹春盎，問督主人在哪。音樓聽了是雲尉的聲氣，便叫千戶進來說話。

雲尉進門作了一揖，笑道：「娘娘鳳體康健了，給您道個喜。頭前兒真嚇著咱們了，那麼兇險的。」

她抿嘴一笑道：「我也沒想到，怎麼突然出這樣的事。所幸命大，且死不了，就是鬧得大家不安生了，怪不好意思的。」朝外看了看又說，「廠臣換衣裳去了，過會子就來的，千戶找他有要事？」

雲尉「唔」了聲，「這回的亂子叫督主不痛快得很，咱們受命逮宇文家的小崽子，伏了一夜，今早可算得手了。眼下關在刑房裡，是殺是剮，等督主過去料理。」

音樓有些吃驚，「抓了孩子嗎？回頭別鬧大了！」

「鬧不大，妳放心。」他換了件佛頭青素面細葛布直裰，站在門前沒進來，瞥了雲尉一眼，轉身往刑房方向去了。

說刑房，其實是後面園子裡辟出來的一間柴房，兩間打通了，統共不過五六丈面闊。之前拘過人的，酷刑過了一遍，青磚地上淋淋漓漓全是血水，進門就是一股化不開的腥氣。這種味道於他來說是聞慣了的，並沒有什麼了不得，宇文家的小崽子卻不成，嚇得臉色煞白，站在木架子前只管發抖。

他找了張圈椅坐下來，偏頭打量那孩子，個頭不高，穿著小號的象牙白山水樓臺圓領袍，頭上束玉冠。宇文氏果然是盛產美人的，這麼點大的孩子粉雕玉琢，有點觀音駕前善財童子的模樣。

他和顏悅色笑了笑，「叫什麼？多大了？」

那孩子畢竟小，瑟縮了下道：「宇文瀾舟，今年七歲。」

他點點頭，「知道我是誰嗎？」

瀾舟很快搖頭，「我不知道，也不想知道，左不過是我父王的朋友，接我過府玩的，回頭就送我回去。」

他的眉毛慢慢挑起來，拿扇子遮住了口，笑道：「好伶俐的孩子，不知道我是誰，也不知道這來燕堂是誰的產業？不愧是宇文良時的兒子，打馬虎眼倒是一等一的。我不是你父親的朋友，今兒請你來也不是玩的。你父親欠了我一筆債，我追討不回來，只好把你帶來充數。」

那孩子直勾勾看他，眼睛純澈得水一樣，稚聲道：「這麼的，阿叔何不同我父王坐下來好好商談呢？我父王是個守信的人，欠了錢財或是人情，必定會盡力償還。至於我，我只是個庶子，在王府裡無足輕重，就是來了，恐怕對阿叔也沒什麼幫助。」

受人擄掠，最要緊的一點是示弱，這孩子倒明白。肖鐸若是個尋常人，大概會被他純良的外表蒙蔽，只可惜他閱人無數，小小年紀到了這種刀山血海的地方不哭不鬧侃侃而談，那就叫人信不實了。

他使個眼色命人把他吊起來，那孩子終於有些驚惶，咬著唇掙扎不休，昂首道：「阿叔何必這樣，我今年才滿七歲，大人的恩怨和我有什麼相干？我一心只在讀書上，阿叔為難一個孩子，是君子所為嗎？」

他歪著頭打量他半天，「虎父無犬子，宇文良時後繼有人了。看看這張鐵口，留到將來必定是個禍害。」檀香扇骨點了點道，「原本各種刑罰都該過一遍，可究竟是個孩子，能從寬還是得從寬。咱家瞧他挺有骨氣，就把脊梁抽出來得了，回頭找個甕裝上，王府就近扔了，宇文良時早晚能發現。」

那孩子駭然大叫起來，「阿叔留著我同我父王談條件不好嗎？為什麼非得殺我？」

他漠然道：「誰是你阿叔？你要怨就怨你父親，他招惹誰也不該招惹我！事到如今談條件是用不著了，你子償父債，有什麼冤屈，上閻王殿申告去吧！」

他發了話，那頭兩個番子拿著大鐵鉤上來，抽脊梁骨這種活還得老手幹。東廠這幫施刑的人，對殺人有特殊的癖好，手段越是離奇越是喜歡。聞見血腥氣就癲狂的人，要開殺戒簡直像節日的狂歡。嘴裡哼唱著，圍著那孩子打轉，手一揚，一鉤子紮在他頭頂的木架子上。刑具拿烏黑的托盤托著，從中挑出一柄鋒利的小刀來，一把挽起他背後的頭髮撕開衣裳，像裁縫裁衣似的，在那孱弱的脊椎上仔細丈量。

挑出尾椎，先讓脖子離了縫，鉤子勾住脖梗上的那一截，施刑人抱住受刑者的身體使勁往下一拽，一根脊梁就乾乾淨淨剔出來了。吹吹刀鋒，嗡然一聲響，正打算下手，佘七郎進來稟報，說宇文良時到了。番子們停下手等督主示下，那孩子顫著聲道：「阿叔三思，冤家宜解不宜結，若是能化干戈為玉帛，不單對我南苑王府，對阿叔也有大大的益處。」

一個孩子有這等縝密的心思，天底下只怕也找不出第二個來。不過他眼下沒有心思理會這個，既然南苑王找上門，總歸會有些說頭。他看了宇文瀾舟一眼，未置一詞，起身往門外去了。

第五十七章　解沉浮

橫豎是到了這樣地步，彎彎繞也用不上了，宇文良時見了肖鐸便開門見山，拱手道：「稚子尚年幼，務請廠公網開一面。」

肖鐸漫不經心地瞥他，叫人奉茶，緩著聲氣道：「王爺何出此言？貴公子和咱家沒有牽搭，哪裡談得上網開一面呢！」

裝蒜打太極，這些是官場上慣用的伎倆。換做平常，你來我往不過消耗點時間，他有興致同他較量。可如今形勢不對，瀾舟往學裡去，還是王府的宗學，不過十幾丈的路程，居然半道上叫人截了胡！當下的南京，非此即彼，不用猜便知道其中緣由，左不過挾私報復，拿孩子撒氣罷了。可是肖鐸的反應太不正常，按著牌面不該是這樣的，結果他簡直有點不顧一切的架勢，這說明什麼？

一個胸有成竹的人，只有被摸著了命門才會方寸大亂。當初話裡話外對他身分的點撥沒有起到應有的效果，原來他的七寸不在這處，而是在另一個人身上。

身在高位感情用事，這是個無可挽救的大錯誤。肖鐸被愛情沖昏了頭腦，別處都掩蓋得很好，卻不該在餘杭默認太妃是他的夫人。頂個名頭就是所謂的顧全大局了？說穿了其實是私心作祟！真太監尚且對女人有思慕之情，何況是他！眼下雖然又有了一宗挾制他的把柄，但瀾舟終歸在他手上。他心裡也焦急，但願還來得及，若是那孩子懂得周旋，拖延些時間總是可以的。

他定了定心神道：「事出突然，犬子今早遭人擄掠，那幫人身手極快，分明就是內家功夫。」他煞了氣性復又抱拳，「近來天熱，本王前幾日外出督查營田中了暑氣，回來就躺倒了。廠公在我轄下，也沒顧得上好生款待，是我大意了。倘或有不周全的地方，本王先向廠公陪個不是。小兒懵懂，他才七歲，明白什麼尺長寸短呢！廠公是信佛的人，還請慈悲為懷，好歹放他一條生路。」

父子倆都長了張巧嘴，能把方的說成圓的。本以為他這趟來總要有個講頭的，誰知避重就輕，絕口不提音樓中毒的事，這算是有交涉的誠意嗎？肖鐸突然失了耐心，重重蓋上了茶盞蓋，「咱家信佛雖信得三心二意，但絕不是那麼小心眼的人。王爺事忙，咱家也沒閒著。朝廷吩咐的差事辦起來棘手，東奔西走的，也知道王爺的辛苦。至於王爺說府上小公子被擄，您這會兒最該找府衙，讓他們打發人出去尋摸是正經，到咱家這來說這一通話，難道是想請東廠出手相幫？」他冷冷笑了笑，「咱家要是斤斤計較些，恐怕就要誤會王爺的意思了。」

宇文良時到底不說話了，臉上神色也不好，背手道：「既然如此，且請廠公摒退左右，本王有要事要與廠公商議。」

肖鐸聽了稱意，擺手叫人都退下，朝圈椅比了比道：「王爺請坐，坦誠相見不失為一個好法子，咱家也正有事要向王爺請教。」

兩人各占廳堂半邊，各自都是氣勢如山，宇文良時直言道：「廠公是明白人，本王的想頭若是再加掩飾，就顯得矯情了。塞北江南，大好河山，卻在慕容氏治下一天天枯萎腐朽，廠公不覺得可惜嗎？本王在金陵，廠公在京畿，只要你我通力合作，開創出一個繁華盛世，金錢權力還在其次，廠公日後能光明正大做回自己，這樣的契機，對你來說難道沒有意義麼？廠公固然對朝廷忠心耿耿，可是當今聖上是如何對待廠公的？即位便收繳了司禮監批紅的權利，又設立西廠試圖架空廠公，這樣處心積慮，保不定日後會出什麼亂子，廠公就沒替自己打算退路？」

挑撥離間這一套不是什麼新鮮手段，經歷這些年的風雨，他早就習以為常了。慕容高鞏稱帝，雖有意一步步削減東廠勢力，卻不會立時下令取締。若是助宇文氏謀反，一旦宇文良時俯治四海，東廠還有容身之地？沒了東廠，他肖鐸又算什麼？不論成敗都是死局，若是不摻和進去當然是最好，可他有意拿捏他，事情就不太好辦了。

當然這種情形怕是不怕的，他說四牌樓，自己相應的也能抓住他謀逆的短處，打成了平手，他能奈他何？豈料他不甘心，腦筋動到音樓身上來了，打算讓他獲罪，澈底砍斷他的後路，這樣狡詐陰狠，即便投靠了他，將來也不得善終。

他垂眼撣了撣膝上的灰塵，「咱家聽王爺意思，似乎倒是個雙贏的好提議。只不過咱家沒鬧明白，王爺既然有誠意，為什麼還要對端太妃下手？娘娘九死一生才回過魂來，王爺現在同我談合作，似乎為時已晚了。」

宇文良時故作訝異道：「有這事？廠公且想想，娘娘在本王的屬地出了事，本王也難逃干係，又怎麼會派人對娘娘下手？廠公稍安勿躁，據我所知這兩日已有西廠暗哨陸續抵達南京，廠公焉知這種手段不是西廠所為？現如今東西廠勢如水火，將東廠踩在腳下，西廠便一枝獨大。本王和廠公是一條船上的，願與廠公攜手對抗西廠，把這根半路出家的秧苗掐斷，廠公在朝中仍舊可以呼風喚雨。廠公安，則良時安，你我同進同退，皆大歡喜。」

肖鐸蹙眉看他，簡直一派胡言！西廠的探哨到沒到，他這裡瞧得明明白白，想嫁禍脫身，真拿他當傻子。

可是拉得下臉的人，總會給你意外一擊。宇文良時略頓了頓，復笑道：「本王有句話，不知當講不當講？」

他頷首：「王爺但說無妨。」

「關於廠公和娘娘的事，其實本王也略有耳聞。」他說著，視線在他臉上轉了一圈，「如今局勢，廠公不為自己考慮，也要為娘娘考慮。至少和本王合作，能保娘娘平安。我知道你是條漢子，自己捨得一身剮，可是你忍心讓心愛的人死在自己前面嗎？況且本王聽聞太妃娘娘和今上還有千絲萬縷的關係，廠公攪在這盆渾水裡，要是誰使壞往上遞一封密折，不但廠公，連娘娘都要受牽連。」

果真是不能有半絲短處，一旦叫人拿了軟當，就要一輩子受制於人。肖鐸握緊了袖下的拳頭，「王爺從哪裡得來的消息？這種不實的傳聞詆毀娘娘清譽，王爺該把那造謠者拿下，而不是到咱家跟前來傳話。」

宇文良時掖手道：「之所以把話傳到廠公耳朵裡，全是為了廠公好。本王旁的不敢擔保，事成之後許廠公和娘娘一個結果還是可以的。如果大鄴一直維持下去，廠公和娘娘何去何從，我不說，其實廠公心裡也有底。封號頒了就是頒了，載進了玉牒，再難更改。廠公是司禮監掌印，論宮裡規矩，比我更知道。」

他沒有正面回應他的話，只管賣弄追隨他的好處，可見是確信有此事的了。肖鐸橫下一條心來，知道這麼多祕密，怎麼讓他留在世上？永遠封住他的嘴，再把他底下那些人清剿乾淨，就可以太平無事了吧！

然而南苑王終究不是個好對付的人，他既然敢單槍匹馬來，說明事先早有了防備。見肖鐸眼裡殺機漸起，忙又道：「今兒來見廠公，說實話有多少勝算我心裡也沒底，所以臨走前留了個錦囊，萬一我有什麼不測，保管明天書信就送乾清宮的御案上了。就算廠公捨棄眼前一切帶娘娘遠走高飛，錦衣衛和我南苑戍軍幾萬人傾巢而出，流亡逃竄的日子艱辛，廠公還需多斟酌。」

實在是納不下這口氣，可是又待如何？他一頭的小辮子等著讓人抓，似乎除了屈服別無他法了。

他轉過臉一哂，「王爺不要逼人太甚，惹惱了我，我自有法子叫南苑王府永世不得超生。東廠雖說沒有先斬後奏的特權，但既設了昭獄，就表示可以對文武百官隨意刑拘逼供。王爺日子過得安逸，莫非想嚐嚐梳洗斷錐的滋味？」

一個桀驁的人，想輕易收服不大可能，總要經過一波三折的。宇文良時略沉默了下，半晌才道：「廠公先消消氣，我只想與廠公結盟，沒有任何要難為廠公的意思。大業不是一天能夠開創的，來日方長，廠公可以慢慢考慮，等想好了再命人通知本王也是一樣。」他站起來，朝外看了看，蟬聲陣陣，卻聽不見瀾舟的任何動靜。他心裡著急，勉強定住了心神道，「橫豎不管廠公與本王談得如何，孩子總是無辜的，還請廠公高抬貴手。」

若問肖鐸的意思，父子倆一道投進刑房才痛快，無奈叫他掣肘，一意孤行對自己也不利，便蹙眉道：「王爺認定了令公子在我這裡，我若堅持說不在，王爺打算如何？」

宇文良時怔了怔，似乎是經過了巨大的掙扎，喟然長嘆道：「看來是他的命……大約是底下人弄錯了，本王尋子心切也沒有多加考證，失當之處望廠公見諒。」

聽這意思，交易談得差不多了，兒子的死活就不那麼重要了。肖鐸瞇眼看過去，果然是成大事者，所謂的親情對他來說又值個什麼？那小子雖可惡，弄死了容易，但如果當真迫於形勢同他合作，害死他兒子的仇不過是早報和晚報的區別，到那時候少不得又是一場動盪。

他只得退一步，「話既到了這份上，王爺的意思咱家明白了。我也不瞞王爺，娘娘險些遭遇不測，按著我的意願是要拿人活祭的，不過王爺的面子總要讓，不是怵，是敬，王爺應當能夠體諒肖某的心情。」他鬆開了拳頭，踅過去叫了聲大檔頭，「把小公子送上王爺的輅車，園外的人都讓開，不許追，讓他們來去。」

這個令下得不情不願，看著宇文良時揚長而去，他頭一回感覺自己活得窩囊。卑躬屈膝得來這萬丈榮光，原以為就此可以坐享富貴了，沒想到流年不利，一樁樁事接踵而來，到如今已經難以招架了。

唯一值得慶幸的是幾次到了雷池邊緣，猶豫再三還是沒有踏出那一步。如果真的無力挽回，也許音樓只有進宮才是最好的出路。跟著他冒險，朝不保夕地活著，她才只有十六歲，人生那麼長，萬一他有個閃失，她獨自一人怎麼辦？

天邊最後一絲亮也斂盡了，他過她的院子，彤雲剛伺候她洗漱完，端著一盆水出來，站在磚沿上往外一潑，轉身看見他，叫了聲督主，自發退到耳房裡去了。

他進門時她正努力扶著桌子站起來，燈下攢著眉頭抱怨，「走兩步腿就麻得厲害，會不會變成瘸子？要是瘸了皇上應該不會要我了吧，正好尋著了不必進宮的理由。」她覥腆看著他，「就是行動不方便了會拖累你，那多不好意思！」

他笑不出來，腦子裡亂得厲害，只問她：「洗過了？我抱妳上床。今兒一天也折騰得夠夠的了，明天接著來，慢慢就恢復了。」

她溫馴地應了，伸出兩手來等他抱，嬌憨的模樣，像個被寵壞的孩子。他沒奈何，把她打橫抱起來，繞過屏風放在拔步床上。原想退後坐在杌子上說話，袍角卻被她牽住了，她拍拍篾席的另一半，自發往裡讓了讓，笑得眉眼彎彎。

他拒絕不了，心裡只顧悵然。登上腳踏也沒思量其他，歪身仰在她的引枕上。屋裡點著香，是用來薰蚊子蠓蟲的，微煙嫋嫋，空氣有股艾葉的芬芳。音樓看他不說話，神色也不大好，便支起腦袋來打量他，「怎麼了？事情辦得不順遂？」

他說沒什麼，讓她不必操心。

他越是這樣，她越感到好奇，靠過去枕在他胸口上，喃喃道：「說好了不瞞著我的，出了什麼事都要告訴我。」探出一隻手掐了掐他的臉頰，「八成遇上難事了吧，看看這一臉臭樣！」

他把她的手摘下來握在掌心裡，輕聲問她：「我的話，妳聽不聽？」

她「嗯」了聲道：「那是一定的，我以前心眼可好了，死了小貓小狗都要難受好幾天，現在心腸變得有點硬了。就拿月白那件事來說，我心裡很怨自己，可是我覺得你做得對，所以連情都沒替她求……還有今天他們抓了宇文家的小王爺，不知道你會怎麼處置他，說到底他只是個孩子，我應該站出來勸你的，結果我還是什麼都沒做。想來想去可能是近墨者黑，被你帶壞了。」

他啼笑皆非，在她鼻子上刮了下，惆悵道：「我對不起妳，這回的仇恐怕不能替妳報了。」

她說不要緊，「如果為此和南苑王結仇，我也覺得沒有必要。再說只是懷疑他，又沒有確鑿的證據，萬一錯怪了好人，豈不是白害了那孩子的小命？」

他緘默不語，隔了很久側過身正色看她，彷彿鼓了半天的勇氣才下定決心，毅然道：「我有個把柄落在了宇文良時手上，關於這個把柄，也是妳一直好奇的……如果妳想知道，今天就全都告訴妳。」

第五十八章　兩生花

音樓睜著大眼睛看他，「宇文良時這回可算做了一樁好事！你如今是打算和盤托出了？你曉得我好奇什麼？」

他嘆了口氣，「妳滿腦子歪斜，我怎麼能不知道！」說著調開視線，似乎不敢看她，坐起身，把袍子脫下，扔在旁邊的衣架子上。

難道準備就此捨身了？音樓飛紅了臉，扭捏地揉弄衣角，悄悄覷了他一眼，嬌聲道：「有話好說，你這麼直剌剌的，弄得我怪不好意思的！你看外面有人把守，我要是失手把你怎麼樣了，萬一叫人聽見了多不好！」

他解衣帶的手頓了下，早就習慣了她的奇談怪論，終究還是忍不住感到羞赧，輕聲嘀咕道：「這種時候不該是妳擔心貞潔不保？我是男人，妳還能把我怎麼樣！」

她翣著眼心想怎麼又成了男人？上回月白那事裡扯出來的絲縷，她沒來得及印證就被他回了個倒噎氣，一口咬定月白亂認親，是南苑王派來的細作。其實他的話細想想不牢靠，人家找的就是肖鐸，這天底下有幾個肖鐸？再說他待細作這樣手軟，留著她的命，還說有他在就虧待不了人家，不是愧疚是什麼？

她心裡隱約知道，離真相不過一步之遙，可她不願意去探究，他的假話她也全當真話聽，只要是他告訴她的，她都信。抹抹臉，突然覺得自己這樣善解人意的女人不多見了，要是娶回家相夫教子，是那男人的福氣。

她舔了舔唇，斜躺著看他脫得只剩薄薄一層裡衣。他的身胚就是好，勻稱修長，骨骼清奇。要緊一宗他愛穿絲帛的料子，那種料子很輕盈，做工上乘的多半是帶些透明的，虛虛實實攏在身上，略一動此起彼伏，那結實的身子就在裡間若隱若現，叫人垂涎三尺。

他的臉色有些沉重，抬眼略一掃她，很快又避讓開了，輕輕道：「先收起妳的色心，我給妳講個故事。這故事首尾其實也同妳交代過一些，今兒把它補全……」他又躺回她身側，說書似地娓娓道來，「十一年前，在陽谷縣，有個姓肖的人家。這家有哥兒倆，哥哥叫肖丞，弟弟叫肖鐸，他們是一對雙胞，長著一模一樣的臉。有一年陽谷縣遭了蝗災，肖家大人都病死了，剩下哥兒倆沒處安身，就隨鄉親們上北京討生活。」他轉過臉來對她一笑，「那年哥兒倆十三歲，正是長個子變聲的時候。他們白天討飯，晚上住窩棚，合計著開了春就上鋪子裡找活幹，哪怕是當苦力，替人扛米送水，也要靠自己一雙手掙飯吃。可是冬天那麼長，那麼冷！有一天弟弟身上不大好，哥哥讓他歇著，自己出去走街串巷。走了幾步回頭看，弟弟正和幾個孩子一塊蹲在牌坊底下晒太陽。哥哥放心走了，在豆汁鋪子偷偷揭蒸籠蓋順了個窩頭，叫人發現了，追出去一里遠。幸虧哥哥跑得快，否則腿都能打殘。哥哥興沖沖回來，弟弟已經不在了。問邊上人，說來了個肥頭大耳的人找雜役幹活，弟弟留了話，自己去掙錢，叫哥哥安心等他，回來一定帶隻燒雞給哥哥打牙祭……」

他哽咽了下，花了好大的力氣才平復下來，順了順氣，又接著道：「哥哥等了很久，個把月沒有弟弟的消息，他著急，每天出去打聽，都是無功而返。後來有一天弟弟回來了，是趁著師傅在茶館歇腳的當口偷偷溜了號。兄弟倆見面，也沒說什麼，把半兩銀子交給哥哥，讓哥哥收好。哥哥不明白哪兒來的錢，追著問他，他才說自己被騙進宮淨了身，這是買他子孫根的封口錢。」他說到這裡憤恨地捶打床鋪，「誰稀罕這個錢！再苦再窮，沒人想過要做太監！可是木已成舟，身子廢了，不進宮還能怎麼樣？弟弟又走了，幸好是在酒醋麵局供職，偶爾也能回窩棚看看……就這麼過了幾年，宮裡的日子不好糊弄，他地位太低，經常挨打，哥哥總能發現他衣裳底下大片的瘀青。終於有一天他回來，捧著頭說頭疼，原來他發現節慎庫裡有人倒賣字畫器皿，那幾個大太監給他下馬威，一頓拳腳之後告誡他，敢透露半個字就要他的命。他被打傷了腦子，打碎了心肝，半夜在窩棚裡咽了氣。哥哥橫了心找仇家討命，於是換上弟弟的衣裳，兩個人對調了身分，沒有人看得出來。哥哥咬碎了牙，小心翼翼往上爬，終於進了司禮監，從隨堂開始，一直到坐上了掌印的交椅，然後報仇雪恨，權傾朝野……」他眼裡有奇異的光，灼灼的，叫人不敢逼視，但是慢慢又熄滅了，變成一片死寂的灰。長長嘆了口氣，低頭落寞一笑，「妳懷疑得沒錯，其實我不是肖鐸，我是肖丞。肖鐸早在六年前就死了，所以不管那個秋月白的存在是多大的隱患，我都不能殺她。她是肖鐸的女人，是闔宮唯一對他一片真心的人。」

故事並不多複雜，不過就是一齣李代桃僵的戲碼。以前要遮掩，自己也感到乏累。如今一口氣說出來了，有種逃出生天的感覺。

本以為音樓至少會表示一下驚訝，結果她呆了半天緩緩點頭，不無哀致道：「果然不出我所料！可是你兄弟就那麼死了，留下個癡情的月白又成了這樣，可不是一對苦命人！」說完了上下審視他，很快從憂傷裡脫離出來，咽著口水問，「闡明事實罷了，你脫成這樣是為了提供佐證？」

她最近總能把他唬得一愣一愣的，他的適應能力早就上了好幾個臺階，因此鎮定自若，只說：「今兒之所以告訴妳，是因為這祕密被宇文良時發現了，他拿這個短板威脅我，要我跟他謀反。」

她終於愕然，「謀反？這可是株連九族的大罪！」

「是啊，株連九族。不過老家鬧蝗災的時候族人死的死跑的跑，眼下還剩幾個不得而知，就算活著，也是流浪在外查不出根底了。」他抬起手，拇指纏綿滑過她的臉頰，「如果單是這個把柄，我尚且不拿他當回事。可是他還牽扯上妳……我可以不顧天下人，但是不能不顧妳。」

音樓怔怔道：「因為我？他怎麼知道咱們的關係？」

他微微皺了皺眉，這種事，只要旁人留心就不難看出來。她這趟鬼門關轉一圈，他簡直有點生無可戀了，當時沒了主張，現在想起來還是太草率。難關過去了，由此引發的一連串問題卻讓人陷入絕境。他浮起一絲微笑來，但是笑容裡全是頹敗的味道：「他說是就是？我自然不會承認的。並不怕他拿私情說事，怕的是他對妳不利……也或者是我辦事還不夠穩妥，露出這麼多馬腳，現在想想很後悔。」

音樓垂下了嘴角，忽然感到害怕，為什麼有種他要和她一刀兩斷的錯覺？她是真的成為他的負累了。她知道他們一開始就不應該，如果是彼此利用建立起來的交情，反倒是可以接受的，如今動了真情，那就是一場滅頂之災。

「怎麼辦呢？我怕他不肯甘休。」她靠在他身旁，他衣襟半開，她的胳膊從絲帛底下游過去，茫然撫他肋下那片皮膚，「不是你不夠穩妥，是我不好。我這樣橫衝直撞，把你的步調都打亂了。如果沒有我，宇文良時哪裡是你的對手！你因為要顧及我，弄得舉步維艱。」

他居然沒有馬上反駁，略一沉默才道：「所以我的想法是……」

「我要和你在一起！」她慌忙打斷他，怕他說出什麼絕情的話來，於是就先發制人，彷彿這樣能叫他改變心意。她幾乎有點耍賴樣式的，扳過他的臉來吻他，「我不管你是肖鐸還是肖丞，我只知道你是我的方將。你愛我嗎？你說你愛不愛我？」

她那套纏人的功夫拿出來，他簡直無力招架。面對這張臉說違心的話，他沒有那勇氣。他當然愛她，愛得自暴自棄。

他回吻過去，「妳知道的……為什麼還要問？」

她張開雙臂緊緊箍住他，「因為我想聽。」

他和她拉開些距離，看得見她臉上細密的汗，扯著袖子仔細替她擦，噥噥道：「是啊，我愛妳，從梨花樹下那刻起我就愛上妳，只不過妳很多時候很傻，看上去呆呆的沒有靈氣，我就安慰自己，可憐妳才會保護妳。」

她在他腰肉上擰了一把，「愛就愛，做什麼順便踩一腳？我最討厭你這種口是心非的人！」她蛇一樣盤上來，湊在他耳邊悄聲問，「你說你是肖丞，那……」

眼神和動作配合得很好，往下一看，意思明明白白。他面紅過耳，鬱鬱道：「妳關心的一直是這個，對不對？」垂下眼，長長的睫毛把一雙眼眸覆蓋得惺忪朦朧，就著光瞧，總有一股難以言說的詭祕。他幽幽嘆息，「我這陣子在不停反省，當初的確不夠狠心，假如了斷了這後顧之憂，就不怕任何人來挑釁了。」

她但笑不語，一條細潔的腿在他大腿上逗弄，隔著絲帛柔滑的質地，像縱了一把火，要把人點燃。湊到他耳廓邊吹了口氣，細聲道：「那就是說還在？我不信！」

「我知道妳的意思，橫豎就是要驗！」他咬住了唇，閉上眼把頭歪向一邊，燈下一副任人宰割的模樣，慷慨道，「要來就痛快些，別磨蹭！」

音樓早就哈喇子直流了，可真要叫她上手，她又畏畏縮縮瞻前顧後。畢竟是個姑娘家，某些事上好奇不假，可這麼個大活人橫陳在她面前，她腿顫身搖不知從何處下手。她摸了摸耳朵，遲疑看他，「你就這麼挺腰子叫我驗？」

他眼睛睜開一道縫，「要不怎麼？還叫我脫了讓妳過眼？」

死過兩回的人，還有什麼可怕的！音樓惡向膽邊生，直接在他胸口揪了兩把。美人兒不經摸，碰一下就顫一顫，簡直叫她不忍心下手。從胸前到肋下，她給自己壯了好幾回膽，瞧這膚如凝脂，不糟蹋他都對不起這份！她把槽牙咬得咯咯作響，終於摸到了那根褲腰帶，三下五除二就抽了。她觀察他的臉，「放鬆些，不要緊張。」

他的聲氣倒很平穩，「我不緊張。」

音樓抖得腿都麻了，把那寬滾的褲腰提溜起來往裡一看，褲子挺寬鬆，燭火透過來照亮了兩條長腿，腿上汗毛不像那些粗漢子黑黝黝一大片，反正是標準的美人腿。樣樣具好，可為什麼裡頭還有條褻褲？她瞪大了眼睛看，隱約有個形狀，隆起的，大概就是那個吧！她的心一下竄到了嗓子眼，往後縮了縮，倒頭就躺下了，蓋著眼睛呻吟：「哎喲我不成了，你預備叫我看，為什麼還穿兩條褲子？這麼沒誠意，我怎麼信得實你？」

他無奈看著她，最後還是把她拉進了懷裡。

她的肩頭小巧圓滑，覆上去，只占據他半個掌心。低頭吻她，手指從上臂逶迤滑到腕子上，極緩地牽引過來，低喘道：「叫妳一打岔，哪裡還看得出是不是真男人！這會兒靜下心來，跟妳耳鬢廝磨才有用。只是以往壓制的藥用得多了些，恐受影響……不過也不礙的，妳親自上手，實打實地摸一摸，什麼疑慮都消除了。」

她的注意力都集中在他說的藥上，訝然道：「不長鬍子也是吃藥吃的？這麼肯定很傷身子，那藥吃多了，你會不會變成女人？」

他正專心致志舔她脖子，聽了她的謬論簡直氣結，「至多情欲受些控制罷了，怎麼會變成女人？妳看我像女人嗎？」一不做二不休，狠狠把她的手按在那地方，橫眉冷眼道，「究竟像不像，妳今兒給我說清楚！」

第五十九章　良宵永

「果真……不一般！」

隔著兩層料子都能感覺到他的熱血澎湃，督主就是督主，每個地方都完美無瑕，很好！

音樓有時候也愛耍耍小矯情，嘴上埋怨他孟浪，手上卻來來往往忙碌異常。心裡還讚嘆，可見著活的了，簡直和春宮圖上畫的的一樣！雖說沒過眼，但是憑手感也能描繪出它的形狀。嘖嘖，溝是溝坎是坎，怎麼這麼招人待見呢！

真真悸栗栗酥麻了半邊，這得要好到什麼程度，才能把自己最寶貝的地方貢獻出來任人把玩啊！音樓覺得他是拿她當自己人了，怎麼也頂大半個媳婦兒，就差最後一步就能功德圓滿。隔靴搔癢愈搔越癢，她細細地揉捏，捏著捏著換了地方。往他褲腰上攀爬，拉起他的中衣把自己的臉蓋住，壯膽兒說：「既然已經這樣了……我就別客氣了吧！」

他咬著唇沒吱聲，落到她手心裡還有什麼退路？洶湧的欲望、洶湧的情感，瞬間壘起了歡愉的高牆，把這空間密閉起來，只有他們倆。要不是今天宇文良時那裡橫生枝節，此情此景恐怕是耐不住的了。他腦子昏沉，只覺那處不斷復甦，隱隱作痛。有她撫慰，莫名疏解了些，但抓撓不著，愈發的困頓煎熬。

她的手探下去，溫熱的手掌，不敢造次，只輕輕覆在那處，然後腦袋在他懷裡拱了拱，熱烘烘的嘴貼在胸脯上，嗡聲悵惘：「你一直是這樣嗎？這樣穿褲子多不方便！男人的苦處，真是……難以啟齒啊！」

他愣了愣，也是，她只看過春宮圖，沒有見識過真刀真槍的。該怎麼和她解釋呢，他看著房頂，艱難地打比方，「這東西就像潮汐，有漲有落才正常。如果時時這樣，那這人大概就活不長了。你不去撩撥它，它安安分分的，穿褲子也便當……」他突然覺得自己無聊到無藥可救的地步了，為什麼要和她談論這個？她這糊塗樣，難保接下來還有什麼古怪想法。

果不其然，她想了想道：「撩撥它就長大嗎？」邊問邊溫柔撫摩，細膩光潔手感極好，她在頂上壓了壓，「誰撩撥都能長大？」

他悶哼一聲，把她摟得更緊些，微喘道：「它認人，並不是誰都好相與的。遇見妳，它就……嗯，活了。」

「我還是個良方吶？」她驚喜不已，「真是和我有緣！」

他笑起來，「可不是嘛！平常僵蠶似的，遇見了藥引子就生龍活虎的了。只是它柔弱，娘娘要好好憐它，不能重手重腳，勁要適中……可惜常年的用藥，似乎不大靈驗了，否則大概會更威武些。」

她一把撩開了他的中衣，急切反駁：「不是的，我看冊子上也不及你，你瞧瞧它長得多好多水靈！」

真是毫無預警的，她話音才落就把他褲子褪到了膝頭上。他的臉瞬間紅得能擰出血來，不管多威風八面的人，這時候已經再無顏面可言了。

音樓卻覺得很高興，她愛的男人不是太監，全須全尾的在她面前，她心裡的大石頭可算落了地。不過這種情況下裝也要裝出害臊的樣子來，她扭捏了下，扭捏過後乾脆枕在他肚子上，這樣既不必看他屈辱的表情，離得很近又能仔細觀賞。

喲，它點了下頭，昂首挺胸的小模樣，威風凜凜居然像個將軍！不過這將軍長得忒斯文秀氣了點，和她的嘴唇一個顏色。她撫了撫，自己悄聲嘀咕：「真好玩！」

他低頭看她，忍得牙根發酸，「我怕拿不出手，叫妳笑話。」

「這麼自謙可不像你。」她擺弄幾下握住，喏了聲道，「一掐都顧不過來，小督主長得很得人意。」

男人聽見這樣的誇讚，比封侯拜相還舒坦。可照理來說本該纏綿悱惻的步調，怎麼一點也沒按照他的設想發展？至少她應該慌亂嬌羞，該捂著臉大肆嗔怪，然後柔若無骨、欲拒還迎……可是什麼都沒有！她像得了個新玩意，仔仔細細研究起來。所幸上頭沒有榫頭鐵釘，否則難保她不會拆開了再重新組裝。

他不耐煩，也不知道在焦躁什麼，橫豎小督主有他自己的想頭，這種衝動叫他陷入兩難，進不得退不得，夾在中間委實難辦。

他把她撈起來，定定看她的眼睛，「這回瞧也瞧了，摸也摸了，接下來應該怎麼辦？」

她屈肘抵在他胸前，和他大眼瞪著小眼。似乎過了下腦子，慢慢臉紅起來，低聲道：

「你想怎麼樣就怎麼樣，我都聽你的。」

四外冒熱氣，心在腔子裡撲騰，血潮沒頭沒腦撲了過來。他雖沒有身體力行，但是知道接下來的流程。腦子裡一直有個聲音在提醒他，他也清楚邁出那一步要擔多大的風險，然而克制不住，鬼使神差地把手蓋在對面那片高聳的胸乳上，隔著肚兜揣捏，陷進一個昏昏的夢，怎麼都醒不過來。

靠近一些，解她背後的帶子，她閉著眼順從，嘴角有輕淺的笑意，探過胳膊來環住他，「吃了那些藥，還能生孩子嗎？要是能生多好，這樣你就有親人了，想起肖鐸也不要難過，你連帶他那份一塊好好活。」

她是個不會拐彎的，想什麼就說什麼，這回他並不想取笑她，只是張開五指，從她背後的琵琶骨一路蜿蜒而下，滑過那細細的腰肢，停在豐腴的臀上。

「音樓……」他叫她，帶著鼻音，有糯軟的味道，「我想和妳成親，可是前途恐怕不好走……如果有一天咱們不得不分開，妳會不會恨我？」

「我會。」她連考慮都沒有考慮，「我知道你可以辦到的，不要退而求其次。我沒有要求名分，我只希望想你的時候你在身邊，即便只是看我一眼，牽一牽我的手，我也足意了。可要是見不到你，會相思成疾，然後變成了傻子，你站在我跟前也認不出你，到時候你後悔可就來不及了。」

她的威脅只是把自己變成傻子嗎？多古怪的手筆，但是細想之下叫他悚然。他習慣了被她需要，倘或有一天她真的不再依賴他，那他的世界還剩下什麼？實在可怖，他不敢想下去，轉而啄她的唇角，手在那片溫膩間重重捏了把，「這只是最壞的打算，要想不受牽制，就必須保證妳完好無缺。所以暫時不能生孩子，妳還記得咱們的約法三章嗎？我逾越的時候，妳要想法子拒絕我……」

說是這樣說，做出來的事卻截然相反。肚兜被隨手扔在了一旁，他的唇和她分開，混沌中含住了心口那一點，音樓簡直覺得自己只有進氣沒了出氣。

男女之間還有這麼多花樣，她拱起脊背，把他緊緊壓在胸前。越多越好，她在細細的顫抖裡恍惚地想，越是牽扯不清，他就越沒辦法斬斷和她的聯繫。也許她有點自私，只顧自己，反正希望他不要停，他自控得好是他的事，指望她去阻止，這輩子都別想！

大鄴的男人，十三四歲就往房裡接人，二十四年的寶刀沒開過鋒，除了他大概只有廟裡的和尚了。以前清心寡欲不覺得有什麼不妥，總吃藥的緣故，這方面似乎也不比正常的男人。實在熬不過，手指頭告了消乏便過去了，誰知現在碰見了她，儼然是積攢了多年的岩漿一朝衝破了桎梏，那股洶洶的架勢自己也吃驚不小。

原來不是身子不濟，是沒有遇見對的人。他感到無能為力，掐著那一撚柳腰緩緩而下，她的褻褲半遮半掩沒了作用。他吻那圓而小巧的肚臍，再往下，要溺死在那片絢爛的春潮裡。

她捂著嘴輕聲吟哦，一手把住他的臂膀，尖尖的指甲扣進他皮肉裡。他抬頭看她，問她還好嗎，她羞澀地看他一眼，請他繼續。

這丫頭沒救了，這麼煽情的時候他為什麼想笑？全怪她，或者她幽怨地一瞥，反倒更讓他動情。

不過這樣也夠他消受的了，他重新躺回去，燈火搖曳裡審視她的臉，她眉目舒展，笑得饜足。他撫她的唇，那片柔豔的紅成了刻在心頭的朱砂。她朦朦睜開眼，丁香小舌在他指尖一掃，順勢含進了嘴裡。

他腦子裡轟然一聲響，天搖地動。這是要勸阻的姿態嗎？她分明在促成！他呼吸愈發粗重，萬分艱辛地喚她：「音樓，這樣不成事。」

她「唔」了聲，「那就不要成事，我不介意。」那纖細的手往下探，似乎猶豫了下，最後還是包裹上去。

他的背上起了一層細栗，納罕她的小聰明總用在稀奇古怪的地方，自己琢磨出一套本事，輕易就能要了他的命。忍無可忍的時候他翻身覆在她身上，她狡黠地瞅他，噘著嘴說：「督主親親。」

他發狠吻她，把她吻得倒不過氣來，這下該知道他的厲害了！他已經暈頭轉向辨不清南北，腿心抵著腿心，只差一丁點……只差一丁點……

「天爺，」他居然發出似哭似笑的聲音，「這是要憋死人了！」

她十分的慷慨，拍著胸脯說：「我來幫幫你。」

既然如此就不必客氣了，他猛地合攏她的腿置身進去，銷魂蝕骨的一種感受從尾椎直攀上頭頂。一浪高一浪低，他不好意思看她，嗒然別過臉去。

音樓在宮裡習學畫冊子，因為傳看得多，拿到手的時候已經不那麼清晰了。反正依稀是那麼回事，她覺得踏實了，像給他上了鐐，有了這事，以後就是他的人了，他再也別想撇開她。

情到濃時她還很配合地喚了聲，「我的爹，快活死了！」然後他腰臀頓住了，一股暖流疾勁而來。她長長嚶嚀一聲，擁抱他，在他背上溫存地輕拍了幾下。

他覆在她身上喘息，緩了半天才懊惱地咕噥，「往後不許看那些話本子，把腦子看壞了。」

她扭了扭腰，「真快活還不許人說？難道你不快活？」

他很羞怯的樣子，眼波流轉間俱是融融春意，紅著臉抿嘴一笑，「我自然也是快活的。」

快活就好，她看他一臉的汗，拉過肚兜來替他拭，「這活幹起來恁地累人，督主一向養尊處優，這回可消耗大了。」

他耷拉著嘴角看她，想說什麼，最後還是忍住了。支起身找汗巾子，湊過手來問：「我給妳擦擦？」

到這會兒像燒紅的鐵塊淬了火，彼此相視有些難為情了。音樓見他直勾勾瞧著自己，手忙腳亂遮掩說不必，接過汗巾子嗔他，「你轉過去！」

他清了清嗓子，很快披上中衣。下床站著繫褲帶，誰知腿裡不得勁，踉蹌跌坐了下來。回頭看看，尷尬地訕笑：「還真是養尊處優得太久了，往後早上起來得打拳強身。」

她眨著大眼睛說：「我看是體虛吧！那些藥畢竟損元氣，下勁大補兩回，可能就好了。」

要她發傻的時候她來得伶俐，他愈發左右不是，勉強笑道：「有道理，不過補是不能補的，一補就該出事了。」

可憐見的，人家男人鹿鞭、羊腰子，他連盤韭菜都不敢吃。她長吁短嘆，拉他回床上，扭身放好了帳子倚在他身旁抱怨：「受這份罪！你打算一直這麼下去？當一輩子的假太監，一輩子糟踐自己的身子？你自個兒不心疼，我可心疼。我看咱們還是死遁吧！哪天去遊河，船翻了，生死不明，多好！」

似乎是個不錯的主意，可是他這樣的人，朝廷找不回屍首是不會甘休的。再說苦心經營才得來的一切，說放下就放下，那裡那麼容易！

第六十章　不成歸

人算不如天算，這話真沒說錯。在你喜孜孜憧憬未來的時候，有些噩耗會從天而降，以驚人的速度和你相撞，撞得你頭破血流，撞得你魂飛魄散。

西廠的人如期而至，再隔兩天就是水師檢閱的大日子，皇帝派了提督來，美其名曰東為正西為副，其實還是不滿先帝在位時養成的弊病，打算分散勢力。這也是沒有辦法的事，當權者有他的考慮，即位之初總有一番雄心壯志，這要破那要立，大家硬著頭皮挺過去，皇帝的熱乎勁過了就否極泰來了。

可是音樓似乎沒有這樣的好運氣，于尊抵達南京頭一件事就是入來燕堂參拜。那麼多正事擱著不管先來見禮，看來準沒好事。她長了個心眼，招他後院相見，沒面對面說話，叫彤雲放下了紗簾，她歪在羅漢榻上做出了一副要死不活的模樣。丁尊上來打拱磕頭，她抬了抬手，弱聲道：「廠臣一路辛苦了，長途跋涉的，還沒安頓就來瞧我，真難為你。」

「這是臣的孝心，應當應分的。」于尊道，扎煞著兩手往簾上看，簾後光線暗，虛虛實實也瞧不真，便道，「聽娘娘聲氣兒似有不足，臣斗膽問問，可是鳳體違和？」

音樓嘆了口氣，「一言難盡，身上是不大好，叫大夫看了，也吃了藥，半點起色沒有。身上乏力，這會兒還熱一陣冷一陣的，到了夜裡多夢盜汗睡不著，瞪著兩眼就熬上一宿。」瞎扯了兩句才問，「廠臣這回來，是不是奉了主子的差遣？」

于尊應個是，立在堂下回話：「聖上掛念娘娘，臣離京之時再三的吩咐，見了娘娘帶個好。」

「蒙聖上垂詢，我心裡也惦記著。這回一走兩三個月，到底路遠，一道請安摺子來回就要十幾天……」她咳嗽了兩聲，「聖躬康健嗎？」

于尊是福王府上的老人，和大內好些宮監一樣，習慣了奴顏婢膝，爬上高位也滌蕩不了骨子裡那份諂媚相。看人的時候瞇覷著兩眼，臉上含著笑，然而這笑容裡有更深層次的東西，那點精悍外露都夾在了眼皮子底下。

他不動聲色，笑應道：「聖躬安，請娘娘放心。臣這趟不單是來問娘娘好，也帶著主子的旨意。主子說了，水師檢閱大典一結束，就請娘娘隨臣上船，由臣護送娘娘回京。」

音樓雖然早有了防備，冷不丁一聽也禁不住心頭亂跳，微支起了身道：「這樣急？那廠臣這趟來金陵，除了水師檢閱沒別的差事？」

他呵了一下腰，恭恭敬敬道：「回娘娘的話，的確是沒有旁的了。其實認真說，臣跑這趟，大頭還是為著娘娘。大鄴水師再重要，有肖大人坐鎮，還有什麼不放心的？這不是主子打發臣來接娘娘嗎，順帶便的搭把手，給肖大人分憂。也免得肖大人既要照應絲綢買賣又忙船務，兩頭不得兼顧。」他說完，歪著腦袋又添了幾句，「在主子眼裡，新江口水師檢閱要緊不過娘娘。幾回了，用著膳突然就頓下了。邊上人候著聽吩咐，主子就問肖大人走了多長時候了，自個在那翻黃曆算日子，說按著行程娘娘該到杭州了，見了家下大人就該回京了。等了幾天，東廠的幾封陳條單說差事，報娘娘的平安，沒提起什麼時候返京，主子就笑說娘娘玩性大，連家都忘了。索性命西廠伺候娘娘，也好讓肖大人騰出空來專心料理手上事物。」

連家都忘了……這話叫音樓遲登了下，那個冰冷的城池能稱得上家？不過似乎沒有推諉的理由，她本來就在皇帝跟前掛了名，雖然他所謂的喜歡來得莫名其妙，可事情已經是這樣，早晚要面對，就算不得聖寵也還是太妃，沒有在外面飄著的說法。如今要收網了，她得過且過了那麼久，突然覺得一腳踏進了泥潭裡，死到臨頭了。

以前或者說走拍拍屁股就走了，自打這裡有了牽扯，要撒手何其難！一頭催逼一頭又沉溺，怎麼辦呢！她著急，心裡也沒底。看看外頭豔陽正高照，能合計的那個人一早出去，到這會兒還沒回來，她只有先打發了于尊再圖後計。

她咳嗽得愈發厲害些，帶著喘說：「我明白皇上的意思，也體諒於廠臣的差事，可你瞧見了，我眼下這樣，怎麼動身呢！你說他們的摺子單報平安，大約我染病的消息遞到御前，你已經在途中了吧！退一萬步，就是勉強上了路，我心裡也不自在。宮裡規矩嚴，這病模病樣進宮門，幾個局子裡的尚宮都要過問，更別提太后和皇后娘娘了。」

她自己覺得話說得很圓融，要證明病太重不能進宮，也許要費些手腳，但一關一關過了，往後就是通衢大道了。正常想來皇帝都很怕死，要是像瘟疫那類病症，弄進宮不是要禍害一大片！所以不能確診前必然會很慎重，沒準往上一報，嚇著了皇帝就糊弄過去了。

她的設想很不錯，但結果並不盡如人意。于尊躬著腰，姿態謙卑，語氣卻沒有轉圜，賠笑道：「娘娘抱恙，臣瞧出來了，聽娘娘話頭，顧忌得也沒錯處。是這麼的，臣走到鎮江那段的時候，接著了朝廷八百里加急的手諭，想是肖大人最近的奏道陳條到了紫禁城，皇上立馬就有了示下。手書上寫明，娘娘越是有病症越是該回京，宮裡名醫薈萃，治起來也方便。」他往上睨了眼，「臣是個心直口快的人，照臣看，皇上的意思明擺著的，娘娘和宮裡那些人不同，身上一時不利索不打緊的，吩咐下去一聲，給娘娘把曦鸞宮騰出來，宮裡也沒別人，叫一幫奴婢好好伺候著，您靜養一陣子，過了這三伏天，立馬百病全消了。」

于尊是個舌上生蓮花的人，滔滔的長篇大論堵住了音樓的嘴。正不知該怎麼搪塞，聽見門上傳來了肖鐸的聲氣，朗朗道：「回娘娘話，臣辦完了差，來給娘娘請安。娘娘今兒身上好些了嗎？」

真夠像樣的，以前他進門從來沒這套虛禮，現在有外人在，也不得不謹小慎微了。音樓朝彤雲使個眼色，彤雲打簾出去，掖著手躬身道：「娘娘叫進，肖掌印請吧！」

他邁進來，意氣風發的模樣。朝簾子裡行禮，一打拱一彎腰，行雲流水。東西兩廠的提督都在，一樣的飛魚服、描金烏紗帽，穿戴在不同的人身上，顯出不同的韻味。譬如一株是修竹，一根是朽木，似乎完全沒有可比性。昨晚上揭籠蓋偷窩頭的肖丞早就不見了，眼前依舊是八面玲瓏的肖鐸，神色安然，眉眼坦蕩。

他轉過身一瞥于尊，笑道：「于大人一路順遂嗎？我聽說聊城那段連著下暴雨，運河決了口子，兩岸的莊稼全淹了。你西廠也管奏報，這會兒河堤修得怎麼樣了？」

這口氣裡已經帶了詢問的味道，東西廠原就不是平級，雖說有點後來居上的架勢，但論起資歷來，西廠差了不是一星半點。于尊這會兒尾巴翹得再高，說到根上不過和司禮監秉筆相當。一個閆蓀琅都比他體面，要入肖鐸的眼，還得再多歷練幾年。

他自己也知道，心裡再不服氣，依然得對肖鐸作揖，「州府調了戍軍，勾著胳膊搭人牆，日夜壅土、壘沙袋子，寶船收錨的時候已經治得差不多了。」

肖鐸笑了笑，「那地方的中丞好客得緊，當初咱家寶船經過，他在岸上送了七八里地遠，于大人這回趕巧泊了船，應當走動過吧！」

東西兩廠互相監督不是稀奇事，于尊是屎殼螂翻身，半路出家的官，撈銀子掙進項，忙得顧不上穿鞋。人不能貪，貪多嚼不爛，就容易露馬腳。太監心窄，白的黃的越多越好，可是越多動靜越大。剛掌權不曉事，其實千石萬石，還不及一卷軸的古畫實惠。

他含笑看著他，于尊被抻了一下筋骨。也是不動如山，不過打打馬虎眼，順著話茬應承了兩句。

音樓在裡間聽半天，連咳嗽帶喘叫了聲肖廠臣，拿手絹捂著嘴說：「于大人剛才傳了口諭來，說京裡主子叫來接人，我這病可怎麼好？舟車勞頓的，怕捱不住。」

肖鐸沉默了下，問于尊，「是皇上的意思？我這還沒接著旨意。」

于尊皮笑肉不笑道：「正是呢，肖大人要是不信，我這隨身帶著手諭，請大人過過目。」他把懷裡的鎏金竹節筒拿出來，揭了蓋子倒出紙卷雙手呈敬上去，一面又打圓場，「我也知道娘娘艱難，這大熱的天，路上顛簸委實不好受。卑職這也是沒法子，主子下令奴才照辦，不單卑職，肖大人不也一樣嘛！」

有金印，是皇帝的筆跡，下令把人接回說得通，但是「縱沉屙，亦須還」，這樣的筆觸似乎有些失常了。他心裡思忖，不能做在臉上，把手卷交回去，頷首道：「主子的意思咱家明白了，橫豎明兒水師檢閱，于大人也才到，歇歇腳再說。千里馬再好，總要吃料的。咱們同朝為官，以往沒什麼來去，這次借著機會攀攀交情，往後協作的地方多了，熟絡了好說話。」他溫吞一笑，「娘娘精神弱，咱們別擾娘娘清靜，出去再敘話吧！」說著對簾內插秧一揖，卻行退出了廂房。

江南是白牆黛瓦，四四方方的天井又窄又高深。他踱到一片芭蕉茂盛的遊廊處駐足，回首看于尊匆匆而來，收拾了心情重又堆砌起笑容，「下處安排好了嗎？住驛館還是包宅子？」

于尊不在太妃跟前也不拘禮了，背著手道：「橫豎留不長，本想在驛館湊合兩天，沒承想到這兒府臺已經預備好了行轅，離烏衣巷不算遠，就在前頭柳葉街。」

他「喔」了聲，「那個柳葉街有說頭，相傳明太祖為了抓兩條出逃的魚精，把那兒一條小河溝裡的魚都捕上來，拿柳枝穿著晾晒，這才得的名。于大人住到那裡……倒應景。」話鋒一轉又問，「怎麼樣？狐妖案告破了？」

于尊臉上掛不太住，葫蘆道：「是一夥強人裝妖精謀財害命，查得差不多了。」

肖鐸眉梢一揚，不再追問，只道：「這麼最好，西廠才創立不久，能破宗大案子，聖駕前也有功勞。閒話扯遠了，我原是想說，早前定了畫舫給于大人接風，今兒入夜再使人來請尊駕。」言罷朝廊外看看，搖頭嘆氣，「這月令是南京最熱的當口，白天外頭走，能把人烤個半熟。還是晚間好，晚間涼快又可夜遊。秦淮河的萬種風情咱家領教過了，于大人來了不去瞧瞧，可惜了的。」

于尊雖是個太監，也是風月場上的積年，極力克制，仍舊露出些嚮往的笑意來。這模樣，瞧著噁心！肖鐸轉過身去，慢慢朝門廊上踱，順勢道：「于大人行程，紫禁城裡未必都知道。依著咱家的意思，既然來了就多留兩日，江南煙花聖地，同北方是大不一樣的，三日五日，哪裡經用！再說娘娘鳳體，這兩天一點一點萎頓下去，大夫瞧了也不見好。你這會子立時就要請走，恐怕根基消耗不起。萬一出了岔子，手諭上說的恐怕也不頂用了，到時候雷霆震怒，于大人擔待不起。」

于尊斟酌權衡再三，心裡明白厲害。天威難斷，眼下和風細雨，誰知道轉過臉是什麼境遇！他伺候皇帝多年，面上看著率性的主兒，也有突如其來的縝密。因蹙著眉點頭，「肖大人言之有理，雖不能拖延太久，緩上幾天還是可以的。娘娘鳳體要緊，上了船就不停靠了，一氣兒到通州碼頭，大家安生。」

肖鐸所思所想全在那六個字上，茫然附和幾句，把于尊送出了門廊。重新折回去，音樓在八卦窗下站著，隔窗問他：「還有法子可想嗎？」

他抿著唇思量了好一會兒，「妳問我，我暫且答不上來。那道手諭妳沒看見，『縱沉屙，亦須還』……似乎是打定主意了。」

「就算是屍首也得帶回去，是嗎？」她臉色煞白，搖搖晃晃撐在案頭上，「算算從先帝駕崩到現在，將滿三個月，他等得不耐煩了……這麼說來，也許沒有退路了。」她眈眈望著他，「咱們還能不能在一起，全在你一念之間。如果你願意帶我走，我跟你海角天涯。即使將來吃糠咽菜，我也絕不後悔。」

第六十一章　與君謀

女人動起了真感情，不需要錢財，只要有愛情就能續命。男人不同，男人的眼界更開闊，想得也更長遠。那些必不可少的成分，捨棄哪樣都讓人覺得不圓滿。富貴叢中打過滾的人，突然丟失半壁江山，什麼況味？

可是她就在眼前，隔著一扇窗，眼裡滿含熱忱。他忽然感到難以啟齒，同她說大道理，她能夠接受嗎？

他皺了皺眉，「事出突然，我沒有料到皇上會下這樣的旨意……」

音樓心涼了一大截，「你就這樣對我？昨晚咱們說得明明白白的，你都忘了？」眼淚封住了口，她勘不破他的想法，之前種種不過是他的消遣，大禍臨頭了他還在猶豫，寧願看著她入宮？

她想起皇帝就有些反感，倒不是他長得磕碜不招人待見，實在是她不能接受他以外的男人。她這裡一片丹心，他呢？他還在瞻前顧後，難道不是真心愛她？她和權勢放在一起，原來雙美才是最好，如果只能挑揀一樣，她似乎只有被丟棄的份了。

然而不甘心，認識他這麼久，雖然他性情飄忽難以捉摸，她一直堅信他對她是有真情的。她淒然看著他，他的手搭在窗臺上，她蓋上去，輕輕握了握，「咱們離開這裡好不好？帶上錢，到個沒人認識的地方開鋪子過日子。不管怎麼樣，總能活下去的。若是怕客來客往被人認出來，我到繡坊接活，在家裡做女紅也是個進項……」她殷殷搖撼他，「你說話，我太著急了。」

人爬得越高心越大，從老家逃難到北京，在大街小巷遊蕩的時候，看到那些做小買賣的人忙碌著，即便只是個騰挪不開的湯餅攤，他也感到十分羨慕。也許是窮怕了，有時候夜裡做夢，夢見數九寒冬只穿一條老棉褲在冰上走，前後茫茫看不到邊，凍得兩腿直哆嗦……正因為這樣，愈發的捨不下。不單是怕窮，現在更怕害了她。

如果那道手諭上只說把人帶回去，不是這麼言辭激烈，一切倒還有轉圜。但是分明的活要見人死要見屍，皇帝似乎是察覺了什麼，有所提防了，這會兒在眼皮子底下動手腳，不管怎樣隱祕，有點風吹草動就是一場軒然大波。

他懂她，經過昨晚那些，她和他是心貼著心的，不願意和他分開，他又何嘗捨得？所以得想個兩全的法子，自己脫身，又能把她藏起來。

「妳先稍安勿躁，容我想轍。」他安撫她，「不管怎麼樣總會有辦法的。」

「又是想轍！」她吞聲飲泣，「要想到什麼時候？新江口水師檢閱，接下來又忙蠶繭桑苗，還能騰出空來？到了那天就讓西廠把我押走得了，你想轍去吧！每回同你說你都是推諉，只當我不知道，你就是留戀權勢，捨不得拋棄榮華富貴。真要這樣何不同我明說，叫我死了心就是了。」

簡直淒涼得無法言語了，這個壞人，玩過就撂手，把她當成勾欄裡的粉頭嗎？她是遇人不淑，身子丟了，他不要她了！

看來不叫人活命了！她退回去，倒在羅漢榻上捂臉嚎啕，把旁邊侍立的彤雲弄得不知所措，慌忙安慰她，「從長計議，別著急，沒的急壞了。不是還有好幾天嗎，一步一步的來，妳要相信督主。」

「相信他？沒良心的，怪我瞎了眼！」

肖鐸心頭煩亂，繞進門蹙眉看著她，「妳這是打算逼死人嗎？要走有什麼難，我這會兒命人備車，立刻就能離開南京。出了城之後呢？不能一氣兒走出大鄴疆土，妳就會發現鋪天蓋地全是錦衣衛和東西廠的人。驛道、客棧、城門、酒館……妳以為會有讓妳落腳的地方？」

「橫豎就是逃不脫，是嗎？」她收住眼淚，挺直了身板坐著，緘默下來，狠狠攪起衣帶，一圈一圈，把手指頭勒得發紫。半晌才道，「沒有魚死網破的決心，你為什麼要來招惹我？這是你的策略，其實在你眼裡，我和榮安皇后還是一樣的。」

他的臉色很難看，轉頭讓彤雲出去，音樓提高了嗓門，「彤雲別走，該出去的是你！你只管去想你的轍，日子過起來很快，幾天功夫霎眼就到跟前。到時候我跟他們走，我進了宮，那些閻王帳就了了，對你有好處。」

彤雲夾在當中進退不得，最後遭他一聲斷喝，嚇得奪路而逃。

音樓冷冷哼笑，「果然一針見血，瞧一個人是不是真心，大難臨頭就有端倪了。夫妻尚且如此，何況你我！我一刻也等不得，現在就要你給句痛快話。」

他被她逼得走投無路，答應帶她私奔，然後像過街老鼠一樣躲起來，過上不見天日的日子嗎？她的這腔熱情能維持多久？能不能維持一輩子？東躲西藏上幾年，某一天攬鏡自照，看著鏡子裡疲憊憔悴的臉，再想想曾經有機會昂首挺胸走在紫禁城的天街上，那時候她會是怎麼個後悔法？愛情是衣食無憂裡衍生出來的美好，居無定所的情況下，連最初的那點怦然心動都會變得不堪回首，何論其他？

「音樓，」他煞了煞性兒，好言道，「我說過很多次，妳和榮安皇后不一樣，我同她有那些牽搭，對我自己來說是恥辱，妳懂嗎？妳不同，我千珍萬重把妳放在心上，妳為什麼總是拿自己和她比較？妳先冷靜下來，還有幾天時間……」

她根本不想聽他那些拖延之詞，一衝動就不管不顧了，直愣愣道：「你是打算始亂終棄？因為我是皇帝看中的人，你搶過來，就是為了洩憤！」

他不可思議地望著她，「妳這樣看待我？為了洩憤，我把攸關生死的祕密告訴妳，讓妳有機會拿著武器倒戈一擊？妳真是瘋了！」

他說妳真是瘋了，把她說得淚水漣漣。她心太急，真的心太急，她自己也知道。她只是擔心會變成棄婦，昨晚那些不算數，她還偷偷慶幸自己終於把他拴住了，其實沒有，他時刻保持一顆清醒的頭腦，原來陷進去的只有她。她不是無理取鬧，也不是沒有耐心，她在乎的僅僅是他的態度。他為什麼不答應帶她私奔？說一套做一套也行，至少餵她一顆定心丸吃，結果他指東打西，全不在點上。

「我是瘋了，進宮伺候皇上是好出路，可是我現在怎麼有臉？」她顫悠悠的手指抬起來，直指他面門，「你這個……陳世美！」

肖鐸張口結舌，她一心以為自己的清白被他毀了，他怎麼同她解釋根本沒有？她是半瓶子晃蕩，看了一冊爛糟糟的春宮圖，再加上市面上尋摸回來的烏七八糟的豔情話本，就以為自己全明白了，她到底明白什麼了？

他也賭氣，心緒翻湧，腦子裡一陣陣發暈，扶著月牙桌咬牙道：「如果妳覺得我不帶妳走就是始亂終棄，就是陳世美，那走就是了！只希望妳將來不要恨我，萬一落到他們手裡……妳別怕，我自己去死，也會想辦法保住妳。」他坐下平復心情，然後吩咐她，「挑要緊的東西歸置好，我去安排，等明兒人都上新江口去了，咱們就上路。」

音樓眼巴巴盼著他點頭，可是真點了頭她又猶豫起來。這樣榮耀的人物，一旦離開這個位子就什麼都不是了。在外面隱姓埋名，說不定還得被那些泥豬癩狗呼喝。他說希望她將來不恨他，當真走投無路的時候，恐怕自己反倒要擔心他怨她了。

所以他站起來要走，她哭喪著臉拉住了他。下不了這狠心，光是設想就叫她頭皮發麻。到底都不是極端的人，都吃過苦，有時候隱忍和妥協也是一種自救。

「你剛才說想法子，是個什麼法子？有譜了嗎？」她淚眼婆娑地垂下頭，「我細斟酌了，一走了之似乎不太可行。」

他唯有嘆息，憐憫地打量她，見她狄髻上挑心鬆了，仔細替她壓實了些，一面道：「妳這個一點就著的性子，真叫我張不了嘴。妳且聽我說，西廠護送妳回京是個好機會，妳隨他們去，到了德州那段要找藉口讓寶船靠岸，到時候我派精銳喬裝了來劫妳。妳是在西廠手上丟的，所有責任都由于尊揹。不過皇上懷疑我是肯定的，大不了連坐，我賺了個大活人，也不虧。」他搖了她一下，「這麼的一箭雙雕，既叫西廠吃暗虧，妳又不必進宮，妳說這法子可行？」

好聰明的人！音樓心裡霍然敞亮了，一拍大腿攔腰抱住了他，「我怎麼沒想出這麼好的主意來？督主真是智勇雙全！」

這一會兒陰一會兒陽的脾氣叫人頭疼，他無奈在她耳垂上捏了捏，「妳除了卯著勁同我鬧，還會什麼？我就這樣讓妳回宮，妳不得恨我一輩子！」

她訕訕笑了笑，似乎還是不大踏實，「萬一皇上下令讓東廠尋人，你辦事不力，豈不是白給了皇帝打壓你的機會？」

他倒看得開，「有一得必有一失，了不起罷了我東廠提督的銜兒，反正那位子原該由秉筆太監任的，讓給閆蓀琅就是了。這六年來早已盆滿缽滿，我退回內廷做我的掌印，也如魚得水。」

她不痛快了，醋味四散，「在女人堆裡打滾，很舒稱吧？」

他品出了滋味，笑道：「那些后妃也不好應付，哪裡能舒稱呢！好歹再熬兩年，等時機差不多了就稱病，慢慢卸了肩上差事，到時候或是遠航，或是歸隱山林，全聽妳的。」

他低著頭，西窗下一抹斜陽打在他袍角上，眼裡是細碎的溫暖和柔情。

就算需要時間，只要給她希望，不管多久她都願意等。她把臉貼在他腰間的玉牌上，冰冷一片。她說好，「但願皇上罷你的官後不再重新啟用，屆時咱們舒舒坦坦地走，沒人滿世界追逼，能過兩天好日子。」

他也嚮往，抬眼看窗外的天，似乎看得見未來似的，「養幾隻雞，生幾個孩子。還有叭兒狗，妳喜歡我買給妳，別稀罕別人的。一隻狗就叫人勾走了魂，那點出息！」

她嗤地笑起來，敢情他還惦記著那天皇帝說給她預備了一隻狗做伴呢，這人心眼兒其實很小，平時裝模作樣擺架子，一件小事在心裡埋了那麼久。

他見她取笑，伸手撓她癢癢，「好笑嗎？哪裡好笑？」

兩個人在羅漢榻上扭打成一團，折騰累了都平癱下來，枕著竹枕，勾著手肘，她靠在他肩頭慢慢說：「爺們有時候叫人信不實，我也有點怕。老家一個寡婦，年輕時候和族裡表親好上了，丈夫死後她當家，被那個表親騙走了田地房產，最後靠人佈施過日子。那個表親倒過得滋潤，還娶了幾房年輕漂亮的妾，全是用她的錢，也不管她死活。」

他嘟囔了句：「所以女人得擦亮眼睛，別聽兩句甜言蜜語就找不著北了，好男人不擺花架子。」

他還有臉這麼說，以前自己簡直滿頭插花，這會兒正經起來了，說得響亮了。她抿嘴一笑，側過身來推他一下，「你說昨兒……會懷孩子嗎？」

他皺著眉頭笑，「妳究竟不懂，傻得厲害。」壓低了聲在她耳邊說，「妳還是清白身子，要不今天該下不來床了。」

她聽了有點惆悵，原來還是沒成事……那就下回吧！下回給他補一補，也許就一舉得男了。

第六十二章　盡離觴

私奔無果，還得按照正常步調行事。新江口的檢閱是個盛典，體現大鄴水師實力的好機會，不僅官員雲集，觀禮的百姓也不少，有點端午看競渡的意思。堤岸、壩臺，到處都是烏泱泱的人頭。

辦事過後有冗長的夜宴，這也是老規矩。南苑王做東，把秦淮河畔最有名的鳳凰臺包了場子，這是個格調高雅的地方，姑娘都是清倌人，能歌善舞，賣藝不賣身。倒不是充門面裝正氣，大鄴並不限制官員出入風月場，老輩裡的皇帝勵精圖治是很久以前的事了，打從第五代天子即位起就自詡為詩魂畫骨，當的是「仁政」，更不能違逆了「大倫」。之所以選這個地方，是因為這裡乾淨，不光接待男客，女客進門也不用避忌。各走各的門，各自吃席聽曲，互不打擾。音樓是南京目下最大的人物，太妃抵半個主子，少不得要抬出來以示天恩浩蕩，受官員們磕頭見禮。

本來託病不想去，可是南苑王派了人來哀求，說步主子進了府門想家人，終日啼哭。幾回打算去來燕堂叩見，都叫王爺攔下了，下令不許給娘娘添麻煩。這回逢著大典，眼瞧著娘娘要回京了，務請娘娘賞個臉，算是給娘娘踐行，順帶姐妹道個別。

音樓自己不拿主意，萬事聽肖鐸的。肖鐸計較良久，忖著如果要出岔子，與其閉目塞耳，倒不如明明白白迎擊。因點頭應了，讓她萬事多長心眼，見面可以，只葫蘆聽，不要答應任何事情。

於是太妃被華輦接出了來燕堂，新江口太遠，避免勞頓就不去了，傍晚時分直接到鳳凰臺，升了座放簾受朝拜。一通俗禮過後官員們魚貫退出，這時候命婦進來，按著品階又是一通跪拜，好話聽了一耳朵，簡直堆起繭子來。

鳳凰臺女眷這頭伺候的人都替換過，全是南苑王府派來的府監，隔著竹簾看過去，兩面宮燈輝煌，太監們按班侍立，門上空杳杳的，似乎已經到了收梢。她心裡納罕，怎麼沒見音閣？但也不方便問，不來就不來罷，橫豎見了面也是尷尬。

正要叫彤雲捲簾，往外一瞥，進來個年輕女人，戴狄髻，穿香色交領褙子，有娟秀的臉龐和微揚的眼角。音閣的確稱得上是美人，經了些事，看上去比以前沉穩些了。上前來不敢造次，跪在織花地毯上磕頭，「奴婢步氏，恭請太妃娘娘金安。」

以前占儘先機的人，如今俯首貼耳頂禮參拜，人生真是峰迴路轉。不管是不是贏家，至少這刻她高高在上。音樓長長吁了口氣，「姐姐不必拘禮，請起吧！」

彤雲轉出簾子攙扶了把，順勢退回來，因得了音樓示下，依舊把簾子捲了起來。音閣朝上覷了眼，很快把眼皮子垂了下來。記憶裡這個妹妹是個不拘小節的人，現在進宮掛了名到底不一樣了，還在先帝孝期裡，穿得很素淨，只戴銀飾，鬢邊一朵珠花，拾掇好了也是明眸皓齒。

她有點拘謹，以前自己霸道，欺負她是家常便飯，沒想到她得了高枝，在宮裡露了臉，連掌印太監都向著她。這趟聯姻的事上狠狠刁難了一把，她爹吃虧也不敢言語，只得乖乖把她送進南苑王府。

不知道她怨她不怨，認真比起來自己還是占了便宜的。嫁給宇文良時雖然是做妾，在後院裡也受夠了恥笑，總算男人活著。不像她，年輕輕的先帝就晏駕了，這輩子也只有吃素抄經的份了。

賜了座給她，她沒敢領受，站在一旁說話：「自打娘娘進宮應選起，奴婢就日夜念著娘娘。也許娘娘不信，我心裡真是愧疚得緊，只愁沒機會再見娘娘。這回是借著東風，好不容易央求王爺讓我出府，我在娘娘跟前磕個頭，罪孽也能減輕些。」

音樓笑了笑，「姐姐真客氣，過去的事了，還提它做什麼？同人不同命，妳母親是正房，我母親只是個妾，所以咱們年紀雖相差不大，嫡庶有別，就沒什麼可怨怪的了。妳如今在南苑王府好不好？父親給妳結的這頭親，倒是門好親，就是位分不高，將來有了孩子，也是個庶。」她陰陽怪氣呲達幾句痛快了好些，撩袖比了比手，「噯，別站著，妳坐。」

音閣面紅耳赤，謝了座挨在椅角上，前面的話也不去計較了，單問：「聽說再隔幾天娘娘就要回京城了？這一別，往後再要出宮就難了。」

音樓淡淡應道：「是啊，進了宮不就是一輩子的事嘛！這趟出來蒙聖上恩典，往後沒有這樣的好運道了。還得謝謝爹，要不是他，我這會兒仍舊是個埋汰丫頭，哪裡有機會進紫禁城見識！」

她恨她爹，從骨子裡往外恨。沒有讓她替選，她的人生絕不是這樣的。如今錯的時間遇見對的人，不知道要走多少彎路才能完成這場朝聖。音閣知道她不待見自己，承受她的怒氣時分明瑟縮了下。今時不同往日，她沒法發作，只有兜著。

「奴婢斗膽……雖沒有進宮，也知道深宅大院裡的空虛孤寂。如果娘娘恩准，將來奴婢求王爺，讓奴婢遞牌子上宮裡探望娘娘。」她怯怯看她，「娘娘，咱們不是一個母親，但卻是同祖同宗。娘娘怪罪是應當的，奴婢以前年輕不懂事，不知道給娘娘添了多少麻煩，現在想來悔斷了腸子……」

音樓看了她一眼，葫蘆裡賣了藥的。宇文氏不是要謀反嗎，一點一點接近京畿，常來常往就讓紫禁城裡的人放鬆戒心了。

她端起茶盞吹吹那幾片漂浮的茶尖，虛應了聲：「好自然是好，不過宮裡規矩嚴，遞了牌子能不能進來也難說。姐姐曉得的，我不過是個小小的太妃，上頭還有皇太后、皇后。宮眷探視都要經那裡首肯，我自己做不得主。」說完略帶歉意報以一笑。

音閣囁嚅：「是，奴婢見識淺，竟沒想到那個……」

她抿了口茶擱在一邊，「姐姐也別奴婢長奴婢短，弄得我心裡怪難受的。以前的事過去就不提了，親姐妹離得遠，越走越稀鬆，漸漸就淡薄了。好好伺候王爺，將來養個兒子母以子貴，也是一樣。」

她端著，全是訓誡的口吻，音閣聽了唯有諾諾稱是。一時沉默下來，音樓就有些懨懨的。身上短柄烏頭的毒沒清乾淨，應付久了力不從心。她轉過頭問彤雲，「聽說底下有燈會，開始了沒有？外頭瞧瞧去，憋久了有點難受。」音閣聽了忙上來攙扶，她笑著把胳膊抽了回來，「今兒見也見過了，姐姐吃席面去吧！我聽雅間裡熱鬧得緊，回頭還有人唱堂會呢！」沒再理會她，自己提起裙角下臺階邁出了門檻。

外面果然是清明世界，沒有檀香和脂粉混雜的味道。站在臺上往下看，疏朗的柳樹間鑲嵌著五顏六色的燈，讓她想起那天逛夜市的情景。一樣的夜，融融的暖意，買一個猴兒拉稀，弄得滿身都是糖汁……

「這會兒身上怎麼樣？」彤雲拿件披風給她披上，她總是渾身濕津津全是冷汗，其實于尊面前倒也用不著裝，的確體虛得厲害。她給她整了整肩頭，一面搭金釦一面道，「要是乏累了我叫人準備轎子，早些回去歇著吧！」

她點了點頭，轉回身的時候看見石亭子那裡立了個人，光影下眉目模糊，但身形如松。彤雲告訴她，那是南苑王宇文良時。

◆

回京的日子轉眼便到了……

西廠用的是兩號福船，比他們來時使的小很多，停在桃葉渡南，需從秦淮河上乘舫船出城。

槳櫓聲聲，肖鐸隨船親自相送。在船頭看了風向回到艙內，她安靜坐在圈椅裡，低著頭不說話。他知道她一定是在擔憂，左右船多，又怕一不小心落了人眼，只掖手道：「娘娘一路多加小心，臣同娘娘交代的話，娘娘切記。」

他把什麼時辰、德州哪個渡口都囑咐好了，只要按著他說的辦就萬無一失。音樓抬眼看他，沒接他的話茬，自顧自笑道：「今日一別，廠臣自己保重身子。自先帝龍御起，一宗一宗的事接連而至，廠臣對我諸多照顧，我記在心裡，這輩子都不忘記。眼下天熱，還需多避日頭。我看了黃曆，再過二十來天就要入秋了，南方秋老虎也厲害，不過過了性就轉涼，秋衣要早早預備好。如果織造坊手腳麻利，這頭的差事辦妥了就回京覆命吧！終歸是京官，外放久了不好。」

他疑惑地看她，她轉過頭去避開他的視線，似乎在勉力支撐，下頷線條緊繃。他心裡不忍，上前兩步，「娘娘……」

她抬了抬手，「廠臣別管我，我就算有些離愁別緒也是應該，畢竟相處了這些日子，我不拿廠臣當外人……以後見了，恐怕不能像現在一樣了。橫豎不管在哪裡，我會念經禮佛，求菩薩保佑廠臣平安。」

她越說越不是味兒，他心都提了起來，「娘娘寬懷，臣手上事料理完了，仍舊在娘娘跟前盡心伺候。應當用不了多久的，娘娘只管放心，臣應准的事，十成十的有把握。」

她的唇角浮起淡淡的笑，頷首道好。目光在他臉上留連，收不回來。看著看著，眼前的一切漸漸模糊了，毅然閉上了眼。

如果四周圍沒有外人就好了，就算哭著也要仔細瞧他，把人刻進腦子裡，可以相伴一生一世。

她還記得初受冊封那天，曾遠遠看見他領著宮監從天街上經過，朱紅的曳撒映著漢白玉的蓮花欄杆，目空一切的樣子，乾坤都被他踩在腳底下。那時候他是天上的太陽，簡直比奉天殿裡的皇帝還要耀眼。這樣的人，沒承想被她從神座上拽進泥坑裡，滾得滿身泥濘，連通袖的行蟒都快無法辨認了。

她終於知道她的存在會對他造成傷害，她一直是個糊塗人，就像彤雲說的，需要時不時的被醍醐灌頂。

那天遇見宇文良時，他對她說了一些話，內容很直白，肖鐸是朝中棟梁，他不希望看見他有隕落的一天。身處這個位子沒有退路，一旦他放棄權勢，那就是他大限將至之時。所有的人，不管是受過他迫害的、還是依仗他爬上高位的，都會像野獸一樣撲過來撕咬他。他手上沒有了利器，和普通人無異，只有束手待斃。

她知道宇文良時全是為了他自己，或許預感她這次回京註定不平靜，提前來曉以利害。既想保全肖鐸，又想牽制她，她厭惡這樣深的心機，可是再三權衡，不得不承認他說得對。

其實肖鐸對未來的暢想都是安慰她吧！真要按照他的計畫去做，也許會是這樣一幅畫面——幾隻雞，幾條狗，還有孤零零獨自坐在夕陽裡的她。她怎麼會相信他的話？不做東廠提督退回內廷當掌印，不說旁人，接替他的閆蓀琅第一個不能放過他。你會讓隨時可能復用的前任擋在面前？東廠陳芝麻爛穀子的破事多了，所有的前帳都算在他頭上，再了不起的人也別想活命。她願意看著他下昭獄，讓他們用鐵鉤子穿他的琵琶骨嗎？願意讓那些番子幾笤杖打碎他的腿骨，打出裡面的骨髓來嗎？她那時聽宇文良時的描述，就像一盆冷水從頭頂澆下來，澆得她寒毛倒立。不能，她就是自己死了，也不能讓他遭受這樣的踐踏！所以只有成全他，讓他好好活著，比什麼都重要。

舫船順風前行，很快就到了桃葉渡。他許是察覺了什麼，言辭也好、動作也好，都有些猶豫。一個刀鋒上行走的人，這麼兒女情長不是好事。她冷靜下來，站在旁觀者的角度上看，可以看出端倪。他突然優柔寡斷，在別人眼裡是怎麼樣？

彤雲伸出手臂讓她搭靠，她不再看他。西廠的人恭恭敬敬戍立在她前行的路上，她把血淚都吞了下去，沒有和他道別，慢慢邁步，慢慢上了船梯。只有拐彎的時候才能含糊地瞥一眼他，這一眼也許就是萬年了——

他在船舷籠罩的那片陰影裡，表情平靜，眼裡夾帶著哀愁。

第六十三章　夢隨風

天未明，一隊快騎颯遝而來。馬蹄聲急，呼嘯過幽黯的林蔭路，驚起樹頂上停落的昏鴉，呱地一記悲鳴，直衝雲霄。

從南京到德州，陸路比水路要快得多，如果日夜兼程，約摸六七天功夫就能趕到。西廠的寶船走後，東廠一切行動如常。隔了幾天肖鐸稱要親自下鄉間查驗秋蠶，這原就是他的差事，沒人質疑，出了城向南，一路往烏溪方向去了。

秋蠶要查看，不過是個幌子，只停留了一天，次日便悄悄北上了。

佘七郎曾規勸他，「接回娘娘的事交給屬下們，督主自在坐鎮，萬一州府要請示下，也方便應對。」

他明白道理，可是她臨走那眼神叫他寢食難安，躺下去就夢見她隔窗而立，輕聲問他「你想我不想」。還有別的什麼，他記不太清了，依稀是在艱難地做取捨，喃喃說著，「和不和我在一起不重要，重要的是你平安。」

不知道是日有所思造成的，還是戀人之間真的可以靈犀相通，他開始惶恐，每一刻都顯得空前漫長。他不是個沒有耐心的人，可是一旦牽扯上她，他就方寸大亂。她走得似乎有些絕望，如果下了寶船立刻看到他，她連日來的擔驚受怕就可以得到疏解吧！所以他要去，這是最後一次，即便荒唐也是最後一次。

他這麼固執，難為壞了身邊的人。都是他平時最信賴的，說的話他大多會考慮，可這次不一樣，幾乎斬釘截鐵，自己抖了馬轡就走，眾人無法，只得狂奔尾隨。

沿途不進驛站，只找小飯館，填飽肚子便上路，跑了將近四天，運河到聊城地界有個拐彎，那時已經趕上寶船了。他勒轡在堤岸上遠眺，雲水之間船隊緩慢前進，幾隻哨船前後護航，寶船兩舷站滿了西廠緹騎。

他放下帽上的皂紗，拔轉馬頭直奔德州。先前同她交代好的，不限日子，將到老君堂渡口就想法子叫停船，謊稱要置辦東西，傍晚時分上岸，趁著渡口晚集人多，逃脫起來也容易。只要她按著他的話做，讓他觸到她的手，這輩子就不會放開了。至於前途怎麼樣，私奔之後死路一條，半道上劫人，至少還有一半勝算。這可能是他最沒有把握的一次冒險了，然而還是願意試一試。就算不能全身而退，替她掙個自由身，哪怕將來別人接替他，她依舊可以好好生活。

簡直愛得癲狂，他也沒想到，自己會為了女人斷送這些年積攢下來的道行。人總要瘋上一次的，不然還叫什麼人生！

提前抵達老君堂，離寶船到碼頭還有大半天光景，一行人找了個驛站部署好，打發番子出去探了又探，只等時候一到就動手。

雲尉進來送茶點，看見他坐在一片陰影裡，臉上喜怒難斷。他擱下托盤，低聲道：「連日奔波，督主也累了，先進些東西，趁著還有半天時間好好休整。」

他點了點頭，「過會子人到了，咱們兵分兩路，你護送娘娘往東，我回南京。」

雲尉看了他一眼，遲疑道：「督主有沒有想過接下來會是怎樣一場變故？大鄴地廣，要藏個把人是不難，可是西廠和京裡能善罷甘休？」

他緘默不語，起身推窗往外看，這裡離渡口不遠，站在樓上能看見河段全景。時候還早，只有漕運的船隻來往，他撫了撫發燙的前額，「兵來將擋，只要後顧無憂，我自有應對的辦法。西廠的那起狐妖案似乎擱置下來了，傳令蔡春陽，再給他大肆攪和攪和。注意力一分散，對咱們有利。皇上倚仗不了西廠，最後還得靠東廠。」

雲尉應了個是，「上回督主吩咐徹查姜守治的家私田產，查下來了不得。剛才接了閆少監飛鴿發來的密函，請督主示下，是現在就拿人，還是略緩兩天？」

他咬唇想了想，「就今兒吧，水攪得越渾越好。等娘娘安定下來，我回南京打個狐哨就收拾返京。皇上再決斷，畢竟即位不久根基弱，這會兒隨王伴駕，興許還能撈著點甜頭。」他腦子亂，心裡忐忑也想不了那麼多，擺了擺手道，「旁的先放一放，手頭上的事辦完了再說。」

雲尉瞧他心浮氣躁，便不再說什麼，躬身退了出去。

底下廊子上碰見了佘七郎，把話傳到了，回身朝樓上望了眼，「這失魂落魄的樣兒，真叫人憂心。一個女人罷了，值當這樣？」

佘七郎想起自己半夜爬窗的經歷，表示很可以理解，「你懂個錘子！趕緊找個女人，哪天不娶進門晚上睡不著，你就明白了。」

天一點點暗下來，渡口點起了縱向的兩排風燈，菱形交錯的竹枝燈架子上糊著桐油紙，上面拿紅漆寫著大大的三個字「老君堂」。

三伏的當口，官船都挑晚上靠岸，所以渡口到了夜裡反而更熱鬧。攤兒出來了，賣臭豆腐、雞蛋、燒酒、魚乾……一般多是吃食。小販連吆喝帶拽地招呼人喝茶吃炊餅，七八個大高個男人過來，不多話，一屁股坐在了條凳上，二把手仰脖子叫了聲「一人一碗湯餅」，聲大，嚇人一挑。

東廠的人原本都帶著匪氣，穿上短衣紮上褲腳，頭上再箍個網巾，看上去像一群劫號的響馬。橫豎是要裝強盜，有意識的交談裡帶著黑話，什麼片子[2]、挺子[3]、捌包兒[4]，將來就算官府查到這裡，順道就拐到姥姥家去了。

肖鐸長得白淨，往臉上抹了點鍋灰，珠玉蒙塵，混在人堆裡也不那麼惹眼了。找了個視線不受遮擋的地方坐下，隔一會兒抬眼看看，漕船倒不少，沒見西廠寶船的影子。

2 刀。
3 匕首。
4 指暗中掉包

哪裡不對嗎？都查探好了的，不至於從眼皮子底下溜走。正焦急，下面番役壓著聲通傳：「前頭一裡地看見哨船了，估摸一炷香時候就到。」眾人交換了眼色，蓄勢待發。

他人在這裡坐著，心頭陣陣驟跳，血潮拍打得耳膜鼓噪。用力握了握拳，愈是急切愈是要沉澱下來，成敗在此一舉，錯過了就再也沒有機會了。

耐下性子等，周圍的嘈雜都相隔很遠似的。漸漸看到幾艘窄長的哨船杳杳而來，但航線卻在河心，並沒有要靠岸的意思。他擰起了眉再往後看，那福船前額瞠目欲裂的虎頭在夜裡若隱若現，十二道桅杆上風帆鼓鼓，一個虛晃，錯眼就過去了。

沒有停靠！他愕然站起來，佘七郎見狀早就竄了出去，直趕到河堤上，只見寶船船尾的紅燈在暗夜裡越去越遠，慢慢消失不見了。

回來無須回話，躑躅地搖了搖頭。肖鐸看著他的臉，感到前所未有的迷惘。和生命裡最要緊的東西失之交臂，他又回到孤獨的境地，沒有親人，沒有愛人，什麼都沒有。

腦子裡亂成一團，難道她被于尊控制住了，要求停靠他不答應？這種情況的可能性不大，她是皇帝點名要的人，于尊善做場面文章，絕不敢慢待她。那是為什麼？為他好，不想連累他？若果真這樣他愈發恨得咬牙，誰要她顧全大局？他既然敢下決心，自然有他應對的辦法！

難道是她怕了？和他分開十幾天想通了，打算從這場荒唐的鬧劇裡掙脫出去了。

他突然有種被愚弄的憤怒，自己沒日沒夜趕了幾千里來接她，結果只為看寶船彈指之間翩然而過？既然後悔，為什麼不明說，偏要把他耍得團團轉？自己做了場春秋大夢，鬧得底下人人笑話。他的愛情只是他一廂情願，別人如何看他？一個太監，妄想攀龍附鳳，結果怎麼樣？馬不知道臉長罷了！

瞧瞧這一身可笑的打扮，瞧瞧這張被塗黑的臉，他簡直恨不得挖個洞鑽進去！堂堂的東廠提督被一個小太妃玩弄於股掌之間，虧他願意捨命去守衛愛情，原來是不堪一擊的自欺欺人！看來當初沒有答應帶她私奔是對的，她太年輕，只可同富貴，不可共患難。

他失望透了，也冷靜下來。再不需要身邊人苦口婆心，他癡傻了那麼久，被她弄得神魂顛倒，也是時候該清醒了。

默默坐了一陣，幾個千戶眼光如梭，雲尉試探道：「咱們再往前趕一程，二十里外還有一個渡口。」

他冷冷一笑，下個渡口還是不停靠怎麼辦？再往前？再往前該到北直隸地面了，難道一氣兒追到通州碼頭？

「去牽馬，回南京！」他聲氣不高，站起來霍然轉過身，彷彿一下子跳出了輪迴，仍舊是那個殺伐決斷的東廠提督。

馬蹄聲她聽不到，耳邊只有船頭划開水浪的激蕩。

艙裡燈火朦朧，音樓坐在月牙桌前，呆滯的眼神、慘白的臉，也不哭，只是定著兩眼看那燈豆。

彤雲有些著急，「主子，妳要是難過就哭出來，我關好了門窗，他們聽不見的。」

她不應她，過了很久才問：「老君廟……過了嗎？」

彤雲應個是，「早就過了，岸上的人八成已經部署好了，先頭只要您張張嘴，咱們這會兒沒準在東廠的馬車裡。」她無奈看她，「但是奴婢知道，娘娘這麼做是為肖掌印好。真要不管不顧走了，也就一時的痛快，後頭不知道會遇見什麼樣的險阻呢！我覺得娘娘做得對，喜歡一個人應該盼著他好，就像一朵花栽在花盆裡，看著那麼喜人。您養它，天天替它澆水施肥，它必定開得更燦爛；可要是您手癢癢把它摘下來，至多不過半天，它就死給您看了，何苦來哉！肖掌印就像那朵花，您遠觀吧！以前咱們在宮裡對他垂涎三尺，這回南下一趟他差點沒成您的人，您已經掙足面子了。」

明明是勸慰她的話，她聽著聽著卻泣不成聲了。扒著桌沿蹲下來，胸口痛得沒法呼吸。他一定很恨她，恨她爽約。她應該在登船前和他說清楚的，說清了也許就放下了，不用來回折騰了。可她當時不能說，那麼多人，那麼多眼睛都看著，萬一有個閃失，豈不是大禍臨頭麼！她也想過留信給他，但是信裡寫什麼呢？恐怕提筆盡是對他的眷戀和不舍，讓他陷進更大的痛苦。

她回宮，就不想和他有其他牽扯。與其處處照應露出馬腳，不如讓他恨，視她於無物。宇文良時不是拿她威脅他嗎？只要沒有她，南苑就不能把他怎麼樣。她顧全他是沒錯，只可惜了她的一片情！她對美好全部的嚮往都在他身上，現在丟了，她註定精著來光著去，還是一無所有。

彤雲來攙她，給她掖眼淚，「過陣子就好了，時間一長慢慢忘了，您還可以像剛進宮那時候一樣。」

「好不了了……」她顫著聲說，「我這輩子都好不了了。別人兩情相悅可以在一起，為什麼我不能呢！」

彤雲看著燈底那片黑影嘆息，「不是的，有情人終成眷屬，那是戲文裡唱的。您沒看見，天底下傷心的人多了，各有各的難處。」

她不知道別人怎麼樣，反正自己快要堅持不住了。她坐回杌子上不言聲，笸籮裡放著個花繃，是她繡的半朵牡丹。她伸手拖過來，一支針插在花瓣上，她拔下來，狠狠扎進指腹。手指痛得厲害了，心裡就會好受很多。她看著血湧出來，一滴兩滴，很快染紅花蕊。

彤雲一個疏忽沒瞧她，突然發現她這麼糟蹋自己，慌忙撲上來拿手絹給她包裹。她掙扎著哭道：「妳別管我，我想他，想得沒法子。可是我知道往後不能夠，只有這麼著，想他了就拿針扎自己，也礙不著誰。」

「給自己上刑，多造孽啊！」彤雲也跟著一塊哭，抽噎道，「早知道這樣，咱們情願在泰陵裡待著，別進肖府就什麼事都沒有了。您也是多災多難，死裡逃生好幾回，又欠了這麼份情債，可憐見的！」一頭說一頭抱住她，「您別怕，您沒了他還有我，往後咱們相依為命，我一定豁出去保護您，不叫誰欺負您……別怕！」

她緊緊抓住彤雲，沒想到最後陪著自己的還是她。她們一直生活在一個圓圈裡，從這頭拋出去，轉了半天，又回到原點。皇帝一聲令下，她只能聽候安排。反正她本來就是紫禁城裡的一粒塵埃，飄得再遠，落下來，也不過是為這腐朽添磚加瓦。

第六十四章　高低冥迷

天氣不好，剛回到北京就是一場傾盆大雨。雨點落在傘面上，力道之大，簡直要砸穿油布。幾個小太監弓著腰，大半個身子露在外面，主子頭頂上的遮蓋不能有偏，自己就是淋爛了也不礙的，一味謙恭小心地往神武門裡引。因著有于尊親自護送，門禁上的錦衣衛沒查牌子，挺腰站著看了眼，揮手讓放行，一行人便進了幽深的門券子。

徒步到順貞門，那頭有抬輦候著，兩個穿葵花團領衫的內使打著傘立在簷下，黃櫨色的傘面傾斜，擋住了上半身，只看見犀角帶下層層疊疊的曳撒，和腳上簇新的黑下樁宮靴。許是聽見腳步聲了，抬起傘沿看過來，一見人到了忙熄傘上來打拱，「恭請太妃娘娘金安。」

音樓點了點頭，細看那個長相精明的宮監，側過頭問：「你是閆少監吧？」

那人的身腰立刻又矮下來三分，「臣不敢，娘娘叫臣閆蓀琅就是了。」

她沒言聲，由太監們攙扶著登上了抬輦。

于尊繞到輦旁長揖下去，「臣就送娘娘到這裡，一路順遂，臣幸不辱命，這就上前朝向萬歲爺覆旨了。」

音樓笑道：「一路受廠臣照應，多謝了。」

于尊愈發躬身子去，又行一禮，卻行退回了神武門。

閆蓀琅揚手擊掌，抬輦穩穩上了肩，一溜人簇擁著進花園，他扶輦回稟：「臣先送娘娘回噦鸞宮，往後那就是娘娘寢宮。歷來仁壽宮和後面那一片都是安置先皇后和太妃的，五六個人住在一塊，行動也不方便。養心殿裡早有了示下，您回宮前把人清乾淨了，後頭喈鳳宮是榮安皇后處所，中間噦鸞宮不往裡填人了，專用來奉養端妃娘娘……娘娘回去換身衣裳，防著皇上要來的。至於慈寧宮裡請安，皇上的意思是暫緩。或者要去，也等皇上在場，以免旁生出什麼枝節來。」

這樣安排的用意顯而易見，皇帝要走動，不能在人眼皮子底下進出，把一排屋子都騰出來，他愛幹點什麼也不落別人的眼。難為他想得周全，總算也替她考慮了，沒叫立刻去參拜太后皇后，否則不知道等著她的是什麼。

音樓心裡的傷還沒癒合，其實有點置生死於度外的勁頭，橫豎兩可，他們怎麼安排就怎麼聽吧！

只是怕，害怕皇帝相逼，她如何守住這清白？肖鐸多好啊，他始終替她著想，那天都這樣了，最後還是忍住了。他給她留了退路，就像話不說滿是美德一樣，事不辦絕更是菩薩心腸。可是留著，無非讓她腰桿子更硬氣些罷了，被不愛的人霸占，迫於無奈下的妥協，其實更是一場潑天的災難。

她憂心忡忡，含糊地回了句知道了，又做出個為難的樣子來，「只是我這會兒病著，聖駕前面怕失了儀，這倒難辦了。」

閆蓀琅笑吟吟道：「不打緊的，皇上知道娘娘身上不好，也不會認真計較那許多。」

抬輦出了瓊苑左門打乾東五所前面過，再行幾步是宮正司六尚局，那所南北狹長的屋子分割開了東六宮和仁壽宮那一片，先帝的宮眷和聖眷正隆的是兩樣的。

抬輦的太監腳底下很輕快，淌著水在夾道裡穿行，間或踩到水窪，啪地一聲脆響，繼續穩穩前行。北京的盛夏和南方不同，涼爽好些。空氣被雨洗刷過了，帶了一股凜冽的濕意，迎面撲上來有點涼。音樓窩在座上往前看，宮牆被雨一淋分外紅得濃烈，兩側重重的黃琉璃瓦殿頂一撥一撥往後倒退，在宮裡到處都是一樣的風景，人在其中像上了重枷，再也走不出去了。她嘆口氣，默默閉上了眼。

噦鸞宮和喈鳳宮一樣單門獨戶，一座大殿，兩邊有梢間但沒有配殿，其實有點孤零零的，畢竟只是太妃們頤養的地方，沒那麼多的排場考究。不過論清幽毫不含糊，進了門一座琉璃影壁，後面栽著一棵很大的銀杏樹，樹齡不知道有多長了，綠油油的葉子像堆疊的小扇子，遮天蔽日。

要使的下人也早有指派，闔宮十個火者、四個尚宮、八個宮婢，見主子到了，整齊列著隊上來見禮。自報家門等主子訓話，音樓看著這些人，一個名字都沒記住。沒記住不要緊，有彤雲在，要辦事叫她吩咐下去也一樣。

閆蓀琅把人安頓好辭了出去，音樓在殿裡來回逛，地方太大了，明間裡空曠幽深。一架地屏寶座設在八仙落地罩後面，沒有人侍立的時候像個供奉佛像的神龕，讓人莫名有種敬畏感。

她站在一片帷幔後，風鼓起了幔子的下沿，連帶兩邊繫帶上垂掛的流蘇也一道紛紛飄起來。彤雲領人托著衣裳進來伺候她換洗，她擺手把人支了出去，低聲道：「今天起我就裝病不見人了，萬一皇上來，妳只管說我惶恐，不想叫他過了病氣，能擋就擋回去。」

彤雲為難道：「人家路遠迢迢把您接回京，見肯定是要見的，奴婢三言兩語能把人打發走，也不在您這當差了，早就上內閣做首輔去了。」

也是的，怎麼料理呢！她站著發怔，彤雲替她把半臂脫了下來，邊道：「不是我說，主子這回該看開了，到了這步還計較什麼？江南之行就當是個夢，以後偶爾拿出來回味回味就是了，不能當飯吃，要不一輩子陷在裡頭出不來。我估摸肖掌印南京的差事辦完了就會回宮的，他還在內廷走動，您也能見到他，可是見面不相識，您能做到嗎？現在先適應起來，將來也好應付。」她蹲下整理裙角，往上覷了眼，她還是呆呆的，便提醒她，「主子，宮裡忌諱苦大仇深。」

她說知道，自己把胸前的鈕子整理好，回身坐在窗前，看雨把罈子裡的花草打得東倒西歪。盼著別停一直下，絆住了皇帝的腳，他不來噦鸞宮就天下太平了。可是夏天陣頭雨，來去都很快。一轉眼功夫日頭暘起來，樹頂的知了攢足了勁，愈發叫得震耳欲聾。

竹簾間隙篩進日光，一棱一棱照在地上，光影裡有細小的微塵浮動。音樓坐在那裡，隱約聽見有擊節聲傳來，心裡一驚，吩咐彤雲外頭看看，果然見門上小太監壓著膝頭跑到廊子底下傳話，聲音不甚大，但是聽得很清楚，說：「萬歲爺到了，請老祖宗準備準備，出來接駕吧！」

來得這樣快！音樓怔忡著站起身，彤雲進屋瞧了眼，她臉上沒什麼血色，嘴唇白得紙似的，這樣倒好，病西施的模樣，皇帝但凡有點人性也不忍心下手。

上來替她整了整掩鬢攙扶出去，音樓邁出門檻在廊下靜待，影壁後面出來一溜太監，她也未及細看，低頭下臺階跪拜，兩手趴著磚縫道：「奴婢音樓，恭迎聖駕。」

雨後的太陽威力未減，熱辣辣照在她背上，稍停留一會兒就覺燒灼生疼。皇帝的皂靴踏進她的視線，然後一隻手探過來，袖口挽著端正的一道素紗，掌心平攤，沒有絲毫僭越的地方，反而看出些細膩的溫情來，連聲音裡都含著笑，「妳身底子弱，禮到了就是了，快起來。」

音樓有些彷徨，看著那隻手猶豫不決。腦子裡千般想頭奔騰而過，猜測若是把手放上去，後頭是不是順帶著會衍生出別的什麼來？可是不領情又不行，皇帝給你臉，你敢叫皇帝下不來臺？她沒法子，伸手搭了下，很快便收回來，退到一旁謝了恩，欠身往臺階上引，「外頭這樣熱，萬歲爺仔細中了暑氣，快裡頭請。」

皇帝和顏的時候眉目裡有種難得的溫潤，那種平和沒有棱角的神情，不像個俯治天下的君王，卻像個受盡了榮華的貴公子。她這樣偈促，他也不覺得哪裡不好，只是一笑，提了袍角進殿去了。

登座看茶，見她在下首規矩站著，上下打量一番道：「氣色還是不好，別拘禮，來坐下。回頭傳太醫過宮裡瞧瞧，究竟什麼病症，拖了這樣久！是不是肖鐸伺候得不好？在南方沒叫人看嗎？」

她抬起眼說不，「肖廠臣盡心盡力的，傳東廠的醫官，又請當地的名醫把了脈，都說不出緣故來，只說體虛體寒，用了很多調節的藥不見好轉。萬歲爺別擔心奴婢，奴婢草芥子一樣的人，勞動聖躬就該萬死了。」

皇帝緩緩點頭，「想是到了北地扎根，回南方反而不適應了。我看了好些縣誌，南方近年動輒赤地千里，還有疫情，難保不是沾染了六邪。」吩咐御前總管太監崇茂道，「傳個口諭給王坦，讓他親自過來。要仔細地瞧，用藥也別苛減，只管上庫裡提去。」

那王坦是太醫院院使，正宗的一把手，歷來只給君王瞧病，這回破例讓他伺候一個太妃，實在是很大的臉面了。崇茂應個是，退到簾外發話去了。

音樓正要道謝，隱隱聽見兩聲狗吠，才想起來南下之前皇帝曾經答應送她一隻狗。又想起肖鐸那天彆扭的話，說她沒出息，一隻狗就勾了魂，現在想來真是五味雜陳。

轉頭往外看，穿飛魚服的內侍進來，到近前站定了，胳膊往前湊了湊，笑道：「娘娘您瞧，奴婢奉了主子旨意伺候狗爺。主子疼愛，一直叫養在養心殿裡，奴婢半點不敢怠慢的。今兒娘娘回來了，奴婢送狗爺物歸原主，向娘娘交差啦。」

音樓聽了覺得有意思，這些太監諂媚，連狗都冠上爺的名號了。再看那叭兒狗，還是半大，狗頭擱在他肘彎處，濕漉漉的黑鼻子，兩隻眼睛又大又亮。她伸手過去撫了撫，不呲牙很溫馴。再摸摸鼻樑，大概手上有糕餅的味道，牠扭過來順勢好一通舔，柔軟的舌頭，來回像墩布擦地。

音樓笑起來，淡淡的唇色還帶著病氣，歪在錦囊上，像一副水墨的仕女畫。皇帝心裡高興，對那太監道：「甭在娘娘跟前搖尾巴了，知道你圖什麼！崇茂，平川養狗有功，賞他一把金瓜子。」說著也去狗頭上捋了幾下，笑道，「惠王家產的那一窩，就數這隻最拔尖。妳瞧毛色好，頭大臉盤開闊，是朕精挑細選的，妳喜歡嗎？」

有點邀功的味道，音樓這才好好看了他一眼，抿嘴笑著點頭，「您費心，我謝謝您。我小時候家裡也養過狗，不是什麼名貴的種，是只土狗二板凳。我經常往廚裡偷偷拿東西餵牠，後來我母親嫌叫得煩心，讓人打死吃了肉。自那以後我就再沒動過養狗的心思，怕善始不得善終。」

皇帝說：「那是以前的事，眼下在宮裡，有王法的地方，誰敢打死妳的狗？妳只管養著，這狗通人性，比養蟲好。妳跟牠說話，牠還會歪著腦袋琢磨，很有意思的玩意。」

一隻狗也不值什麼，見她有了要抱的意思，平川趕緊遞過來，捏著嗓子叫留神，「狗爪子雖不及貓爪子，萬一勾著衣裳也不好。奴婢尋思著回去為牠做幾雙襪子，這麼的娘娘要抱也不顧忌。」

深宮寂寞難耐，養狗做伴也是個出路。音樓把這狗肚皮朝上，抱孩子似的仰天抱著，轉頭問：「叫什麼名字？」

平川道：「沒名字，等著娘娘給取呢！不過先頭為了招呼方便，奴婢和底下幾個猴崽子管它叫狗爺，也是應個急，不當真的。」

這個急應得好，瞧它搖頭晃腦的模樣，叫狗爺名副其實。音樓在那狗胸脯上抓撓幾下，吩咐彤雲說：「咱們替牠打扮打扮，鏈子不好，絞了毛怕牠疼得慌，去匣子裡挑個瑪瑙串子來給牠戴上。」說著嘖嘖逗弄，把貴客忘到後腦勺去了。

皇帝坐著有點心不在焉，咳嗽幾聲她也沒回頭看，便道：「妳還沒大安，狗這東西逗逗就行了，別一直抱著，對身子不好。」

她這才願意搭理他，「嗯」了聲道：「我省得。」再沒有其他了。

她和以前不大一樣，以前更跳脫些，不及現在沉穩。雖然他從來沒被熱絡地對待過，但這種刻意的疏離他也察覺得出來。他半帶譏誚地勾了下唇角，那笑容像瓦上的輕霜，被風一吹，轉瞬就淡了。

「消遣歸消遣，可別太當樁事。」他站起身道，「朕是來瞧瞧，瞧過就該走了。養心殿好些奏本堆在那裡，時候長了不辦耽誤事。妳好好將養，朕明兒再來看妳。」

她聽了把狗交給旁邊宮婢，起身一直送到門外，和聲勸諫道：「政務再忙，皇上也該小心身子。跟前那些人養著就是給主子分憂的，萬事都要您親力親為，那您太委屈了。逍遙是一輩子，勞碌也是一輩子，別虧待了您自己。累了就挑幾個信得過的人代辦，您也好釣釣魚賞賞花，鬆泛鬆泛。」

進完了言自己咂咂味，有那麼點奸妃的意思。突然想起來後宮不得過問政事的規矩，唬得忙抬頭看天顏。所幸皇帝似乎並沒有往那上想，背著手踱到了臺基上，笑道：「歷任皇帝都把批紅權交給司禮監，朕收回來才知道裡頭苦處。隔陣子，等肖鐸回來了再作計較吧！」一頭說，一頭走進了日光裡。

頭頂上有巨大的華蓋，滿世界晃眼的金色。他走出去幾步，將近影壁時回身看，她納福蹲著恭送，眼睫低垂，拒人於千里之外。

第六十五章　盡成舊慼

出得曦鸞門，剛上肩輿就瞥見夾道那頭有人翩翩而來。皇帝凝眉看過去，宮人撐著綢面傘，那傘面明明是一片水色，若描上花瓣或柳葉還在情理之中，但她們的不同，忽然飄來說不清的幾筆，像《山海經》話本上鬼怪出場時的煙霧，鐵畫銀鉤、糾結纏繞，橫掃過傘骨的大半邊。

皇帝工書法，對美有獨到的見解，看到這種不倫不類的布置如鯁在喉，讓太監們停下，待人走近了方道：「皇嫂的傘是哪裡出的？這布局新穎得很，沒見過。」

榮安皇后撤開了傘面向上納福，微訝著笑道：「我還當我是頭一個來串門子的，沒想到皇上來得比我還早。」話鋒一轉又道，「前兒有興致，從造辦處要來的白傘面，自己信筆畫的。我可不及皇上妙筆生花，胡亂兩下子叫皇上取笑了。」

皇帝原以為是匠作處的手筆，少不得要罵上幾句，後來一問是榮安皇后巧思，不便再說什麼了，只閒閒道：「皇嫂也來瞧端妃嗎？」

照理稱呼當稱全，叫端妃，誰知道是現任還是前任！不過說起來皇帝冊封的妃嬪裡沒有設這個封號，所以應當算不上口誤，沒準已經下了決心要把那太字去掉了吧！

榮安皇后笑應了個是，「我和端太妃同是先帝後宮的人，如今住得又近，可不要來看看麼！不過于尊手腳倒是快，才一個月不到就把人迎回來了，皇上接下去打算怎麼辦呢？」

皇帝勾著唇角哂笑，「皇嫂聰明人，這種事就不必問明了吧！于尊辦事朕是放心的，這奴才抓得住，肚子裡多少彎彎繞朕都知道。不像別人，要重用，還得防一著。」

榮安皇后搖著團扇頷首，「皇上聖明，那些奴才原就是貓兒狗兒一樣的，悶了拿來消遣，用不上了就裝進籠子裡。連命都是主子給的，怎麼能不盡心伺候著！不過菜不放在一個籃子裡，皇上自然懂得制衡的道理。于尊這人……」她緩緩搖頭，「還是小家子氣。我聽說貪得厲害，皇上手底下人，臉面也要緊。」

皇帝看著她，笑容裡帶著悲憫的味道，高高在上「嗯」了聲，「朕怎麼用人就不勞皇嫂費心了，皇嫂去瞧端妃朕也不攔著，只是她才從南邊回來，身子也不大好。皇嫂最體人意，替朕寬慰幾句，什麼話該說，皇嫂自有分寸的吧？」

榮安皇后咬著牙笑道：「那是自然，皇上這樣體恤，是端太妃上輩子的造化。」

皇帝轉過臉不再多說什麼，崇茂抬手擊掌，步輦穩穩往前去了。

「主子……」她身邊的女官低聲咕噥了句，「皇上怎麼有點翻臉不認人呢！」

她「哼」了聲道：「他要是重情義，也不會前腳上臺，後腳就把扶持他的人給打壓下去。肖鐸機關算盡有什麼用，棋差一招，搬起石頭砸了自己的腳，弄得現在丟盔棄甲，有意思嗎？」一時緘默下來，提起裙裾邁進了噦鸞門。

那廂音樓送走了皇帝才要歇下，門上又進來通傳，說喈鳳宮榮安皇后到了。她一聽大皺其眉，卻也無法，只得強打起精神應付。

榮安皇后自恃身分尊貴，沒有想像中的熱絡，在她面前依舊以大半個主子自居，就像那天夜裡送她回坤寧宮時一樣，她端著，淡淡的，坐在寶座上讓她伺候著喝茶，一面問她南下順利否，途中有什麼見聞。

音樓明白言多必失的道理，賠笑道：「娘娘知道的，東廠護送，番子人又多，我不方便拋頭露面。加上天熱，索性不出艙，吃穿都由曹春盎送進來，因此談見聞，還真是說不出來。」

榮安皇后掃了她一眼，「那多可惜的，外頭轉了這麼大一圈，什麼都沒見識到，還不如在紫禁城裡呢！」她把蔽膝鋪陳熨貼，又嗟嘆，「當初那麼多人，伴駕的伴駕，守陵的守陵，原以為這輩子也不能再有見面的一天了，沒承想裡頭還能有人回來。要說妳的運道，真是天底下最高的了，殉葬沒殉成，守陵也落了個半吊子，如今回宮來，不知道太后跟前是個什麼說頭。到底妳是先皇的宮眷，冠著太妃的銜兒，還是我這邊的人。進廟拜菩薩，回宮也得見人，不單是為禮數，也為以後好走動。妳捯飭捯飭，看時候皇太后的午覺該歇完了，我領妳過慈寧宮去。萬一上頭要發作，有我在，也好替妳打個圓場。」

先前閆蓀琅傳了皇帝的口諭，說叫她見禮暫緩，誰知道榮安皇后來了，立馬要帶她過去。人在這坐等，她總不能推辭，橫豎伸頭一刀縮頭也是一刀，躲在皇帝後頭，顯得她怕死似的。既然遵旨回宮，這世上沒有不透風的牆，恐怕沒進順貞門，消息就已經傳遍東西六宮了吧！

彤雲站在一旁聽了，又不好出言阻止，上來對榮安皇后蹲了個安，笑道：「娘娘請稍待，我們主子中晌才到的，叫人熬的藥還沒來，奴婢去催一催，等吃過了藥再去，就是耽擱一會兒也不礙的。」

榮安皇后這才轉過臉來瞧音樓，「怎麼？身上不好？是什麼病症吶？」音樓照原樣說了一遍，她長長唔了聲，「這種說不清來頭的病最難料理，只有靠調息了。先帝在世時纏綿病榻，我也讀過兩天醫書，女人的身子屬陰，歸根結底還在經血上，只要運行得順暢，沒有養不回來的。」對彤雲擺了擺手叫去，自己摘下鈕子上掛的十八子手串來盤弄。一眼看見她腕上的佳楠珠子，馨馨然笑起來，「妹妹也信佛？」

音樓低頭在珠串上撫了撫，這是那天逛夜市肖鐸送她的，不知道是哪個年代傳下來的，珠面包了漿，有些年頭的老物件了。她含笑應道：「家裡人給的，當初開玩笑讓我念佛煞性兒，我原來也當是佛珠，後來叫人看了，沒有佛頭塔，只能算手串子。再說念佛要心誠，說句打嘴的話，我對神佛那套本來就將信將疑，幾回想靜下心來也不成，索性拋下了。」

榮安皇后聽她一口京片子，奇道：「我記得妳祖籍是杭州的，這口官話是進京才學的？」

她說不是，「我娘是北京人，後來跟著我父親去了浙江，我自小是她帶的，所以進宮說官話也不顯得生疏。」

彤雲本想借著她主子身上不好搪塞過去，結果人家榮安皇后不為所動，也沒辦法了，只得把藥端了進來。

音樓想早早打發人，不像平時那樣嫌苦了，直著嗓子灌進去，底下人伺候漱了口，便起身道：「叫娘娘久等，不好意思的……咱們這會子就過去吧！我心裡也懸著，要是有哪裡不周全的，還請娘娘幫襯我。」

榮安皇后沒言聲，不過一笑，扭身離了座上廊下去了。

天熱，是乾乾的那種熱氣，前頭下的雨似乎沒起什麼作用，被太陽熾烤一陣兒風過無痕。本來以為沉悶的午後時光難捱，各宮娘娘們怕熱，都躲在寢宮裡不露頭了，其實不是。進慈寧宮門檻時聽見裡頭笑聲，說什麼大奶奶生孩子請宴、老姑奶奶六十大壽演《鎖麟囊》，全是家長裡短的事，你一言我一語，人還不少。

音樓心裡倒沒什麼不自在的，她是光腳的不怕穿鞋的，做過最壞的打算，如果皇太后瞧她不順眼，申斥幾句罰進冷宮去倒是好出路，只要不挨板子，她都認了。不過恐怕不遂人願，皇帝費了周章弄進來的，打狗不得看主人嘛！太后不是皇帝的親娘，也怕母子鬧生分。

腦子裡亂哄哄琢磨著，慈寧宮管事的出來引路，她忙斂了神進明間，人都在配殿裡打茶圍，外間一掀膛簾子，裡邊立刻就沒了聲息。她低頭跟榮安皇后進去，分明覺得氣氛有點僵。怎麼說呢，面見太后倒沒什麼彆扭，要緊是底下這群嬪妃。平輩裡，各自的男人都是做皇帝的，一個龍御了，一個日正當空，不管是她還是榮安皇后，都有些寄人籬下的感覺。喈鳳宮和噦鸞宮的人，本來就是這怏怏大內的異類。

「給太后老佛爺請安。」榮安皇后納個福，往後一指道，「這就是上回我同您提起的步氏，今兒回宮的，帶來給老佛爺見見。」

音樓跪下來磕頭，只聽見四圍坐著的人竊竊私語，無非是把她殉葬後的奇事兜底兒又翻炒了一遍。

皇太后上下打量了一通，忖著她的顏色不很驚人，狐顏媚主這一條倒當不上了，便倚著肘墊道：「可憐見的，也算遭了大罪，上了吊又活過來，以前只在大鼓書裡聽說過，沒見過真的。」想起來要沒皇帝看上這一齣，死了就死了，哪能還陽呢！到底是爺們兒背手使了手段，大夥心裡知道，不過面上幫著掩一掩罷了。使眼色叫左右把她攙起來，「這麼福厚的人是當尊養，皇帝把人接回來，我看是對的。」又嘬嘴思量了下，「先帝殯天，我只管傷心，也沒照料前頭的事。上回問裘安，說搬了徽號，論理不當的，誰也沒想到這齣，就不做那麼多講究了。往後就按太妃的例，皇后那裡照應著點，總是先帝留下來的人，也不容易。」

太后這麼指派，大家沒處可反駁，按著輩分說來還是嫂子，就是對現任的皇后也不需行磕頭的大禮。音樓謝了太后的恩又給皇后納福，太后賜了座，也就隨分入常了。

中秋將至，眾人的話題又轉到過節上來，皇后道：「照理說先帝才駕崩不久，宮裡擺宴不該大辦的，皇上的意思是老佛爺心神不好，為這事鬱結了好幾個月，借著中秋讓老佛爺高興高興。半月前傳令內務府叫購置菊花，昨兒全進京了，各式種類上萬盆，什麼湧泉、銀針、金繡球……好些名目我也叫不上來，到那天都布置上，老佛爺和皇嫂賞月賞菊也開開懷。」

榮安皇后笑應了，慢條斯理道：「今年還請宮外至親進來聚嗎？要是照往年的慣例，前後宮門有陣子得大開著，今年是不是忌諱些？人太多，叫錦衣衛謹慎辦差，來往的人要盤查清楚了，大夥圖個心安。咱們在深宮裡待著，不知道外頭局勢，四九城一到夜裡關門閉戶，都兩三個月了，鬧得人心惶惶的，節也過不踏實。」

皇太后起先歪著，聽了撐起身來，駭然道：「還是為了那個殺了幾十口子，連魚也掐死的案子？這都多久了，到這會子還沒辦妥？刑部和都察院是幹什麼吃的？皇帝才登基，不能還百姓一個安穩，市井裡回頭看有話可說了！」

榮安皇后忙道：「這事不怨刑部和都察院，案子交給西廠辦的，是那頭辦事不得力。」

太后是有了歲數的人，說起這種精怪的事渾身寒毛乍立，當即虎著臉道：「我就曉得，才創立了幾個月的衙門，能靠得住才奇了！要論辦案子，還是東廠那幫老人好，手上經歷得多，是釘是鉚提溜起來一瞧就知道。皇帝是和誰置氣嗎？把肖鐸派到外頭去談什麼綢緞買賣！這種事戶部調個人就成的，偏叫他！算算時候也有兩個月了，多早晚回來？還是他在叫人放心，皇后也勸諫皇帝，立威是一宗，太平才是最要緊的。西廠辦不了，何不交給東廠？趕在八月十五前拿住賊人，讓百姓痛快過個節，那才是造福萬民的大好事！」

太后發了話，皇后只得喏喏答應。音樓在下面靜靜坐著，聽見他的名字從別人嘴裡說出來，有點恍如隔世的感覺。從那天登船起到現在，分開有二十多天了，不知道他差事辦得怎麼樣了、南苑王還有沒有威脅他、夜深人靜的時候他是否惦念她、會不會怨怪她心狠，再也不想見到她……她又隱隱燃起希望，聽太后的意思要急招他回京辦案子主持中秋宴，這樣真好，她也不再想著長相廝守了，遠遠看一眼就夠了。人到了沒有指望的時候果然懂得退而求其次，只是這種頓悟是走投無路下的妥協，實在叫人難過。

「為什麼仵作驗不出傷呢，因為狐妖把蘆葦插進人耳朵裡吸腦子，書上就是這麼說的。」

她胡思亂想的當口聽見邊上一個聲音說，轉過頭看，那是一張年輕秀美的臉，有海子一樣清澈透亮的眼睛，和她視線相撞，低聲笑道：「我見過妳，那天夜市上，和他在一起的就是妳。」

第六十六章　花自飄零

音樓嚇了一跳，正正臉色道：「長公主認錯人了，我沒去過什麼夜市。」

合德帝姬輕輕「嗯」了聲，「妳別怕，我不會和別人說的。他南下那麼久，也沒給我寫過信，妳一直和他在一起，他好嗎？」

音樓覺得有點奇怪，上次在外面看見他嚇得大氣不敢喘，背後卻還打聽他，不知道他們之間有什麼淵源。她拿團扇遮住嘴，悄聲道：「我離開南京的時候他一切都好，後來怎麼樣我就不知道了。這不是太后要招他回來嗎，想是用不了多少時候了吧！」

帝姬有點惘惘的，「倒也是，只是他提督東廠後就不怎麼和我來往了……」像是發現了新玩伴，笑道，「回頭散了咱們花園裡逛逛去，說說話，可好？」

宮裡人心隔肚皮是不假，但也用不著刺蝟似的胡亂扎人，能結交幾個朋友總是好的。帝姬是皇帝的妹子，和那些妃嬪不一樣，沒有利害衝突的人，相談甚歡是可以交心的。音樓抿嘴笑著點頭，各自沉默下來，耐心等著上頭叫散。

閒話說了有陣子，太后又招待大家吃了冰碗子，吃完抹嘴跪安，眾人紛紛退出了慈寧宮。

慈寧宮南邊有個小花園子，叫慈寧宮花園。這皇宮雖說大，消遣的地方其實有限，也就南北兩座花園和斷虹橋十八槐那裡還常走動。帝姬知道她身子不大好，就近指了咸若亭，讓人先去布置，兩個人攜手出了宮門，後面榮安皇后趕上來，笑問：「姐兒倆是要去逛嗎？端太妃不回噦鸞宮？」

音樓還沒來得及沒說話，帝姬嘟囔了句：「皇嫂要做晚課，就不拉您一道了。眼看著太陽要落山的，叫菩薩等著多不好。」言罷拉起音樓的手就進了長信門。

音樓回頭看，榮安皇后一張臉五彩繽紛，唬得她趕緊調開了視線，低聲道：「長公主怎麼同娘娘這麼說話呢！惹得她不高興了，下回見面尷尬。」

合德帝姬不以為然，「我就是不喜歡她，這宮裡已經不是她說了算了，她還到處瞎摻和什麼？」請音樓上亭子裡坐下，和顏道，「按著位分我也該管妳叫嫂子，可宮裡是這樣的，除了正宮一概不算數。叫封號又顯得生疏，還是叫名字親切。我打聽過妳，知道妳叫音樓，往後妳就叫我婉婉，咱們不分妳我。」

她遲疑地看她一眼，無緣無故的恨叫人納罕，無緣無故的愛也讓人不敢領受，「長公主這份盛情……」

她盈盈笑道：「妳在他身邊待了那麼久，還能全須全尾回來，說明他並不討厭妳。就衝著他願意帶妳去夜市，瞧得出他很待見妳。既然是他待見的，我自然要高看兩眼。」

看來還是仗著肖鐸的牌頭，音樓笑道：「長公主和肖廠臣交情很深嗎？」

她聽了低下頭，文細的眉心籠上了薄薄的哀愁，緩聲道：「我那時候還小，他在我宮裡做過管事。這個人看著和氣，其實脾氣不大好，說一不二，我都有些怕他。可是他心地不壞，我要是受了什麼委屈，他會想盡辦法替我出氣，他對於我來說亦師亦友，很難得。」她牽著袖子提吊子替她斟茶，又道，「我剛才說討厭榮安皇后，有我自己的道理。她幾次三番在太后和皇上面前說要給我做媒，想讓我出降到她趙家。我心裡不樂意得很，可是單憑自己能力不夠，我怕太后被她說動了，萬一真把我指給趙家，那我怎麼辦呢？所以盼著廠臣快回來，回來我就有依仗了，他是神通廣大的人，一定有法子救我。」

每個人都覺得他能隻手遮天，可是有幾個人知道他的無能為力呢！音樓嘆口氣道：「沒打發人好好探探嗎？萬一趙家那個小公子可行，豈不是白錯過了好姻緣？」

她搖頭說必定不成就的，「廠臣走前大約是得到什麼消息的，囑咐我哪裡都別去，不管誰邀約都要推辭掉，我料著他也不中意那個趙還止。只要他不點頭，再好的人家我也不會嫁。」

音樓心裡直打鼓，想起南苑王意圖尚公主的事，按捺住了問：「他說合適妳就嫁，長公主這樣信得過他？」

帝姬帶著笑，語氣婉轉卻堅定：「人這一輩子總該有一個能夠信得過的人，我知道廠臣不會害我的。」

帝王家出身的人，舉手投足間有種清華氣象。合德帝姬卻不大一樣，溫婉的面貌下彷彿隱藏著某樣驚人的力量，實在難以琢磨。不知怎麼，音樓有點替她難過。南苑王一步一步逼迫肖鐸，尚公主這事早晚要提起的，就是猜不透到時候肖鐸怎麼安排。帝姬是個簡單的姑娘，她的世界只有美和醜，只要肖鐸讓她嫁，她可能毫不猶豫就答應了吧！

「如果皇上明天頒旨讓廠臣回來，路上走半個月，料著八月頭上就能到京城了。」她右手纖細的手指捏著一盞菊瓣翡翠茶盅，手背撐著下頜，慢慢轉過臉去看夕陽，美好的側影，畫筆難描繪其神韻之萬一。漸漸嘴角揚起來，她說，「其實我年紀也不小了，的確到了談婚論嫁的時候，可是我也說不清為什麼，就是不想嫁人。嫁了人得離開紫禁城，在外面建公主府，廠臣又不能跟我過去，我自己當家管事，怕沒這個能耐。」

她很依賴肖鐸，音樓也看出來了。少女情懷才剛萌芽，也許還混雜了一點無法言說的愛慕。有的人就是有這種魔力，去得再遠，想起他時臉上會浮起微笑。彼時她還不知道那個大祕密，就算他是真太監也照樣魂牽夢縈。就像中了邪，一頭扎進去出不來，帝姬應該也是這樣的感覺吧！

真是好笑，兩個人思念同一個男人，不起衝突，相安無事，這算什麼？她低頭看盞中茶葉，那君山銀針半懸在澄黃的茶水中，搖一搖，飄飄蕩蕩，屹立不倒。

半晌帝姬道：「妳這次回來，我聽說是皇上欽點的，這麼說是想充妳入後宮嗎？」

是人都看出來了，她苦笑了下，「朝臣和言官們，這回為什麼都不吭聲？」

「因為事情是東廠承辦的，沒人尋這晦氣。」帝姬笑著搖頭，「果然名聲太壞了鬼見愁，好些人都敢怒不敢言。現在的朝廷，文官貪錢武將怕死，仗義直言的良臣已經沒有了。我想皇上應當會重新冊封妳吧！噦鸞宮也是暫住，和榮安皇后做街坊，沒的把人弄傻了。」

音樓笑著周旋了幾句，天色漸暗，再過會子就要下鑰，也該回去了。

兩人寢宮不在一個方向，出花園就分了道。傍晚暑氣消退了，彤雲攙著音樓慢慢往回走，過隆宗門的時候遇上平川，那猴崽子咧嘴笑得滿口牙，上來呵腰道：「娘娘可出來了，奴婢在這等半天了。」

「有事？」音樓左右看看沒旁的人，不知道他打什麼主意。

平川道：「給娘娘道喜啦！主子爺發了話，今兒晚間過噦鸞宮，排膳也在那頭。奴婢先給娘娘通個氣，娘娘回去好有準備。宮裡娘娘們都這樣的，事先安排好，花些巧心思在小地方，回頭主子高興了，娘娘也得利。」

對別人來說是好事，對她來說卻是大禍臨頭了。她慌張得沒了主意，問平川：「這意思……是要走宮？」

平川小眼睛一斜，「這奴婢可不敢下定論，橫豎用膳是在噦鸞宮，後頭怎麼樣，奴婢長了幾個腦袋也不敢妄揣聖意。不過您想啊，您是太妃，明著背宮是不成的，萬歲爺想來往，也只有走宮一條道了。」

簡直晴天霹靂，這麼快，誰也沒想到。彤雲眼看她主子站不穩，忙一把拗起她的胳膊架住了，從懷裡摸塊碎銀子塞過去，笑道：「咱們主子年輕臉皮薄，這麼直愣愣的可嚇著她了。謝謝您報信，這錢拿著買茶喝，咱們這就回去布置了。」說完趕緊半扶半攙進了夾道。

這個消息於音樓來說是天塌了，回到噦鸞宮也不多話，踱步慢慢騰挪，緊咬著牙關道：「這是要把人往死路上逼了。」

彤雲看她那樣子心裡也亂了，壓著聲說：「主子，您別唬我。咱們回宮前也說起過這事，皇上御幸總是難免的，您自己也看開了的，這會兒怎麼又成這模樣了？」

彤雲不懂，說的時候是一齣，真輪在上頭了，又是另一種況味。她沒羞沒臊和肖鐸糾纏，那是相愛的兩個人，他就算把她吃進肚子裡她也甘願。可換了個人，不一樣的形容舉動，甚至連氣味都是不一樣的，她覺得怕。她和肖鐸最後雖沒到那一步，她心裡拿他當自己的男人，要是承了帝幸，她對不起他，連遠遠看他的資格都沒了。

可是她不傻，皇帝火急火燎把她弄回來，火急火燎當天就要見真章，是不是察覺了什麼，對肖鐸起了疑心，著急要驗證？自己抵死不從明擺著不打自招，要消除他的疑慮，只有打落牙齒和血吞。

到了這種舉步維艱的境地，似乎沒有別的出路了。不說肖鐸遠在南京，就算他人在京城，恐怕對這事也無能為力。要推諉總有藉口，說身上見了紅，男人避諱這個，絕不會對妳下手。但是這樣保得住幾天？叫人說起來點妳的卯就來事，還是裡頭還是有貓膩！

她抬眼看房梁上，藻井是海曼花卉的，邊上椽子一色的透雕嵌雕，裝飾著鶴鹿回春和二十四孝圖……

彤雲見她眼神不對忙上來斷喝，「呸呸，作死的要來勾人嗎？滾得遠遠的！」一把把她拉到寶座上坐定了，連著搖晃了好幾下叫她醒神。老話裡常說，那些屈死的陰靈要投胎得拉人墊背，紫禁城裡旁的不多，吊死的最多。遇著點溝溝坎坎就想著往房梁上看，那是鬼在勾人魂魄，引誘妳給她做替身。眼見著天暗下來，這眼神可叫人頭皮發麻。她在旁勸諫著，「心思別往窄了去，咱們再想法子。您看上頭幹什麼？懸在那頂什麼用，皇上照舊為難肖掌印。」

音樓低頭囁嚅：「我不怕妳笑話，這身子就想留給他。」

彤雲為難道：「奴婢跟了您這麼長時候，您心裡想什麼我都明白。您是一顆心付與誰，此生就無二志了，這樣真傻，可我還就覺得您這麼局氣才是條漢子！」

她轉過臉來苦笑，「我琢磨過了，這回我不能躲，躲了授人以柄，對他怕是不好。既然沒別的法子，我就侍寢吧！伺候一回也算對得住皇上早前的救命之恩了，然後……拖上三兩個月的，再死也牽扯不上他了。」

彤雲聽得發瘆，「您這是一心不想活了？活著也不單為那些情情愛愛的東西呀！」

「我還為什麼？」她紅著眼眶說，「和家裡鬧成了這樣，我從來都是一個人。後來遇見他，知道不應該，可架不住想湊對兒做伴。」

彤雲看她真可憐，什麼湊對兒做伴，弄得宮女找對食一樣。自古有義奴，自己這種貼身伺候主子的宮人出宮無望，反正是這麼回事了，自己橫下一條心來，好歹成全了她。左右看看無人，抓著她的手說：「奴婢知道您的苦處，您和肖掌印要死要活的折騰，我心裡不是滋味。眼下有條路，娘娘願不願意聽我指派？」

這丫頭鬼點子多，音樓知道她腦子活，點頭道：「我聽，妳說怎麼辦？」

她運了好幾回氣，手上越抓越緊，「過會子皇上來用膳，您下死勁灌他，把他灌得迷迷糊糊的您就出去，後頭的事您別管，交給奴婢來辦。」

音樓一聽嚇得三魂七魄都飛了，「妳別不是要弒君吧！」

「哪能呢！」她打著哈哈擺手，「您家裡和您不親，我還想著鄉下老子娘呢！闖了禍，叫一家子跟著掉腦袋嗎？」

「那妳怎麼打算？」音樓覺得沒底，心裡不大踏實，「妳什麼想法得告訴我，我搭把手也好啊！」

「到時候我再囑咐您，您先沉住氣，好好伺候別叫人起疑。您不是要把身子留給肖掌印嗎？」她把她鬢邊垂落的髮順到耳朵後頭，鏗鏘道，「奴婢一定幫您想法子。這麼的您就能好好活下去了，我也彌補彌補上回害您中毒的過失。」

第六十七章　芳草迷途

音樓一直覺得彤雲腦子比自己好使，她既然有了主意，自己就摸著主心骨了，一切行動全照她的指派來。

皇帝裝了那麼久的正人君子，小宴後半截的時候劍走偏鋒，也許真是喝高了，大著舌頭拉住她的手說：「其實朕登上這寶座，有一半是為了妳。朕不是個有野心的人，打小人嫌狗不待見。皇父瞧不上，總師傅也不拿朕當回事，在上書房讀書，朕只能坐在最後一排。朕就這麼缺斤短兩地長大……後來開衙建府，總算有了自己的地盤。皇帝換成了我皇兄，我沒被外放就藩，瞧著是天家骨肉親情，其實還不是怕我在外頭圖謀造反！這回好，留下我，留出禍來了……」他比出個手刀唰唰砍了幾下，「宰了他那隻小崽子，老子自己稱王……」

音樓心裡踏實下來，連這種話都說，證明他是真醉了。保險起見再添上一杯酒往他嘴裡灌，「我主英明神武！今兒高興，多喝幾盅也不礙的。」

他迷濛著兩眼看她，「沒錯，今兒是高興……妳從南邊回來了，朕連早朝都沒上好。」她穿著便袍，袖口闊大，他伸手一焯就探到肘彎那裡去了，在那片凍乳一樣的皮膚上盡興地撫，喃喃道，「洞房花燭夜，金榜題名時……」

音樓被他摸得渾身起粟，索性上去攙他，在他耳邊媚聲道：「萬歲爺乏了，御前送了起坐的褥子來，都歸置妥帖了，奴婢扶您過去歇著。」

他手不老實，在她頸間胸口亂竄，她沒法子，只有咬牙忍著。好不容易到了床上，男人份的量重，幾乎是垂直砸了下去，他一手勾住她，直接壓在了身下。

他喝了太多的酒，酒氣薰人。明明是天底下最尊貴的男人，靠近了卻令她不適。她心慌意亂，他力氣那麼大，簡直讓人招架不住。密密的吻席捲過來，音樓欲哭無淚，好不容易搶出了嘴，勉強嗔道：「皇上好不體人意，總要先容奴婢洗漱洗漱。才剛幫著看菜來著，這一身味，怎麼好意思伺候皇上。」一邊說邊掙出來，憋了一嗓子鶯聲燕語，「主子等著我，一會兒就回來。」

閃身出了簾子，到外間的時候兩條腿還在哆嗦。找彤雲也不在，正慌得不知怎麼好，梢間的菱花隔扇門打開了，幽幽一股香氣擴散開，定睛看，彤雲穿著她的海棠春睡輕羅紗衣從明間那頭過來，曼妙的身姿在罩紗下若隱若現，音樓才發現這丫頭原來那麼好看！

可她這是要幹什麼？打扮得這樣，是打算替她嗎？這怎麼行！她迎上去，低聲道：「妳瘋了，這就是妳的好主意？」

彤雲在她手上用力握了下，「沒別的法子了，就這一回！然後您就稱病，或是說來月事，拖到肖掌印回來再做打算。奴婢不值什麼，埋在這深宮裡也是這麼回事，橫豎沒人在乎我是不是乾淨身子，我也用不著對誰交代。您不同，您有愛的人，不為自己也為他。奴婢羨慕您，能轟轟烈烈為自己活一次。我這輩子是無望了，就指著您好！」

音樓能感覺到她鎮定掩飾下顫抖的身軀，為了保全自己毀了她？她幹不出這樣的事來！

她拉著臉說不成，「妳這法子不可行，宮女自薦枕席是什麼罪過，不用我說妳也知道，我不能拿妳的性命開玩笑。」

「我進去把燈吹了，皇上不發現就沒人知道。來不及了，您也別和我爭，不把您扶持好，我往後怎麼仗著您的牌頭耀武揚威？」她含淚笑道，「又不是上斷頭臺，怕什麼？您踏踏實實在梢間等我，等四更梆子響了咱們再換回來。我托您的福，也做回女人，要不守著身子到死，白來人間走一遭。」音樓再要說話，她把手指壓在她唇上，輕聲說「我去了」，回身進了配殿，輕輕把門掩上了。

彤雲膽兒太大了，她早有準備，似乎就在一瞬，想阻止都來不及，眼看著她衣角翩翩消失在門後。音樓站在那裡發愣，腦子一時清醒一時糊塗，突然暈眩起來，腳下站不住，跌坐在重蓮團花地毯上。

殿裡的蠟燭果然熄滅了，她怔怔盯著門上的龜背錦槅心，覺得自己罪孽深重，死了恐怕要下十八層地獄了。彤雲真倒楣，跟了她這個沒用的主子，沒讓她過上一天橫行霸道的日子，現在還要為她這點可悲的兒女私情葬送清白，往後叫她拿什麼臉去面對她？所幸皇帝來噦鸞宮的排場和別處不一樣，沒有候著叫點的太監，也沒有敬事房拿本子記檔。闔宮的人都打發了，偌大的殿宇靜悄悄的，只有案頭蓮花更漏發出滴答的聲響。

她渾渾噩噩退回梢間裡，倒在榻上看窗外的月，細得游絲樣的一縷，堪堪掛在殿頂飛揚的簷角上。她開始懷疑，自己這麼死心眼到底值不值得。一個好好的彤雲為她犧牲了，肖鐸呢，在南京穩妥得很，恐怕真的是恨透了她吧！還不回來嗎？如果這回的事穿了幫，等他到京城，恐怕她和彤雲都停在吉安所了。

也不知道過了多久，朦朧間睡著了，聽見門臼吱扭，猛地警醒過來。起身看，彤雲搖晃著邁進門檻，她上去攙她，小心翼翼問她還好麼，她似哭似笑看了她一眼，「不太好，有點疼啊！男人心真狠！」

她說得盡可能輕鬆，音樓的眼淚卻簌簌落下來，「我對不住妳，讓妳吃這樣的暗虧。開了臉又不能討利市，還得瞞著人，實在太委屈妳了。」

她咧嘴道：「利市您賞我就行了，我看上您那套纏絲嵌三寶的頭面，一直沒敢開口呢！」彎腰坐下，又一通吸冷氣，「哎喲要了命，這是木樁子楔進肉裡，疼死我了。」一頭說一頭把身上衣裳脫了下來，招呼她，「您快換上，趕緊過去吧！我料著時候差不多，寅時三刻該起身準備上朝的。不過皇上要是想再來一回……您就裝疼，疼得要死要活的，千萬不能答應。」

事已至此也是走投無路了，總不能功虧一簣的，音樓換上紗衣，悄悄潛回了配殿裡。簷下的風燈照進微微的亮，皇帝背對著帳門，身上搭黃綾薄被，露出肩背白晃晃的皮肉。她吸了口氣登上腳踏，在他身側躺下來。北京的後半夜有點涼，看他半個身子裸在外面，替他把被子往上扽了扽。

這麼一來把他鬧醒了，他翻身過來攬她，嗓音裡夾著混沌，咕噥道：「才剛出去了？什麼時辰了？」

音樓嚇得不敢動彈，唔了聲說：「才三更，還早呢，再睡會兒。」

他把臉埋在她頸窩裡，夢囈似的喃喃：「朕很高興，明兒和皇后商議，晉妳的位分。」

她大大地心虛起來，怕深談把他的瞌睡趕跑了，真像彤雲說的那樣再來一趟，那可怎麼抵擋！便含糊道：「奴婢睏得厲害，明兒再說吧！」

他只當她害臊，笑道：「妳身上不好還伺候朕，難為妳了。」

她背過身去不說話，他也不生氣，靠過去一點，把手放在那飽滿的胸乳上。

五更起身她沒有相送，臥在床上磕頭。皇帝一向有憐香惜玉的心，提著龍袍的袍角登床來看她，坐在床沿撫她的臉，「妳好好將養，讓太醫來請個脈，昨兒夜裡傷了元氣，吃幾劑補藥就回來了。朕原想不聲張的，可又怕委屈了妳。還是讓敬事房把檔記上，不能讓妳白擔了虛名。該有的賞賚一樣不能少，等著吧，回頭給妳恩旨。」

音樓不知道說什麼好，想推辭，皇帝壓根不等她張嘴，逕自讓人伺候著出去了。

「皇上留宿沒避人，一覺睡到大天亮，這會兒紫禁城裡怕是沒誰不知道的了。他說得也沒錯，您不能枉擔了虛名，否則宮裡上下都得笑話您。晉位就晉位吧，肖掌印要是和您一條心，別說您沒侍寢，就是真讓萬歲爺翻了牌子，他也不該怪罪您。」彤雲坐在荼蘼架下分析得頭頭是道，兜了一圈話又說回來，「不過他這人吧，講理的時候講理，不講理的時候也難辦。反正您別強脖子，他要是和您鬧，您把實情告訴他，請他想想法子。皇上不是就圖個新鮮嗎，勁一過就忘了。譬如尋摸幾個絕世美女送進宮來，往養心殿一塞，皇上有了新玩意，別說您這頭，恐怕連奉天殿上朝都忘了。到時候批紅還得落在肖掌印手裡，皇上忙找樂子，肖掌印忙攬權，各忙各的相安無事。」

這丫頭該多大的心啊，能夠說得這麼事不關己。音樓巴巴兒看著她，「妳往後可怎麼辦？女孩家遇著這樣的事，我知道妳比死還難受。」

彤雲笑了笑，「我不難受，對我來說真沒什麼，只要您好好的，別尋死覓活的，我怎麼著都認了。我自己沒出息不打緊，主子有了體面我也跟著榮耀。再說那位畢竟是皇帝，又不是市井裡的泥腳杆子，我也不吃虧。我以前跟主子，跟誰誰嫌我，我明明是關二爺轉世，那些有眼無珠的愣沒認出來！等下回我得上咸安宮轉轉，裡頭有我伺候過的兩位主子，還有跟前那些欺負過我的親信們，我讓她們瞧瞧，我是娘娘身邊女官，我在外頭橫著走，她們只能關在佛堂裡吃齋念佛守一輩子孝！」

音樓知道她在安慰自己，越是這麼她越難受，「做奴婢就是橫著走也不體面，自己要能晉位才好。我得想個法子，早晚把實情告訴皇上，那些賞賚和封號都該是妳的，我占著算怎麼回事呢！」

彤雲嗤地一笑，「我的主子，您別傻了！從古到今後宮被皇帝臨幸過的宮女有多少啊，要是全受封晉位，那還不亂了套了！我聽說老輩兒裡宮人更苦，沒賞賜不說，主子知道了罵狐狸精勾引萬歲爺，還要挖眼睛打斷腿。和她們比比，我可強多了。」

她說得輕巧，還是自己給自己找退路。音樓心裡都明白，這上頭虧欠，別樣上得好好補償她。反正她們兩個臭皮匠，合起夥來偷梁換柱糊弄過去了。

皇帝金口玉言，說出口的話就一定會辦到。中晌的時候坤寧宮的懿旨來了，除了例行的賞賜，還把她端太妃裡的太字去掉，不管她樂不樂意，打今兒起，她就正式成了明治皇帝後宮的一員。

不過說到底算是收繼婚，不像正牌的妃嬪們說得響嘴，不管皇帝給多大的臉，到她宮裡來道喜的，除了合德帝姬就沒別人了。這樣正好，她也落個清靜。皇太后那裡的晨昏定省告假缺席了，不來不去大家都高興。帝姬隔三差五串門，帶來些各處搜羅的消息，告訴她皇帝是如何力排眾議冊封的她，皇后是如何勸說皇帝暫緩讓她移宮，太后又是如何下令懲治不讓謠言流傳……總之那些東西對她來說無關痛癢，她倚著竹枕聽，帝姬的嗓音像涓涓細流流過耳畔，因為心在別處，所以她心不在焉。

「皇上已經下令了，命肖廠臣接旨後即刻回京。」帝姬的語氣變得雀躍，「據說是叫快，要很快地回來。從南京到北京，走陸路十幾天就到了。只是天熱，我覺得可以早晚和夜裡趕路，白天找驛站休息，這樣才不至於中暑。」

音樓心裡暗生歡喜，又夾著一絲說不清的惆悵。如果他現在就出現，她卻不知道自己有沒有膽量面對他了。

「夜裡趕路不方便，小道枯樹斷枝多，趼著了馬怎麼好？」她笑道，「他這麼矯情的人，又該罵罵咧咧抱怨了。」

這話換作旁人聽了少不得要起疑，帝姬是單純的人，她的歡樂在於慶幸遇見了知音，撫掌道：「這話不錯，原來不止我一個人覺得他矯情。他講究起來簡直像個女人，肚子裡又疙瘩，又不好相處。總算他有能力，宮裡的人包括太后，說起他都很信得過……」

音樓悄悄叫彤雲拿珠線來做盤長結了，每天編一朵祥雲，連著編上十五天，一個小扇墜做成，他也就回來了。

第六十八章　無言自愁

城裡的狐妖案鬧得不成話，人死了一撥又一撥，越傳越玄乎。到最後像變戲法似的，同個時間多個地點出現，露臉就殺人，一夜能殺七八個。

皇帝在乾清宮大發雷霆，拍桌子罵于尊，「當初設立西廠，你胸膛捶得放悶炮似的，張嘴拚盡全力報答主子恩情，現在怎麼樣？瞧瞧外頭這份亂，這就是朕治下的大鄴江山？隆化年間的金鼎案前後死了多少人？你那宗狐妖案，前後又是多少人？」他伸出一根手指頭來，「整整一百了，你這西廠提督，除了會半夜敲門，還會什麼？」

于尊跪在地上磕頭，「主子息怒，臣要回的也正是這事。主子想想，這案子頭前兒不是這樣的，越往後頭端倪越多，一會兒在城南，一會兒在城北，要不是真有妖術，那就是一夥。」

「廢話！瞎子都看出來的事，要你說？」皇帝氣得來回踱步，「法也作了，控也布了，你倒是揪根狐毛來叫朕瞧瞧啊！你這廢物點心，辦事不力你還有臉見朕！今早噦鸞宮裡傳話來，昨兒半夜端妃起夜，看見窗戶外頭有個人影子飄過去，嚇離了魂，這會兒還在床上不省人事呢！狐妖進都進大內來了，你瞧你辦的好差！」說到恨處一腳踢了過去，「朝裡多少大臣匿名參奏你，你知不知道？朕還指著你制衡，制你個蓬頭鬼！你光知道聽人夫妻炕頭說悄悄話了，正事一點不幹，你知罪不知罪？」

于尊一個西廠提督給踢得滿地打滾實在不好看相，崇茂趨著身子上來回話，「萬歲爺，才剛有消息傳進宮，說肖鐸打南邊回來了。」

皇帝聽了一喜，「也就十來天功夫，腳程這麼快？那怎麼不進宮來覆旨？」

崇茂說：「到了府裡就撂下了，說是中了暑氣起不來了，太醫去了好幾撥，斷下來直晃腦袋，估摸一時半會兒緩不過來。」

皇帝背著手仰脖子看藻井，好好的，進了京就躺倒了，連旨意都不能覆，看來是他肖鐸心裡不痛快，有意做臉子拿喬吧！不甘心收走了批紅的權，一看朝廷還有重用西廠的意思，如今西廠解決不了要他出面，就裝病站乾岸，恐怕還有股子要他上門去請的意思。皇帝倒也想得開，這是造福萬民的事，低個頭就低個頭吧！當天傍晚就去了提督府。

說是起復東廠，其實也算不上，東廠本來就沒閒著，只不過頭兒袖手旁觀，底下人也敷衍了事罷了。皇帝知道這回見面必須要做出些讓步的，對病榻上的人好言慰問了幾句，表示廠臣乃國之棟梁，不論風雲如何變幻，東廠在大鄴的地位是任何人都動搖不了的。

病榻上的人一臉哀容，身子倚著隱囊，緞子一樣的黑髮從暗八仙的榻圍子上垂掛下來，看了皇帝一眼，無奈道：「皇上駕臨，臣惶恐之至。臣對主子一片丹心，就算別人欺我謗我，主子聽信讒言對我起疑，我依舊恪盡職守為主子效力。主子今兒說這番話，還是信不及臣，臣再辯解也是枉然。但請皇上思量，臣若是有欺君的心思，斷不會狂奔幾晝夜從南京趕回來。」一言罷幽幽長嘆，「說一千道一萬，都怪臣這身子骨不爭氣，不過既然主子來了，就算把臣打成釘，臣也會竭盡全力還主子太平。」

皇帝大大鬆了口氣，本以為他少不得打蛇隨棍上，沒承想這麼容易就鬆了口，頓時覺得自己先前的種種猜測和做法都有些不夠光明磊落了。他坐在榻沿上拍了拍肖鐸的肩頭，「廠臣這麼說，朕心甚慰！不單是朕，連宮裡太后老佛爺也一心信任你。朕原本設立西廠，是不忍你太過勞累，想讓西廠替你分分憂，你肩上膽子能輕些。誰知于尊那沒用的東西，一個狐妖案折騰了兩三個月，一點頭緒都沒有，最後還是要靠你東廠來解決。眼看中秋將至，太后是菩薩心腸，不忍百姓提心吊膽過節。朕盼你中秋之前能把案犯繩之以法，朕在母后跟前也好有個交代。」

西廠三個月破不了的案子要求東廠半個月內辦妥，如果不盡如人意，到時東廠的口碑恐怕連西廠都不如了。皇帝自有皇帝的打算，輕飄飄地囑咐完了站起身，臨要走想起什麼來，回過頭道：「端妃從守陵開始就得你照顧，總算囫圇個兒回到朕身邊。月頭上朕重新冊封了她，那些言官諫言一概叫朕打回了，朕是堂堂天子，喜歡個女人還要被他們指手畫腳，當朕是麵團捏成的？橫豎你替朕做的這些，朕都記在心裡。等狐妖案有了結果，屆時再一併封賞。」

肖鐸臉上波瀾不驚，掙扎著下榻伏在青磚地上磕頭，「謝皇上恩典，微臣恭送皇上。」

皇帝走了，腳步聲杳杳出了院子。曹春盎送完駕爬起來看，他乾爹長跪在那裡起不了身，忙上去攙扶，低聲道：「乾爹不叫往前傳話，兒子和檔頭們也沒敢回稟……老祖宗月頭上侍了寢，皇上第二天就下令宗人府造了冊。皇后頒的懿旨，端太妃晉位端妃，還養在曦鸞宮，說是照應娘娘身子不好，宜靜養不宜搬動……」

「掌嘴！」他沒說完肖鐸就斷喝，「我吩咐的話你全忘了？說了不讓再探她的消息，誰要你多嘴？」

曹春盎愣了下，沒轍，啪啪左右開弓搧自己耳刮子，邊搧邊道：「叫你沒成色，乾爹跟前亂嚼舌頭！娘娘的事和乾爹不相干，說了多少遍還記不住……搧你的大嘴……叫你再舌頭癢癢！」

當然搧也是雷聲大雨點小，邊說邊看他乾爹臉色，他老人家神色倒是沒什麼大起伏，回到書案前把筆帖收起來，長而潔白的手指撫過泥金箋，兩隻湖筆滌了筆尖拿緞子手絹吸了水，妥當收進錦盒裡。再慢慢騰挪過身子，舉步到梳妝檯前挑了把犀角梳篦，立在鏡前一下下梳頭。頭髮長，足有齊腰，披披拂拂垂在身後，檻窗支起來半扇，有風從窗底溜進來，頭髮共紗衣翩翩，這樣子絕代風華又摻著哀致的味道，實在叫人不敢唖弄。

曹春盎看呆了，手上也忘了動作，「乾爹，兒子伺候您梳頭……」

他從鏡子裡瞥他一眼，沒理會，只道：「剛才皇上的話你也聽見了，去傳令底下幾個檔頭，這兩天更要小心行事，再做兩票大的，慢慢收手。至於那個真的，好好盯著，讓她在外頭多晃蕩幾夜，到最後逮起來，帳全算在她身上。」

這陣子死的全是平民，皇上再不把案子交給東廠，不知道接下去還得死多少。萬幸的是總算接過來了，折騰是幾天就完事了。曹春盎道是，向上覷了覷，「那兒子去了，乾爹一路上勞頓，早些休息。」

他「嗯」了聲，湊近鏡子細細地看臉上新生的那顆痣，生在眼尾，居然是顆淚痣。手上的梳篦「呀嚓」一聲斷成兩截，他取下來擱在鏡檯前，翻出根玉簪，把頭髮綰了起來。

晉了位，因為侍寢……他已經說不清自己所思所想了，只覺得心裡堵著一口氣，一點一點上湧，到了喉頭那裡卡住了，彷彿要扼斷他的嗓子。他閉上眼，強自緩了很久，這靜謐的夜，多空虛無聊！

他邁出上房在遊廊下徘徊一陣，不由自主往後院去。經過跨院時，特地繞了道去看那株梨花，花雖謝了，枝頭卻碩果累累。他才想起來，那日拈花一笑不是昨天，已經過去好幾個月了。

水紅色的宮燈依舊掛著，照亮的不是一簇簇花枝，是這繁華過後的墳塋。他定定站著，有些恍惚了。眼睫朦朧裡看見她在樹下站著，白色的裙襦白色的狄髻，沒有回身，只是仰頭看著樹頂。

他輕輕往後退，退到垂花門上，已經沒有勇氣再去她住過的園子了。垂頭喪氣回到自己的臥房，在臨窗的藤榻上躺下來。

腦子裡空無一物，他總有這個能力，傷心到一定程度就什麼都忘了，只要看不見，可以當作什麼都沒發生過。但是她侍寢了，這幾個大字像貼在他腦仁上，他參不透，她怎麼能夠接受別的男人親她撫摸她。他還記得她蜷在他身旁，抱著他一隻胳膊，睡夢裡都是甜的笑……現在她在別人身旁，是不是依舊是那樣憨態可掬？她會不會難過？其實她沒心沒肺，一直都是。

這樣一個女人，點了一把火就跑了。他努力壓抑努力淡忘，也許時間還不夠長，聽見這個消息，他依然覺得恨她入骨。進了宮就意味著要伺候皇帝，他知道一切不能避免，恨的不是她在別人身下承歡，是她的逃避。如果老君堂那天她下了船，就不會是今天這種境況。但是他覺得糟糕透頂，對她來說也許是最好的出路。回到正軌上，不必提心吊膽，只要兩兩相忘就可以了。

他又茫然起身，打開那只福壽紋多寶箱，把裡面的鞋一雙雙搬出來。這是她臨走前託付給曹春盎的，原來她偷偷做了那麼多，一直不好意思當面交給他。果然兆頭不好，做得越多跑得越遠。

不再看了，一股腦重新裝回去，叫張溯進來，命他連箱子一塊抬走，送到野地裡燒掉，自此乾乾淨淨做個了斷。

他不想見她了，可是音樓那裡已經得知了他回來的消息。

「奴婢剛才往毓德宮送芸豆卷兒，正遇上司禮監來人。蔡春陽端著一個大漆盒，裡頭裝著一套羊脂茉莉小簪和幾柄檀香小扇，邊上小太監還提溜著一對松鼠，說都是肖掌印孝敬長公主的。」彤雲上去扶她坐起來，壓著聲兒道，「我打聽明白了，他今兒一早進宮，就在慈寧宮花園南邊的掌印值房裡。」

她聽了掙扎著下床，因為要在皇帝跟前裝病，已經有十來天沒有走動了，躺得兩條腿發軟。他回來了，她一下子看見了希望，雖然不敢奢望他救她於水火，至少他離得近了，她就能堅強起來。

「他在掌印值房……」她趿進鞋裡，「咱們去花園逛逛，興許就遇上了。」

彤雲勸她三思，「才往上報了說給狐妖嚇著了，一聽他回來就活過來了，這不是上趕著叫人抓小辮子嘛！」

「那怎麼才能見到他？」她很焦急，聲音裡帶著哭腔，「我忍不住了，我忍不住要見他。」

彤雲想了想道：「這麼著，您在屋裡別出去，我借個名頭上御酒房，經過司禮監的時候我閃進去，見著肖掌印我就說娘娘身子不好，請掌印過來瞧瞧。」

這是個好轍，音樓點頭不迭，「我聽妳的，我不出去了，等妳的信。」

彤雲噯了聲，仍舊扶她躺好，自己打著傘出了曦鸞宮。一路上遇見幾個熟人，揚胳膊問她「鄭姑姑上哪去呀」，她愁眉苦臉說：「我們娘娘發熱，退不下去，太醫囑咐用烈酒擦手心腳心，我上御酒房討燒刀子去。」就這麼搪塞著，到了掌印值房門口。

往裡頭張望，幾個穿葵花團領衫的宮監回完事出來，她挨在一旁避讓過去，再回身探看，突然一個熟悉的身影走過，她差點沒叫出聲來。忙捂住了嘴熄傘進門檻，才上甬路裡面的人就發現了她，也不說話，就那麼冷眼看著她。

不知怎麼，總覺得這回不會太順利。他的樣子不大熱絡，簡直和以前不認得時一模一樣。她壯了膽過去，曲腿蹲了個福，「督主……」

他漠然點頭，「有事？」

彤雲突然發現不會說話了，心裡砰砰直跳，囁嚅道：「娘娘身子不好……」

「妳走錯地方了。」他朝門前侍立的一個小太監抬了抬下巴，「帶她去太醫院。」說完不願意多夾纏，轉身便走開了。

第六十九章　梅蕊重重

彤雲哭喪著臉回來，坐在杌子上嘟囔：「主子，肖掌印把我攧到姥姥家去了。我說主子病了，他讓我找太醫……看來他是想明白了，往後不打算來往了。」

音樓似乎早料到這結局了，聽了也沒有大的反應，靠著榻圍子點頭，「他做得對，真要來了反倒不好。其實妳一走我就有些後悔，我是猛聽說他回來腦子犯了渾，先前打算好的又忘了……不該再找他的。」她慢慢滑下來，直挺挺躺在那裡，「叫他知道我還戀著他，害他為難。他一定是以為我侍寢了，所以死心了。這樣也好，紫禁城那麼大，要避開誰其實並不難。彤雲，不該我的東西我再也不念著了，只是委屈妳替了我一回，我心裡過意不去。等皇上再來，我就告訴他上回侍寢的是妳，求他給妳個名分，我不能再叫妳這麼不明不白下去了。」

彤雲聽了在她榻前跪了下來，「我知道您是覺得虧待了我，一心要補償我，可是這事不能聲張，要爛在肚子裡。您聽我說，別瞧宮裡眼下風平浪靜沒人找您的茬，一旦這事抖露出來，那些看戲的、落井下石的就全來了。她們會使勁往下踩您，喈鳳宮裡那位瞧著呢，少不得要禍害您。奴婢死了不打緊，就怕您身邊沒個知冷熱的人，會被她們欺負得直不起腰來。您心疼我？要是真心疼我就不能吭聲，記好了嗎？」

音樓淚眼婆娑，趨前身子摟住她，哽咽道：「我只是覺得害妳平白犧牲了，早知道是這樣，那晚上我自己侍寢，就不會帶累妳。我覺得自己總在兜圈子，想盡辦法擺脫，可是最後還是回到原點。不停地掙扎，不停地害人，誰和我離得近誰就倒楣，我是屬掃把的。」

「胡說。」彤雲替她擦眼淚，給她寬懷，「您自己算算，從記事起到現在，您害過誰？人活著，總有身不由己的時候，別說咱們，就是乾清宮裡皇帝老子、慈寧宮裡太后老佛爺，誰沒有糟心事？您進宮做妃子，是您自己願意的嗎？我不同，我替您是我的榮耀，我自己樂意。在主子跟前立了功，往後您會善待我，就算做奴才，我也高人一等，您說是不是？做這個決定您以為我沒走腦子嗎？其實我也有私心，誰不為自己打算？所以您別把那件事放在心上，過去了就忘了吧！只有一點，您要想好以後的路怎麼走，您不能一直這麼下去。本來以為肖掌印回來了咱們就有救了，誰知道全指望不上，咱們還得靠自己。奴婢說句您不愛聽的話，您傷心傷情都該有個頭，這世道，誰離了誰不能活？以前沒肖掌印，咱們在乾西五所還不是過得好好的！您坑蒙拐騙滋潤透了，我就記得那時候的吳選侍傻，玩雀牌您拿她的一兩銀子當本金，您輸了八錢銀子就還她八錢，自己落了二錢，她還覺得錢討回去了很高興……那時候的您哪去了？現在遇著個爺們就傻眼了？他不就是比別人長得俊點、荷包裡錢多點嘛，有什麼了不得！他不見咱們，咱們自己好好的，樂呵給他瞧，叫他難受去吧！」

音樓深吸了口氣說對，「不和他多糾纏，對他有好處。上回老君堂沒下船是我大仁大義，否則這會兒他正疲於應對朝廷呢！他不念著我的好就算了，他還怨我……」她歪著嘴一咧，「多情女子負心漢就是這麼回事，是吧？」

「沒錯！」彤雲點頭如搗蒜，「咱們上對得起天下對得起地，他想不明白是他的事，咱們都撂下手不管了。可是主子，那天過後您就一直稱病，皇上來過幾回都沒能把您怎麼樣，我覺得一直推諉是不成的，您裝病不能裝一輩子，下回要翻牌子怎麼辦？頭一趟他爛醉了我還能替您，他要是清醒著，這種事可不能再幹了。」

音樓說：「沒有下回了，這麼躲著不是長久的方兒，我該收收心過正經日子了。先帝的小才人，當今聖上的端妃，我就是個做宮人的命。妳放心，侍寢前我使盡渾身解數討好皇上，把上回的套路改改，就說是他喝醉酒強幸了妳，咱們訛他一回，請他給妳個交代。只要妳晉了位，我心裡一塊大石頭就放下了，往後沒男人什麼事了，咱們就快快活活在噦鸞宮做伴吧！」

說得眉飛色舞，像真的似的，其實她心裡總還有牽掛。這事過後大病一場，到底上回的毒沒清乾淨，加上傷透了心，果然躺下了又是七八天，發燒說胡話，把彤雲急得團團轉。

皇帝是好的，他連著幾天來噦鸞宮探視，後來見情況不妙，索性留下不走了。批紅和朝裡的陳條上奏都暫緩了，耽擱了兩天不成就，終於鬆口讓肖鐸暫管，自己一門心思照料起病人來。

這是無心插柳，肖鐸不願意見她，可是架不住皇帝在，他要回稟政務，還是得踏進噦鸞宮。

彤雲端著藥進來的時候，他正站在殿裡候旨。就隔著一道竹簾，看不見裡面光景，但是聽得見說話的聲音。

「主子一直在這？」她的聲氣很弱，甚至不及在南京的時候。喘了兩口推他，「有跟前的人伺候，您遠遠看一眼就忙您的去吧！我好一陣兒壞一陣兒，不知道要拖累到什麼時候。您這麼看顧著，我罪過太大了。」

皇帝說，「妳別言聲，好好養著。不就是受了驚嚇嗎，朕是九五至尊，比那些菩薩管用。妳害怕就摟著朕，朕給妳擋煞。」

她長長嘆口氣，用力握緊他的手，「主子這份心田，我碾碎了也報答不了您了。」

「別混說。」皇帝替她拂開額上的碎髮，「心境開闊什麼都好了，往高興處想，想想要吃什麼，想想什麼款式的衣裳好看，明兒叫人進來裁秋衣。等妳好了朕陪妳出去，到大覺寺還願酬神。妳那串半吊子的佳楠串子沒開過光吧？拿到供臺上念幾輪經，帶了佛光鬼神就不敢近身了。」

肖鐸聽見提及佳楠珠串心上一震，他記得，是那天逛夜市隨手買來送她的，沒想到她還帶在身上。

他下了那樣的狠心說不見她，可是僅僅聽見她的聲音他就有些支撐不住了。以前的場景像拉洋片一樣一幕幕從眼前滑過，她中了毒，他寸步不離、五內俱焚，現在換了人來照料，他只能隔簾聽著，因為不得傳喚沒有資格進配殿裡去。

茫然站著，眼睫低垂，表情和姿勢都控制得很好，可誰也不知道他裡頭是空心的，輕輕一捅就坍塌了。

彤雲站在邊上看了好半天他都沒察覺，她不由哀嘆起來，嘴上再厲害有什麼用，有本事心裡不要想。明明都撒不開手，但是隔山望海又不能到一起，實在是太苦了。

她過去納個福，心想若是有什麼話要帶進去，她可以代為傳達，哪怕是問一問娘娘病況也好。可惜沒等來，他僵直站著，對她視而不見。她只得繞過垂簾進去，西邊檻窗半開，外面的光線從竹簾的邊角和間隙裡透進來，青磚上鋪滿了一道道虎紋。

「萬歲爺，主子該吃藥了。」她端著紅漆茶盤過去，「奴婢來的時候看見肖掌印在外頭候著，想是有事要回。」

皇帝唔了聲，也不急，端過藥碗來拿勺攪了攪，打算親自餵她。

音樓搖了搖頭，「您的政務要緊，我這有彤雲，她伺候我就成了。」

皇帝這才把碗擱下，撩袍出了配殿。

他就在外面，想見不能見，心裡真痛得刀割似的。音樓靠著喜鵲登枝隱囊發怔，不敢問彤雲，怕外面人聽見，唯有拿眼神詢問她。彤雲一臉無奈，扶她起來靠著自己，湊在她耳邊說：「他挺好，萬歲爺把批紅交還給他了，主子您歪打正著，又幫上他的忙了。您這叫旺夫啊，要是能坦坦蕩蕩在一起，那還得了！」

她歡喜了，勾起淺淡的唇一笑，「看來病得是時候，萬歲爺要安撫他，也得師出有名。這趟拿回批紅的權，西廠就不足為懼了。」

愛一個人，無時無刻不在替他打算。彤雲突然覺得她主子是最可憐的人，她默默忍受那麼多，多少的日思夜想、多少的擔驚受怕。她和那些有家族撐腰的妃嬪不同，她真的是一個人，兩頭皆茫茫，她什麼都沒有。

喝了藥靠在彤雲肩頭，靜靜聽外面交談，聽到他的聲音，她心裡莫名沉澱下來。他來回稟東廠捉拿狐妖的經過，多麼的費盡心機險象環生，最後好歹拿住了。拷問過後才知道那女人不是真狐妖，不過會些小小的法術，剪個紙人能叫它自己行走，吹口氣還能幻化成人形。至於為什麼害人，她說不為錢財，只想找個有情人，可是遇見的無一不是覬覦她的容貌，帶回來都是做妾。再往後就沒什麼可問的了，她堅信殺的都是負心人，試圖逃脫，被東廠的檔頭一刀砍成了兩截。

皇帝聽後很高興，困擾了那麼久的難題解決了，最要緊的是中秋大宴可以隆重的舉行，這是他登基後的頭一場盛宴，沒了後顧之憂便能盡情取樂。

「廠臣果然是朕的福將，有了你，朕的大鄴江山固若金湯。」皇帝大大褒獎了一番，加官進爵不在話下。

音樓抬起頭和彤雲對看一眼，笑得心滿意足。這樣就很好了，皇帝會越來越信任他，慢慢回到隆化年間，他做他的「立皇帝」，沒有為難沒有苦厄，盡情享受他的輝煌。自己呢，在後宮無聲無息地活下去，偶爾得到他的消息，從別人嘴裡聽說他過得好就夠了。

「我累了。」她閉上眼睛，「睡會兒。」

彤雲卻覺得憂心，「您怎麼老是睡呢，一天睡十來個時辰，這麼下去不成。您聽我說，咱們好好養身子，再有五六天就到中秋了，那天人多，到處可以走動，您明白我的意思嗎？」

她笑著搖搖頭，「我哪兒都不想去了，就在宮裡待著。」

「這樣您會把自己拖累死的。」彤雲見她一日不如一日，捂住臉哽咽起來，「我頭前兒和您說的話您都忘了，咱們說好了的，要快快活活做伴，您有個三長兩短，叫奴婢怎麼辦？您想讓我換主子，再去給人添燈油嗎？」

正說著皇帝進來了，看見彤雲在哭愣了下，「這是怎麼了？」

音樓探手給她抹了抹淚，笑道：「這丫頭犯傻呢，讓我下床走走，怕我睡久了睡死。」

皇帝倒是細斟酌了下，也贊同彤雲的觀點，「是應當活動活動，躺久了沒的連路都不會走了。朕攙著妳出去散散，不出宮門，就在外頭園子裡。」

她爭不過他們，加了件褙子起身。立秋過去很久了，天也漸漸涼了，離開褥子就寒浸浸的，她撫撫胳膊，「有點冷。」

皇帝讓彤雲取大氅來，整個把她包了起來，問她這樣好些嗎，半抱著把她攙下了腳踏。她現在也不太排斥他了，連自己都快忘記的人，萬般不挑剔了。不管皇帝背後有什麼樣的考慮，面子上配合還是有必要的。就這麼走了幾步，邁出配殿抬眼看，才發現他還在，恭恭敬敬侍立在一旁，模樣沒什麼大變化，只是瘦了些，還是那麼從容練達。

心緒霎時翻湧如潮，她覺得腦子都木了，可是不能表現出來，尤其皇帝還在。她腳下頓了頓，淡聲打了個招呼：「肖廠臣來了？許久不見，廠臣安好？」

他打拱長揖下去，「恭請娘娘金安！謝娘娘垂詢，臣一切都好。」

這樣一問一答，最標準的相處之道。她「嗯」了聲，偏過頭靠在皇帝肩上，輕聲道：「梧桐樹下擺張躺椅吧！我腿裡沒勁，想在那坐會兒。」

皇帝忙叫人去辦，她低下頭再瞥他一眼，收回視線，心也平靜下來。一切都盡如人意，還有什麼不知足的？就這樣吧！

她倚著皇帝踏出正殿，站在滴水下看，寸寸斜陽從宮牆頂上移過來，像個金色的罩籬把三千世界都扣住了，人在其中，榮和辱又算得什麼！

第七十章　帝裡秋晚

他不記得是怎麼踏出曦鸞宮的了，回到掌印值房的時候天已經黑了，直欞窗裡透出昏黃的光，他在院子裡站了一陣子方進屋。值房裡幾個宮監捧著冊子靜候，見他進來了往上呈敬，是當天宮門出入的記檔和尚儀局彤史記錄的后妃承幸造冊。

他接過來，邊上人一一檢點了各處鑰匙，按序掛在牆頭，都收拾停當了打拱行禮，紛紛退出了掌印值房。

他坐在案後，什麼都不想幹，腦子裡全是她的影子。她倚在皇帝身側，蒼白孱弱的，那麼叫人心疼。可是他有什麼理由心疼？她不是他的了，就算有過一段感情，也像枝頭懸掛的露水，太陽一出來就蒸發完了。

這跳躍的火光灼傷他的眼睛，不知怎麼眼梢火辣辣疼起來，他抬手捋了下，怔怔盯著指尖的水珠愣了好久。

簡直不可思議，從他變成肖鐸的那天起他就沒再哭過，即便被人打罵，被人當腳蹬踩在泥地裡，他從來不曾想過流眼淚。現在為個女人？為了那個拋棄他另擇高枝的女人？憑什麼？她何德何能？

他把臉埋在手掌心裡，只覺神魂都脫離軀殼飛了出去。無休無止的壓抑，什麼時候才是個頭？不見不想，他以為就能逃出生天了，可是難以避免，她的面孔她的身形撞進他視野，像傷口上撒了鹽，他疼得幾乎直不起身來。不能相愛就儘量讓自己恨她，以為這樣可以掩蓋住，混淆自己的視聽，誰知竟沒有用。愛和恨是分離開的，一面痛恨一面深愛。他的思念和苦悶一層接一層地堆積，突然決堤，他再也不想阻止了，吹滅了案頭的燈，他在黑暗裡獨坐，淚流滿面。

然而日子依舊要過，不但要過好，還要過得八面玲瓏。

太后下懿旨，中秋的大宴全權交由他監辦。皇帝在一片淒風苦雨裡繼位，沒有慶典，連祭天地都沒挨得上，所以這回要辦得隆重。皇族中的親眷不算，另召集在外就藩的王爺們進京，恩威並施，也是君王的治國之道。

藩王進京，宇文良時應當不會錯過這大好時機的。他到外東御庫提東西的時候還在盤算，一抬頭，恰好看見帝姬從甬道裡出來。他回宮後沒有四處走動，所以自上次一別有三月餘了，她也沒想到會遇上他，難掩驚喜地叫了聲廠臣。

他笑著作了一揖，「長公主別來無恙？」

帝姬點頭道：「托廠臣的福，廠臣也都好？」

他應個是，「除了有些忙，別的都好。長公主打那兒來？」

帝姬往後一回首，「我近來無事可做，在宮裡閒著也是閒著，常去噦鸞宮看看端妃。她身子真弱，回來後就沒好的時候。你從外頭帶回來的松鼠我很喜歡，養得胖胖的，本想送一隻給她，她卻不要。說她養的那隻狗爺橫行不法，怕把松鼠給吃了。」她一頭走一頭嘆氣，

「也不知道她有什麼心結，躺在那裡不愛說話，盯著一個地方能看半天。照理說她一切都順遂，沒有什麼不足意的，可她就是不快活，插科打諢也沒見她個笑模樣。」

他靜靜聽著，心臟縮成小小的一團，裝出個無關痛癢的語氣來，「各人有各人的難處，長公主何必探究呢！有些事，知道了不過徒增煩惱，不如蒙在鼓裡的好。皇上齋戒，這幾天一直在齋宮裡，臣也沒往曦鸞宮去，端妃娘娘的病症怎麼樣了？」

帝姬說：「比前兩天好多了，前陣子燒得連人都認不得，現在緩和下來了。前兒退了熱，傍晚時分進些粳米粥，鬧著要吃蘿蔔條，御膳房沒那個，叫人連夜出去尋摸回來的。今兒再去瞧她，人有勁了，蹲在地上逗狗玩呢！我想是不是我哥子齋戒的時候和佛爺禱告了，瞧瞧這麼快就好了。」

他笑了笑，轉過臉去看天邊流雲。宮裡御醫請脈只把出氣血不暢、內傷多虛，並看不出她體內有餘毒。還是讓方濟同配了藥，買通了治她的醫官帶進去，這才漸漸好起來的。宮裡這幫庸醫，有時候連個喜脈都把不出來，指望他們治病救人，除非是瞎貓碰上死耗子。

「我有件事想問廠臣。」帝姬望著他的側臉，遲疑道，「趙還止，廠臣知道嗎？」

他「嗯」了聲，也沒兜圈子，直捷了當告訴她，「如果您覺得不好，千萬不要勉強自己。大鄴對於公主的婚嫁，算得上是歷朝歷代最開明的，沒有一位和蠻夷通婚，公主們有選擇駙馬的權利。這是您一輩子的大事，千萬不能草率。」

他這麼說，她心裡更有底了，他果然是不看好趙還止的，所以這個人完全不用再考慮了。公主可以自己挑駙馬，說是這麼說，其實限制還是有很多。喜歡的人不能選，非但不能選，甚至不能向任何人透露。她低下頭踢了踢腳尖的石子，唯一能做的是聽他的話，多年後有人提起她，他還記得曾經有那麼一位公主，她就已經很高興了。

肖鐸送了她一段路，快到毓德宮時問：「長公主還記得南苑王嗎？」

帝姬凝眉想了半天，「我知道這個名號，只是沒見過本人。聽說南苑王是位仁人君子，朝中口碑也很不錯，廠臣怎麼突然提起他？」

他說沒什麼，「在南京時聽南苑王說起和您的一段淵源，臣有些好奇罷了。」

「和我有淵源？」帝姬臉上帶著不確定的笑，「我竟是一點都記不起來了……」

他仍舊揚著唇角，鬆泛道：「不礙的，不過隨口一問，記不起來也不打緊。臣就送您到這裡了，後兒大宴要籌備的事多，一時都閒不下來。」他伸手往影壁方向比了比，「長公主進去吧，臣告退了。」

帝姬目送他走遠，回身看了身邊伺候的宮女一眼，「我怎麼全記不起這個人了？以前見過嗎？」

「主子忘了，也是好多年前了，南苑王那時還是藩王世子，前殿設宴他誤闖乾清宮，被錦衣衛拿住了要問罪，是您發話讓放了他的。」

帝姬這才長長「哦」了聲，「有這麼回事，他和廠臣打聽，難不成要報恩？」她笑起來，年輕的女孩子總是天馬行空滿腦子奇怪想頭，看了好些話本子，裡頭的義妖結草銜環報答救命之恩。她從小就很少和外人打交道，做過的好事也就這麼一樁，運道高，說不定就像故事裡一樣了。

其實報不報恩是後話，她是覺得廠臣既然提到，總有他的用意的。恰好又是趙家試圖攀親的當口，也許是他結交了南苑王，覺得不錯，先來探探她口風吧！橫豎中秋宴就快到了，她倒隱隱期待起來，似乎會是個不尋常的契機吧！

◆

天公作美，秋高氣爽的好氣候一直延續到中秋那天。

傍晚落日餘暉映紅了大半個紫禁城，西邊太陽才落下去，東邊一輪明月已經升得老高了。彤雲推窗往外一探，招呼音樓來看，「今兒月亮怎麼是紅的？和往常不大一樣呵！」

音樓手裡盤弄著兔兒爺的小泥胎，順著她的手指一看，「咦」了聲，「倒是，上了紅漆似的，邪性。咱們還是不去了吧，在院子裡設香案，自個兒宮裡拜拜月就完了，那麼一大群人亂哄哄，我不愛湊那熱鬧。」

「叫人說咱們拿喬？」彤雲替她換上一件蜜臘黃折枝牡丹圓領褙子，一面道，「不愛久待沒關係，露個面，皇上跟前遞個笑臉，再給太后、皇后請請安，愛坐坐會兒，不愛坐就道乏回來。您現在身子過得去，再整天躲著不見人，叫那些妃嬪們背後說嘴。我瞧著她們不來找您麻煩，一則是聖眷正隆，二則也是礙著肖掌印。到底咱們從殉葬那陣起就和他打交道，她們吃不準咱們和他什麼交情，不敢貿貿然給您小鞋穿。怕萬一得罪錯了，回頭苛扣她們宮裡的供給，牌子上天天叫她們出缺，太監整治人有的是手段……」頓下來覷她臉色，「主子，您真不打算再和他見面了？」

她站在銅鏡前，側過身戴上一對金絲樓閣小墜子，淡聲道：「我已經見過他了，他挺好，我也放心了。彤雲，我真覺得這麼著就圓滿了，不一定非得在一處。咱們這樣身分，除非我變成榮安皇后那樣的人，否則永遠不可能。如果真有那麼一天，我又要疑心他待我是不是和原來一樣了。所以到此為止，遠著遠著漸漸淡了，再過兩年半道上遇見，沒準兒看見都當沒看見，就那麼錯身過去了……」

她說著，忽然沉默下來，臉上浮起一種恐慌，似乎是觸到了最難以面對的境況，人狠狠地震了下。

彤雲上去扶她坐定，慢慢往她狄髻上插蟲草簪，溫聲道：「別逼自己，承認捨不得也不丟人，誰心裡不留著一畝三分地呢！只要小心自己的言行就是了，您偷著喜歡他，就像我沒入宮前偷著喜歡同村的小木匠一樣，不說就沒人知道，現在不也挺好。」

音樓訝然看她，「妳有喜歡的人？」

彤雲笑著點頭，「那是五六年前的事了，小孩兒家，看見一個模樣俊的就流哈喇子。現在那個小木匠早就成親了，沒準孩子都好幾個了，前塵往事，不提也罷。」

是啊，前塵往事，隔上幾年忘得差不多了，再提起也不過凝結成了個遺憾的疤。

收拾停當了就出門赴宴，今兒宮裡人來人往，再也沒有下鑰的說法了，各門洞開，四通八達。中秋大宴設在乾清宮，離曦鸞宮很近，穿過幾條夾道就到了。隆宗門那一片是任人來往的，賞月登高上慈寧宮花園，也是為了照顧皇太后，讓眾人伴太后取樂。

這樣禮制森嚴的紫禁城，各處妝點上了奇花異草，到了夜間懸燈萬盞，布置得花海一樣，全不似白天莊嚴得叫人喘不上氣的景象了。音樓從門上進去就見人頭攢動，她也沒有特別相熟的人，有過一面之緣的只是點頭打招呼，到了人堆裡反而要找皇帝。越過了重重屏障才到殿裡，一眼看見帝后和太后在上首坐著受人朝拜，忙斂裙上去磕頭。太后和皇后還沒說話，皇帝倒先出聲了，示意崇茂攙扶，笑道：「妳才大安的，別拘禮，回頭血衝了頭不好。」

她起身一笑，也不多言，退到一旁賞花去了。

菊是好菊，種類繁多看花人眼。音樓對這個有些研究，一盆一盆指給彤雲看，「這是玉翎管、這是金絲垂釣、這是春水綠波……」

皇帝不知是什麼時候潛到她身後的，齋戒了七日的人，兩隻眼睛看人直放光，壓著聲問她：「身上好些了？瞧著氣色不錯。朕在齋宮裡也不放心妳，傳了人問，說現在不發熱了？」

她應了個是，「這陣子叫萬歲爺一塊跟著操心，奴婢心裡過意不去。」見他腰上九龍玉片歪了，順手替他整了整，「今兒真熱鬧，燈好看，月色也好。這是個好兆頭，大鄴到了主子手上國運昌隆，咱們後宮的人也跟著沾光。」

她不會說場面話，馬屁拍得不痛不癢，但是這樣才讓人喜歡。看看這病後初癒的樣兒，俏生生比平時更美三分，皇帝急得抓耳撓腮，湊在她耳邊說：「大宴完了朕過妳那裡去。」

音樓心裡一跳，有點慌，還是穩住了神，難堪地一嗔，「這麼些人說這個，真是！」

皇帝只當她害臊，笑著在她手上一捏，旋即放開了。音樓抬頭往外看，太監引人從御道上過來，青身青緣鑲雲滾的保和冠服，眼波流轉間俱是融融笑意，宇文良時終於還是來了。這尚且是預料之中，叫她驚訝的是隨行的人，梳狄髻穿馬面襴裙，居然是音閣！

「這個南苑王，又在打什麼主意？」彤雲低聲道，扯了扯她主子的衣袖，「奴婢料著是想借姐妹情義攀搭您，沒二兩情分還覥著臉打秋風，好意思的！」

音樓拉著她讓進人堆裡，悄聲道：「咱們避開，看他們怎麼樣！一晚上沒見長公主，不知道在哪兒玩呢，咱們找她去。」

從殿裡出來，迎面是微涼的空氣，一盞盞料絲宮燈高懸著，向隆宗門上蜿蜒伸展。中秋登高不能夠了，假山沒什麼可爬的，到臨溪亭賞月倒是美事。她琢磨著到那裡占兩個座，讓人給她們準備上一壺黃酒，聽松濤吃螃蟹，肯定比在乾清宮裡愜意得多。

過了隆宗門打算托人去找帝姬，沒想到抬眼一看，斜對面的永康左門上站著個人，大半邊身子在暗處，只看見手腕上珠串纏繞，一對天眼石墜角在水色的宮燈下，發出烏沉沉的光亮。

第七十一章　晚來堪畫

不相見，太思念，時刻都在心上。如今他就在面前，音樓卻又有些有些膽怯了。她在怕什麼，她自己也不知道。就是覺得已經跟不上他的步伐，再兜纏下去會拖他後腿。他怨她恨她，尋著說話的機會，不定怎麼挖苦她呢！她心裡存了好些話，可是細思量，還是不能夠。外面怎麼謠傳他心狠手辣，那都是空話，她沒見過他害人的手段，她只知道他有堅硬的殼，裡面包裹的是最柔軟的心。

畢竟有過那麼深的感情，也許只要對著他哭，就能融化他堆砌起來的堅冰。然後呢？然後怎麼辦？把他重新拽回水深火熱裡來，互相捆綁著，你拉著我我拉著你，一起墜進地獄裡去麼？已經堅持了那麼久，何必功虧一簣！

可是她那麼渴望，如果能再觸摸到他，如果能再抱抱他……

她的手在袖隴裡顫抖，腦子也陣陣暈眩。人來人往，都是虛的，模糊的一團，快速閃過去，連面目都看不清楚。只有他，站在抱鼓門墩兒旁，靜靜的，松竹一樣挺拔的身姿，即便整個人都藏匿起來，她也知道那就是他。

可惜看不清他的表情，她想起捉弄他時他紅著臉的樣子，那麼可愛可笑……一切都是從前了，再美也在回憶裡，現在遇上是偶然，未見得他就在等她。說不定下一刻轉身走開了，是她自己想得太多。

他不在的歲月裡，她慢慢學會控制情緒，有時平靜下來只需要一瞬。她做到了，偏過頭囑咐身邊的小宮女，「妳上毓德宮看看，找著長公主請她來，就說我在臨溪亭等她吃酒。」然後舉步朝永康左門走過去。

漸漸近了，她沒有遲疑，提起裙角從他面前翩然而過。他的心直沉下去，沉進不見底的深井裡。

他也不知道自己在執著什麼，他為什麼出現在這裡，明明那麼多的事等著他去料理……她往慈寧宮花園去了，他心頭有怒氣，拚盡全力隱忍，定定站了會兒，還是趸身跟了上去。

音樓腿顫身搖，每一步都走得萬分艱難，經過他身旁時，天曉得她花了多大的力氣才讓自己堅持住。她不能讓他看出端倪，她要標榜自己過得很好，然後他也好好的，這樣才是雙贏。

總歸是有驚無險，她垮下雙肩，倚著彤雲說：「他在那裡嚇我一跳，真要面對面，我都不知道說什麼好。想見又怕見，妳知道多難受嗎？」

彤雲咧嘴說：「我是不明白的，多好的機會，往後大概要見面不相識了。」

她「嗯」了聲，抬頭看天色，月亮森森然掛在半空中，是紅的。因為大如銀盆，上面有斑駁的黑影，看上去有點可怖。

她們從攬勝門進去，這裡人還少些，往前幾步是含清齋，傍著寶相樓而建的，前後房西次間有穿堂相通，形成個獨立的小院落。先帝駕崩守靈那幾天，后妃們也到這裡來小憩。這排屋子規格不太高，灰瓦卷棚硬山頂，紅牆不鮮亮，樹蔭底下又暗，燈籠照著也覺得陰森。

還好臨溪亭前燈火輝煌，到那裡相距不多遠，斜插過去就是了。她整整衣襟上的香囊，剛打算邁步，手肘被人狠狠拽了下，連帶著彤雲也一通踉蹌。她駭然回頭，是他，他跟過來了，不聲不響就把她往含清齋裡拖。

音樓有忌諱，這附近人雖不多，前面寶相樓裡卻有不少結伴遊玩的貴婦。還好他們在暗處，但若是起了爭執，依然引人注目。

她壓著聲說：「幹什麼？」

他沒理睬她，對彤雲道：「走遠些，別在這裡打轉。」

彤雲就那麼愣著，眼睜睜看她主子被拖進了黑黝黝的門洞裡。

含清齋也點燈，兩盞紅蠟在明間的佛龕前高燃，燭火照得到的地方把人影投射在檻窗上，太惹眼。他深知道，一直把她拉進了後面的屋子裡。月色很好，牆上花窗半開著，清輝照進來，在青磚地上鋪成一個拱形的圓。腳步在那片光影裡錯綜，因為她試圖抗爭，愈發的凌亂起來。

「叫人看見！」她終於忍不住低呼，腕子被他捏得很痛，甩又甩不開，她氣急敗壞，「外頭那麼些人，廠臣不要命了嗎？」

他聽了哂笑：「廠臣？娘娘這一聲真叫進臣的心坎裡來了！妳放心，別人看見也不敢說的。」

眼下他收回了實權，要誰生要誰死，一句話的功夫而已。誰敢多嘴，那個剝皮揎草的姜守治就是好榜樣！所以他有恃無恐，也不在乎為今晚的事多費手腳，他只要一個答案，雖然這答案已經無關緊要了，可是他像瘋了一樣，他想親口聽她說出來。

又是一頓搶奪，可能有些粗暴，他只要她安靜下來聽他幾句話。女人的力氣終究沒法和男人抗衡，她氣喘吁吁，終於屈服。

「那天……」他調節了下語氣，嗓音沙啞，「我是親自到老君堂來接妳的。妳知道看著寶船從眼前經過，我是什麼樣的心情？那時候我真想殺了妳，妳這樣辜負我……我問妳，妳為什麼不下船？是于尊不答應嗎？」

他就站在離她一個轉身的地方，音樓卻不敢看他，怕看了會克制不住，會把自己所有的脆弱全部告訴他。她昂起頭，讓眼淚流進心裡，喉頭咽得生疼，勉力支撐住，淡聲道：「不下船是我自己的決定，你是聰明人，知道我這麼做的用意。只是我沒想到你會親自來，那麼遠的路……」

是她的決定，他早就料到的，還是替她辯解，「妳是怕毀了我的前程，怕朝廷不放過我，對不對？」

她點點頭，又顯得很悵然，「這是原因之一，不忍心你為我一敗塗地，這話我不否認，但是更要緊一點，其實還是為了我自己。你知道我惜命，從殉葬開始，我真恨透了這樣的顛躓！我在鬼門關溜達了兩回，有多害怕你知道嗎？你只說把我從于尊手上劫走，之後呢？整個大鄴都在找我，我還要時刻膽戰心驚地活著，這樣的日子，什麼時候是個頭？我上了西廠的寶船，冷靜考慮了很久，最後選擇放棄，也是情非得已。」

這話半真半假，他不想去參透了，咬緊牙關問她：「那些旁枝末節一概不提，我只要妳回答我，妳後不後悔？一個人的時候，妳想不想我？」

他這樣問，她的心頓時像被碾碎了一樣，眼淚流淌成河，但是依舊不回頭，堅定地告訴他，「我不後悔，半點也不！我們現在這樣有什麼不好？你還是那個大權在握的肖鐸，我做我的端妃，受皇上的寵愛……」她沒能說出口，今晚也許真的要和他告別了，一個女人，身子給了誰就是誰的人，即使再愛他，最後也唯有漸行漸遠漸無書，還能怎麼樣！

然而在他聽來是莫大的嘲諷，他的忍耐果然是有意義的，成全了她，難怪皇帝會說「囫圇個兒回到朕身邊」，如果沒有他的懸崖勒馬，她還有什麼能談寵愛？他背靠在牆上，早已經被她折磨得體無完膚。今晚上又做了回傻事，這結果並不稀奇，可偏偏不甘心，還想求證。他是沒有被她傷透，留著一口氣就是為了讓她踐踏的。說到底是他敵不過相思，就算知道她會這樣應對，他也認了，因為實在是太想她。

「那麼我回宮那天，妳讓彤雲來找我又是為什麼？」他咽下苦澀，覺得自己簡直像個乞丐，拚命找出她還愛他的佐證。他希望她無話可說，如果她沉默，或者他能好受些。

兩個人的步調總無法一致，她回過身來看他，月色朦朧，她看不清他的臉。低下頭輕輕嘆口氣，她說：「我那時病得不成了，彤雲是沒了主意才想去找你，結果……還好你沒來，來了我真不知道說什麼好呢！」

這麼鐵石心腸，她還是個女人嗎？虧他在值房裡撓心撓肺半天，原來竟是丫頭的自作主張，並不是她授意。

他恨透了心腸，一把扼住她纖細的脖頸抵在旁邊的立櫃上，漸漸收緊五指，切齒道：「妳一次次愚弄我，很有趣是不是？把我耍得團團轉，叫妳很有面子是不是？如果我不愛妳，妳以為你還能剩下什麼？妳的命是我從繩圈裡解救下來的，只要我願意，明兒就能把妳再送上去。」

橫豎他這樣恨她了，果然讓她死了，各自就都解脫了。櫃角的鋒棱壓住她的背脊，再痛也抵不過心頭千刀萬剮，她冷冷哼笑：「你的那點祕密我都知道，我勸你最好不要惹惱了我。有能耐今天就一氣兒解決，我欠你的命你拿回去，往後奈何橋上遇見了也沒有牽扯。」

她善於挑戰他的底線，脖子上脆弱的脈動就在他指尖，殺了她，比碾死一隻螞蟻還要簡單。愛極也恨極，他已經不敢確定她心裡究竟是怎麼想的了。這場兵荒馬亂的愛情簡直是潑天的災難，他跌進來，才發現自己遠沒有想像中的聰明。他根本就是個傻瓜，他患得患失，甚至弄不清自己到底要什麼。她說往東他就往東，她說往西他就往西。別人拿捏他倒罷了，連她都在用那個祕密威脅他！她明明該死了，一個小小的嬪妃陳屍在這僻靜的地方，大不了走程序查上一圈，最後還不是不了了之！可是他下不去手，他寧願自己死，不會動她分毫。

音樓也恨自己，說出這種話來有多傷他，委實難以想像。他的手停在她脖子上，淡淡的溫度，是她一直眷戀的。他本來就不是個熱血的人，她能叫他這樣痛不欲生，自己到底可惡到什麼程度了？

假裝討厭他觸碰，作勢搡開他，是不是可以短暫握住他的手？她打算這麼做，可是門外有腳步聲傳來，她驚惶失措，這黑燈瞎火裡私下會面，要是被人撞個正著，那傳出去就了不得了。

正急得火燒似的，他把她攬在臂彎旋了個圈，很快閃進那大立櫃裡。關上櫃門的一霎那，燈籠的光也從門上照了進來。透過密密匝匝的雕花看過去，是合德帝姬帶著兩個嬤嬤尋來，嘴裡嘀咕著：「明明說上花園來的，怎麼到處找不見？這丫頭該不是和我躲貓貓吧！還邀人吃酒呢，自己倒沒了蹤影……」

含清齋裡本來布置就極其樸素，講究個「軒楹無藻飾，几席有餘清」。屋裡陳設僅是一座一案一立櫃，視線掃一圈就能看遍的。帝姬邊說邊朝這裡騰挪，音樓嚇得腿打顫，櫃子裡空間小，滿鼻子都是他的瑞腦香。她緊緊和他貼在一起，一手捂住了嘴，真擔心他衣裳上的薰香味太大，直接把人引過來。

心跳得嗵嗵的，太害怕，覺得這回非得被拿個現形不可。他的手環過來，緊緊把她壓在胸前，她不敢往外看了，縮著脖閉上了眼。

肖鐸也緊張，燈光穿過鏤空雕花，彷彿要把人射穿。他盯著外面動靜，見帝姬一步步過來，將到跟前，忽然轉過身去，笑道：「走吧，再去別處瞧瞧，沒準這會兒在臨溪亭解螃蟹呢！」

一行人又去了，屋裡暗下來，櫃子裡漆黑一片，整個世界經過了驚嚇都是混沌沌的。

她鬆懈下來，靠著他只顧喘氣，待緩過神才發現兩個人貼得嚴絲合縫，他僵著身子，反應有點大——他在她面前永遠都是個正常男人。

她羞紅了臉，慌忙去推櫃門，裙子卻被門上雲頭銅拴勾住了。低頭一看，一片裙角夾在門縫裡，腦中轟然一聲巨響，帝姬之所以匆匆離開，原來就是因為這個？這下子可糟了，看來是察覺到什麼了，要是鬧著玩的，沒理由不來開門拿人。

她心亂如麻，捂著滾燙的臉頰想抽身出去，誰知根本掙不開。他倒欺得愈發緊密了，還沒等她反應過來，他搬開她的手，直愣愣吻上了她的唇。

——《浮圖緣》未完待續——

高寶書版集團
gobooks.com.tw

YE 019
浮圖緣（中）
作　　者　尤四姐
責任編輯　吳培禎
封面設計　茵萊登曼特
內頁排版　賴姵均
企　　劃　何嘉雯

發 行 人　朱凱蕾
出　　版　英屬維京群島商高寶國際有限公司台灣分公司
　　　　　Global Group Holdings, Ltd.
地　　址　台北市內湖區洲子街88號3樓
網　　址　gobooks.com.tw
電　　話　(02) 27992788
電　　郵　readers@gobooks.com.tw（讀者服務部）
傳　　真　出版部(02) 27990909　行銷部 (02) 27993088
郵政劃撥　19394552
戶　　名　英屬維京群島商高寶國際有限公司台灣分公司
發　　行　英屬維京群島商高寶國際有限公司台灣分公司
初　　版　2022年11月

本著作物《浮圖塔》，作者：尤四姐，由北京晉江原創網絡科技有限公司授權出版。

國家圖書館出版品預行編目(CIP)資料

浮圖緣/尤四姐著. -- 初版. -- 臺北市：英屬維京群島商高寶國際有限公司臺灣分公司, 2022.11
冊；　公分. --

ISBN 978-986-506-575-1(上卷：平裝). --
ISBN 978-986-506-576-8(中卷：平裝). --
ISBN 978-986-506-577-5(下卷：平裝). --
ISBN 978-986-506-578-2(全套：平裝)

857.7　　111017529